鉄のあけぼの 上

黒木 亮

角川文庫
20879

昭和28年６月17日千葉製鉄所第一溶鉱炉に火入れする西山弥太郎
（写真提供：JFEスチール）

目次

プロローグ　七
第一章　吾妻村　一七
第二章　製鋼掛主任　四三
第三章　軍需工場　七八
第四章　瓦礫の中で　一五四
第五章　川崎製鉄誕生　二三三
現代の鉄の製造プロセス　三七二

プロローグ

東京都東部に接する浦安市から房総半島南部の富津市にかけて、東京湾の東側を弓形に縁どる京葉工業地帯は、重化学工業を中核とする日本屈指の工業地帯である。

一帯の中心は、戦後に造成された一万一〇〇〇ヘクタール（三千三百万坪強）の埋立地で、上空から見ると、群青の大海原に向かって漕ぎ出してゆく筏《いかだ》のような形をしている。白煙をたなびかせる高い煙突、黒い巨人のような溶鉱炉、円筒形の石油タンク、球形のガスタンク、銀色のパイプがからみあった石油化学施設などが広大な地表を埋めつくしている。

集積している事業所は約五百八十である。代表的なものは、千葉市と君津市の二つの製鉄所（JFEスチール、新日鉄住金）、市原、袖ヶ浦両市にまたがる四つの石油化学コンビナート（住友化学、三井化学ほか）、東京電力の五つの火力発電所、出光興産やコスモ石油の製油所などである。

戦後復興の牽引車となった京葉工業地帯も、終戦後数年間は、ほとんど何もない土地だった。わずかに千葉市の南の臨海部に、飛行機工場用地として戦前に造成され、当初は八十万坪あったが、波に浸食されて六十万坪まで減った埋立地があるばかりだった。

旧飛行機工場は鉄骨二棟で、その五分の四は屋根が落ち、遠くから見ると、砂埃が舞う土漠に忽然と現れた廃墟のようだった。終戦後しばらく屋根が残った部分で元従業員たちが農機具づくりをやっていた。付近は雑草が生い茂り、遠浅の海の潮が退くと、年輩の婦人がハマグリを積んだリヤカーを引いてとおり過ぎる。千葉の町は夜の五時か六時になると商店が全部閉まり、街灯がないため真っ暗闇になった。

荒れ果てた土地と海があるばかりだったこの場所が近代工業地帯に変貌する契機となったのが、川崎製鉄（現JFEスチール）千葉製鉄所の進出である。日本初の臨海製鉄所で、戦後初めて建設された製鉄所であった。

その第一号高炉《こうろ》（日量出銑《しゅっせん》能力六〇〇〇トン）に炎が点ったのは、昭和二十八年六月十七日水曜日のことだ。

その日——

川崎製鉄千葉製鉄所に朝から続々と人が集まっていた。

高さ六六メートルの銀色の威容を敷地南西部の海寄りに見せる第一高炉の上空には、

「祝高炉火入れ」と書かれたアドバルーンが高々と上がり、川崎製鉄の紫色の社旗を掲げた四十台のバスが出席者たちを東洋一の製鉄所へと運び込んでいた。数日前から千葉市と商工会議所が二千個の提灯を市内に飾り、川崎製鉄の取引先や地元企業、議会関係者が『千葉新聞』などの地元紙に多数のお祝い広告を載せ、地元は火入れ一色だった。

製鉄所の象徴である溶鉱炉（高炉）は、前年八月六日から三百十五日間を費やして建設された。下方にかけて膨らんだサイロ型構造物で、燃焼にともなって発生する高炉ガスを回収する太い鉄パイプが頭頂部から地上に延びているため、立ち上がった巨象のような姿をしている。地上から頭頂部に向かってもう一本延びているのは、原料の焼結鉱（コークスや石灰石と一緒に焼き固めた鉄鉱石）やコークスを運ぶベルトコンベヤーである。炉の上から原料を注ぎ込み、千二百度の熱風と酸素を吹き込んで、鉄鉱石をネオンのような濃いオレンジ色を発する湯のように溶かす。火入れ式に照準を合わせ、溶鉱炉は一ヶ月前から乾燥が行われてきた。

石炭を蒸し焼きして硫黄、コールタールなどを抜き、発熱量の高いコークスを製造するためのコークス炉は、九日前の六月八日から操業を開始し、その二日後に最初のコークスを産み出した。六月十三日には、敷地の正面岸壁に、カナダのバンクーバーから鉄鉱石五五八八トンを積んできた大同汽船の高栄丸が入港した。千葉市に大型船が入港するのは初めてのことで、海岸にテント張りの歓迎会場が設けられ、小学校の児童や市民が旗をふって迎えた。拍手の中下船した船長を出迎えたのは、製鉄所が完成するまで好きなタバコを断っている六十四歳の千葉市長宮内三朗であった。

火入れ式は、午前十時半から挙行された。

会場は、第一高炉の中段である。銀色の巨大な炉の下部が見えるフロアーの壁に沿って紅白の幕がぐるりと張り巡らされ、大きな川崎製鉄の社旗と日の丸が掲げられていた。その下に御幣《ごへい》を真ん中に、魚や米などの供え物を置いた神式の祭壇が設けられていた。高さが二〇メートル以上ある鋼鉄製のアトリウムのような建屋の上のほうの窓から、初夏の明るい光が差し込み、会場内はまばゆいほどに照明されていた。

出席者は、千五百名あまりだった。

モーニング姿の社長、西山弥太郎《にしやまやたろう》以下、川崎製鉄の役員たちは祭壇左横に二列になってすわっていた。三年前に製鉄所建設を発表したとき、「暴挙」、「二重投資」と世論の批判の嵐が吹く中、「西山さん、一貫製鉄所、賛成です。ただし旧式の真似では駄目です。最新式の高能率で良質の鉄をつくる素晴らしいものだったら大賛成。支持しますよ」と励ました通産省の若手製鉄課長田畑新太郎や、「矢は弦を離れた。川崎製鉄を見殺しにはできない」と融資に踏み切った第一銀行頭取酒井杏之助《きょうのすけ》らは、祭壇の前にずらりと並べられたスチールパイプ椅子にすわっていた。日本銀行、日本開発銀行、山一証券などからの出席者たちもいた。川崎製鉄の銑鋼一貫製鉄所建設を密かに後押しし、高炉の技術を持たない同社に対して、高炉技術者を紹介し、研修のために社員を受け入れた八幡製鉄や富士製鉄（現新日鉄住金）の関係者たちも列席していた。東京通産局長時代にこの千葉の用地をあっせんし、前年九月に審議室長として川崎製鉄入りした山地八郎元資源庁長官は社員席の一角にすわっていた。

　製鉄所のシンボルであり、ひとたび点火されると二十年から二十五年という寿命の間、昼夜を分かたず燃え続ける高炉の火入れ式はおごそかな神事である。

　最初に「修祓《しゅばつ》の儀」が行われた。

「かぁけぇまぁくぅもー（掛けまくも）、かぁしぃこーきぃ（畏き）、いぃざぁなぁぎぃのぉー（伊邪那岐の）……」

　千葉神社の松井宮司以下、白装束をまとった十人の神官たちが地の底から響いてくるような声で祓詞《はらえことば》を奏上したあと、無言で大幣《おおぬさ》をザッザッと出席者たちの頭上で左右に振り、祓《はら》い清める。

　続いて、降神の詞が奏上され、神を迎える「降神の儀」が行われる。

「かぁけぇまぁくぅもー、かぁしぃこーきぃ、うぅぶぅすぅなーのぉおおかみぃ（産土大神）……」

　神妙な表情で頭《こうべ》を垂れている人々の中に、多数の地元関係者たちがいた。柴田等千葉県知事、宮内三朗千葉市長のほか、老体に鞭打って日銀の「法王」一万田尚登《いちまだひさと》総裁を訪ねてかけ合った前千葉県知事で参議院議員の川口為之助の姿もあった。農業と漁業のほかは銚子と野田に醤油工場がある程度で、就職口のない「金の卵」(中学卒業生)たちを集団就職列車で京浜、阪神地方に送り出していた千葉県にとって、川崎製鉄の進出は、経済改革の希望の星である。

式は、「献饌《けんせん》の儀」、「祝詞《のりと》奏上」、「清祓《きよはらい》の儀」、「神火の儀」と進み、祭主の西山社長、永山東京通産局長、柴田県知事、工事請負業者代表清水建設社長らが玉串を奉奠《ほうてん》したあと、いよいよ「火入れの儀」である。

モーニングの胸の少し下にリボンの花をつけた西山弥太郎が、通産大臣代理の重工業局長葦沢大義《あしざわおおよし》とともに歩み出て、神官から紅白の布を巻きつけた長さ二メートルあまりの松明《たいまつ》を受け取った。色白の西山は、白髪の少ない頭髪をきちんと刈り、オールバックに整えていた。薄めの眉はきりりと引き締まり、鼻腔の大きな鼻と肉薄だが大きめの唇が意志の強さを表している。身長は一六五センチほどだが、恰幅のよい堂々たる体軀である。

炎を点す二本の松明に、千五百人あまりの人々の熱い視線が注がれた。西山と葦沢は溶鉱炉の側面にずらりと並ぶ直径三〇センチほどの大砲の先端部分のような丸い開口部の前に進んだ。高炉内部に熱風を吹き込む羽口《はぐち》である。二人はそれぞれ第二番羽口と第十一番羽口を槍で突くような動作で松明を差し込んだ。

無数のカメラのフラッシュが焚かれる。

西山は第二番羽口で松明を二、三度しごくようにして点火した。やがてごおーっという、溶鉱炉が燃え始める音がし、三つの鉱滓口《こうさい》（鉄屑の出口）からもうもうと黒煙が上がった。

東洋一の製鉄所の稼働である。三五〇トンの鉄鉱石の溶解が始まり、約二十六時間後に最初の出銑を見る。

期せずして拍手が湧き起こり、それがこだまし合って建屋の内部に満ち、出席者たちの歓喜と興奮は最高潮に達した。

低頭して松井宮司に松明を返す西山の白皙《はくせき》の顔がかすかに上気していた。

千葉製鉄所建設計画を発表したとき、「西山には二つのものがない」といわれた。それは資金と高炉技術だった。しかし「だれが反対しようと、やると決めたらやるんだ。わたしに金を貸さん人がいても、協力せん人がおっても、日本一立派な従業員を持っているのだから、絶対にやれるよ」といい、毫もひるむことなく、巨大プロジェクトの実現へと邁進《まいしん》してきた。

出席者たちが感涙や安堵のため息をもらす中にあって、西山は冷静だった。第一号高炉の火入れは、西山にとって単なる一里塚にすぎない。その胸中では、さらに雄大な計画が温められつつあった。

明治二十六年八月五日、神奈川県淘綾《ゆるぎ》郡吾妻《あづま》村（現中郡二宮《にのみや》町）に生まれ、一高から東京帝国大学工学部冶金学科に入学し、鉄一筋の道を脇目もふらず歩み続けてきた男は、あと二ヶ月弱で六十歳という節目の年齢を迎える。

西山の姿を、祭壇左横の川崎製鉄役員席から見詰めながら、八年前の西山の言葉を脳裏に蘇らせている男がいた。リムの上部が黒い眼鏡をかけた細面に厳しさを漂わせる取締役営業部長乗添利光であった。千葉製鉄所建設資金に一円の金でも必要な会社のため、鉄鋼商社の協力を求めて東奔西走してきた。

〈乗添君、我々日本人は、『故郷のあるユダヤ人』になろうじゃないか〉

終戦間もない頃、神戸市の川崎造船所葺合《ふきあい》工場（川崎製鉄の前身）で、細々と煙を上げる煙突を眺めながら、西山がいった。

米軍の徹底した焼夷弾攻撃に遭った神戸の街は、木造の建築物がほぼすべて焼失し、見渡す限りの瓦礫の荒野のあちらこちらに廃墟となったコンクリートの工場やビルが骸骨のような姿を晒していた。人々は虚脱感の中で、その日の食べ物を手に入れるのに必死だった。葺合工場では、残っていた特殊鋼板などでフライパンや船釘をつくって食べ物と交換し、日々をしのいでいた。

「俺は戦争中、号外が出るたびに、赤鉛筆で地図に印をつけて、どこまで占領したと喜んでいた。けれども負けて丸裸になってしまうと、国境なんてまったく意味がない。アホらしいものとしか思えなくなった」

灰色の菜っ葉服を着た五十二歳の西山は、十合《そごう》百貨店ビル六階の仮事務所の窓から、夕暮れの空を背景に細々と煙を上げる煙突を眺めながら、しみじみとした口調で続けた。

「これからは金を儲けることだ。戦争をやったのも、負けたのも、金がなかったからだ。金があれば何だってできる。それには商売だ。貿易だ」

「しかし、売るといっても……」

乗添は、瓦礫の山の日本から輸出できる物があるのかと訝った。

「鉄があるではないか」

西山が両目に強い光をたたえて乗添を見た。

「日本の将来は製鉄だよ、乗添君。日本は戦争に負けて四つの島に封じ込められた。満州や南洋から引揚者も帰って来る。戦前のように軽工業だけで七千万人余を養うことはできない。重化学工業への転換が必要だ。それには鉄だ」

「……」

「これからは鉄だ。だから製鉄をやるのだ。これが俺の信念だ」

そういって西山は口を真一文字に結んだ。

第一章　吾妻村

神奈川県淘綾《ゆるぎ》郡吾妻《あづま》村（現中郡二宮町）は、県南西部の相模湾に面した温暖で風光明媚な土地柄である。戦国時代には小田原城を本拠地とした北条氏によって治められ、京都と鎌倉を結ぶ土地として交易や人の往き来がさかんであった。江戸時代に入って東海道が整備されると、一里塚や松並木ができ、大磯の宿と小田原の宿の間の「間《あい》の宿《しゅく》」として旅人が休む茶屋や旅館が立ち並ぶようになった。名物は鮟鱇《あんこう》と栗餅であった。

明治二十年には、東海道本線が村を東西に貫いて開通し、同二十二年にそれまであった五つの村がまとめられて吾妻村になった。

西山弥太郎は明治二十六年八月五日に父豊八、母ヒロの間に十二人兄弟姉妹の十男として生まれた。十一番目の男の子は生後一ヶ月で早逝し、弥太郎と三歳違いの十二番目に生まれた鶴子が唯一の女の子だった。先祖は北条氏の家臣西山彌五左衛門吉久といい、天正十八年（一五九〇年）に豊臣秀吉によって北条氏が滅ぼされたあと野に下り、この地に定着して酒造を業とした。その後西山家は旅籠を開き、繁栄を続けたが、明治維新後は大名の往来もなく、交通機関の発達にともなって宿泊客も減少したため、豊八の代になって養蚕業に転じた。豊八は蚕種紙（蚕が卵を産みつけた紙）の販売に従事し、網元として地元の漁師を束ね、吾妻村の収入役も務めた。子どもが多い上に旧家であったため、弥太郎の兄たちの多くが他家に養子にゆき（当時、男の子が多い家は、養子を出すことを求められた）家に残ったのは跡取りの次男斧三郎（長男は早死）、九男福太郎（のち陸軍中将）、十男弥太郎、鶴子の四人だけだった。弥太郎は子ども心に兄たちが家を出て行く寂しさを感じていたようで、父親になってからは子どもたちに「うちは誰も養子にやらんからなあ」とつぶやくことがあった。

弥太郎は明治三十三年四月、満六歳で吾妻村尋常高等小学校に入学した。同学年の生徒は六十人弱であった。その頃の吾妻村は、人口五千五百人ほどの寒村で、南の海岸沿いの家々は半農半漁、鉄道の北側の家々は専業農家を営んでいた。

西山弥太郎が、吾妻村尋常高等小学校の高学年になった頃、妹の鶴子は、西山らと一緒に家の近くの海岸で遊んでいた。

西山の家は、先頃（明治三十五年四月）開業した国鉄二宮駅から小田原の方角へ十五分ほど歩いた場所の国道一号線沿いに建つ大きな旧家で、裏手を二〇〇メートルほど行くと浜になっている。

弥太郎はこの日、近所の子ども二、三人と鶴子を連れ、海岸にやって来た。みんなで波打ち際に大きな穴を掘って、砂を高く積み上げて遊んでいたが、そのうち弥太郎たちは、鶴子を残して、離れた場所に行ってしまった。

掘った砂の穴の中で、筒袖の着物を着たおかっぱ頭の鶴子は、ぼんやり弥太郎たちを眺めていた。

視界を遮る物は何一つなく、世界に向かって広がる相模湾は灰色がかった緑色で、群青色の沖のほうで白いカモメや灰黒色の海鳥が舞っていた。西の方角には、箱根の山々が濃淡様々な灰青色のシルエットになって連なっている。

正午近い時刻の太陽は高く上り、鶴子の背後の波打ち際で、ザザーン、ザザーンと波が打ち寄せていた。

そのうちザバーンと大きな波が来た。

波が引いたあと、ピシャピシャと何かが跳ねている音がするので、鶴子は後ろを振り返った。

「あっ！」

砂の上で、体長四〇センチほどの丸々と太った魚が跳ねていた。

「お兄ちゃーん！　お兄ちゃーん！」

鶴子が呼ぶと、弥太郎たちが驚いて駆け寄ってきた。全員筒袖の着物に下駄ばきである。

「これは鰹《かつお》だ！　鰹だ！」

子どもたちは目を輝かせた。

弥太郎が鰹を抱えると、目の下に傷があった。

「きっと、漁師が沖のほうで釣って、船から落としたやつだ」

弥太郎の言葉に、一同はうなずいた。

「家に持って帰って、おかずにするべ」

着物姿の子どもたちは、弥太郎を先頭に藪の中の坂道を上って、家に戻った。

そばにミカンとオクラの畑があり、母屋のほかに土蔵や蚕室など数棟がある土塀に囲まれた家に着くと、母親のヒロと「おもんちゃん」という弥太郎が生まれる前からいる女中が出てきて、驚きながら大喜びし、昼餉《ひるげ》の膳のために鰹を料理し始めた。

尋常高等小学校時代の西山弥太郎は、習字の時間に机の下にもぐって級友たちの足の親指に墨を塗ったりする悪戯もしたが、その年齢の子どもにしては、類《たぐい》まれな自制心や責任感、判断力を持っていた。これは生来の性格と、謹厳だった父親に厳しく躾けられたためと思われる。

当時、吾妻村尋常高等小学校では、集落の全生徒数十人が二列になって登校していた。それを上級生が監督し、お喋りをしたり、ふざけたりして列を乱す者がいると、駆けて行って、青竹を振り上げ、頭をぴしゃっと打った。しょっちゅう叩かれる子どもがいる中、西山は一度も打たれたことはなかった。がっちりした体格で、いつもきちんと胸を張り、前を向いて歩いていた。

四年生のとき、ある生徒が授業中に騒いだため、教師が怒って「皆、家へ帰ってはいけない」と命じ、教員室に引き揚げ、いつまでたっても戻ってこなくなった。生徒たちが途方に暮れていると、弥太郎が自分の教科書などを風呂敷に包んで背負い、窓を開けて飛び降りて、一人で帰ってしまった。ほかの生徒たちは呆気にとられて見ていたが、やがて次々と窓から飛び降り、窓の下の杉垣の隙間から抜け出して帰宅した。

明治三十七年三月、日露戦争が勃発した翌月に、弥太郎は尋常科を修了し、高等科に進んだ（当時、四年間の尋常科を終えると、高等科に進んだ）。

高等科一年か二年のときに、教師がぐにゃぐにゃした動作で体操をしたので、何人かの生徒が「こんにゃく体操、こんにゃく体操」と囃し立てた。普段は穏やかな教師は非常に立腹し、囃した生徒たち数人を引っ立てた。生徒たちがいくら謝っても、教師は赦してくれなかったため、当時、十歳か十一歳の西山ら数人が級を代表して謝罪し、ようやく赦された。

高等科二、三年の頃になると、授業中に教師の目を盗んで、性的な絵や教師の悪口を書いた紙を生徒から生徒にこっそり渡してゆく「電報」という遊びが流行った。紙は、順々に回って、発信人に戻ってくる仕組みである。しかし、紙は西山のところで止まることが多かった。また、生徒たちはときに授業を放棄し、学校の裏手の吾妻山に弁当を持って逃亡したが、西山はこうした悪戯にも加わらなかった。

帰宅後は、蚕の世話をしたり、餌の桑の葉を摘んだりして家業を手伝った。

弥太郎の学業成績は一、二番ではなかったが、それに次ぐものだった。健康と体力に恵まれ、体育は得意だった。とりわけ水泳が上手く、高等科三、四年の頃は、波が荒く、岸からすぐ深くなっている相模湾の沖に停泊している五百石船まで泳いで行って一周し、戻ってくるという、他の生徒に真似ができないことをやってのけた。

当時、高等科二年を修了すると、成績のよい生徒は中学に進むことができた。しかし西山は高等科に残り、明治四十一年三月、十四歳で卒業した。

高等科卒業後は、横浜の根岸で母方の叔父が営む金物店に働きに出た。その時代は、商家の子が、見習いのために小店員になるのは普通のことだったが、西山家は生糸業界が不況で家計が苦しく、また、父親が病気だったという事情もあった。父親の豊八は、将来、弥太郎に商業をもって身を立てさせようと考えていた。一方、弥太郎自身は進学できないことを無念に思い、その胸の内を近所の真言宗の密厳院《みつごいん》という寺の若奥さんなどに漏らしたりしていた。

　西山が鉄ひとすじの人生を歩むきっかけになったのが、金物店での仕事だった。金物の小売りが儲かるのを目の当たりにし、原料となる鉄をつくればなお儲かるのではないかと考えたのだ。

　鉄をつくるためには、大学で勉強しなくてはならない。上級学校への進学希望は、兄の福太郎が立教中学に在学していたことも刺激になった（福太郎はその後、陸軍士官学校をへて陸軍大学校に進学）。二人は「俺たちだけは養子に行くまい」とよく話し合っていた絆の強い兄弟だった。

　西山は、金物店のあと日本橋横山町の織物問屋に勤めたが、一高から東京帝国大学（現在の東大）冶金学科へ進もうと考え、奉公を半年で辞め、密厳院に寝泊りしながら半年あまり猛勉強をして、日本が韓国を併合する前年の明治四十二年九月、十六歳で東京神田の私立錦城中学三年に編入を果たした。同校は「三田英学校」を源流とし、開成中学や海城中学と並ぶ名門校である。

　錦城中学に進んだ西山は、当時、早稲田大学商学部の学生だった親戚の男と一緒に神田猿楽町付近に下宿し、一高進学を目指して猛勉強を続けた。冬休みに帰省したときは、実家に五つある蚕室のうち一番寒い西の端の部屋にこもり、眠くなるのを防ぐため机の上にキリを立て、頭からマントをかぶって勉強した。家にいると落ち着かないときは、密巌院の一室や川匂《かわわ》神社の神楽殿で勉強し、頭が疲れると薪割りをしたり、海岸でデカンショ節をがなるように歌った。

　夏休みに帰省したときは、親戚や近所の子どもたちを連れて泳ぎに出かけ、八〇〇メートルくらい沖にある定置夏網の台船まで往復して、みんなを驚かせた。夜は、子どもたちを連れ、提灯を下げて、近所の田に泥鰌《どじょう》を突きに行った。

　中学では剣道部に所属し、上手ではなかったが、技を弄することなく、ひたむきに正攻法で攻める剣道をした。力が強く、打たれると痛いので、相手は辟易した。

　明治四十五年三月、西山は錦城中学を百二十八名中十三位の成績で卒業し、一浪したあと、大正二年九月、難関の第一高等学校二部（工・理・農・薬学系）に入学した。このとき二十歳。同級生は三百数十名であった。

　当時、一高は全寮制で、西山は南寮十番室に、他の一年生八人とともに入室した。人と接するときは白皙《はくせき》の顔に人なつこい笑みを見せたが、いつも机に向かって勉強していた。夕食後は図書館で勉強し、寮の消灯時刻が過ぎても、ロウソクの火で勉強した。ほかの学生から早慶とのスポーツ戦や飲みに誘われればにこにこしてついては行くが、自分から音頭をとることはなく、一部の学生のようにバンカラを気取ったり、政治や哲学を論じたり、恋愛にふけったり、乱痴気騒ぎをしたりすることはなかった。勉強以外にはほとんど趣味らしい趣味を持たない、特徴のない地味な学生だった。成績は中の上といったところだった。酒には強く、本郷の「呑喜《のんき》」というおでん屋で酒を飲み、つり銭代わりにくれる敷島や朝日といった銘柄のタバコを吸った。ときどき蛮声を張り上げ、調子外れの寮歌「嗚呼玉杯」を歌いながら、廊下を歩いていた。寮の部屋に蚤が出るため、ほとんどの学生は不満や苦情をもらしたが、西山が蚤について話すのを聞いた者はいなかった。ただ、沈毅寡黙なその姿には不思議な重量感があった。

二年後の冬（大正四年一月）――

冬休みを郷里の吾妻村の実家で過ごした西山弥太郎は、教科書や身の回り品を包んだ風呂敷包みを手に提《さ》げ、東海道線の二宮駅に向かって国道一号線沿いを歩いていた。東京の日本橋までまっすぐに延びる通りに沿って、木造の民家、タバコ屋、食料品店、魚屋、道祖神などが並ぶ風景の中を一高の黒い制帽をかぶり、黒いマントに袴《はかま》姿で歩く弥太郎の後ろを、甥の隆三がついて歩いていた。弥太郎の兄（西山家を継ぐ二男斧三郎）の子の隆三は小学生で、祖父母（弥太郎の両親）から叔父を駅まで見送るようにいわれたのだった。隆三の手には、祖母や女中のおもんちゃんがつくった弥太郎の好物「あんびん」(金つばのような甘い菓子)の小さな風呂敷包みが提げられていた。

隆三にとって、たくさんいる叔父の中で、弥太郎が一番優しく身近な人だった。夏休みや冬休みに弥太郎が帰省すると、勉強の合間に、泥鰌とりや海に連れて行ってもらった。とりわけ冬休みは、隆三にとって一番楽しく、待ちどおしいものだった。家のすぐ前の道路に年の市が立つ十二月二十三日の夜にきまって帰って来る弥太郎は、小遣いをさいて、少年雑誌の新年号や正月の遊び道具を手土産に持ってきてくれた。祖父母に連れられて初めて東京見物に行ったときには、弥太郎から一箱十二色の色鉛筆をもらった。

一月の午後の空は青く、空気は冷たかった。

左手前方に吾妻山が見えていた。松に覆われた低い山(標高一三六メートル)で、ふもとに吾妻村尋常高等小学校がある。

前年夏、欧州で第一次大戦が勃発し、数ヶ月前に、日本軍がドイツ権益の中国山東省に上陸し、ドイツ領南洋諸島を攻略していた。しかし吾妻村はいつものように平穏だった。隆三は早く見送りをすませて遊びたい気持ちを我慢しながら、弥太郎叔父の後ろを歩いていた。

家を出て五分ほど歩き、駅までの道のりを三分の一ほど来た八幡横町の角で、先を歩いていた弥太郎が隆三を振り返った。

「隆三君、もういいよ。ここで帰りなさい。早く帰りたいんだろう?」

柏の徽章に二本の白線が入った制帽をかぶった弥太郎は、一重瞼の目に優しい光をたたえて微笑んだ。

「勉強するんだよ」

そういって隆三に小銭を握らせ、「あんびん」の風呂敷包みを受け取った。

一目散に家へ駆けて帰る隆三の小さな後ろ姿を、弥太郎はにこにこしながら見送った。


大正五年——

西山は、五十六人の同級生とともに一高工科を七月に卒業し、九月に、二倍強の難関を突破して東京帝国大学工学部冶金学科に進んだ。ときに二十三歳であった。

その年、冶金学科に入学したのは六人で、うち一高と三高（京都）が各二人、二高（仙台）と六高（岡山）が各一人だった。教授はのちに文化勲章を受章した俵国一《たわらくにいち》（冶金学）と桂弁三《かつらべんぞう》（非鉄金属）の二人で、そのほかは助手という小所帯だった。研究設備は貧弱だったが、学生の数より先生の数が多いという点では恵まれていた。

西山は大学近くに下宿し、勉学に励んだ。講義はだいたい午前中で、午後は実験だった。錦城中学、一高時代同様、机に向かってコツコツ勉強した。万年筆の細い几帳面な字で、びっしりノートをとった。夏休みに郷里に帰省したときは、山や海岸で磁石で砂を吸いつけたり、実家の二階で青写真を積み上げて研究したりした。

大正六年夏（大学一年の終わり）には、岩手県の釜石にある田中鉱山株式会社釜石鉱業所に一ヶ月あまりの実習に行った。釜石は、鉄鉱山と溶鉱炉が同じ場所にある日本で唯一のところで、近代的製鉄所として一番古い歴史を持っている。西山らは、主に溶鉱炉について実習した。宿泊していた旅館での夕食後、自然に開かれる研究会では、西山は日頃の寡黙さから一転して活発に意見を述べ、徹底して議論を尽くした。また、折り目正しい態度に、宿の女中や近所の若い女性たちから人気が集まった。

翌年の夏は、北九州の官営八幡製鉄所に約四十日間の実習に行った。日清戦争（明治二十七年〜二十八年）に勝利した日本政府が、「殖産興業」のスローガンの下、明治三十四年に第一高炉の火入れを行い、操業している官営製鉄所だった。西山が実習した当時、日産（溶銑生産量）一六〇トンから二三五トンの溶鉱炉四基が稼働中で、同三〇〇トンの五号炉が建設中だった。

西山はこの実習で、主に溶鉱炉から発生するガスの清浄装置と乾風装置を研究し、その成果を「八幡製鉄所における送風乾燥および溶鉱炉ガス清浄施設見学報告」という論文にまとめた。本文（日本語）六十六ページ、附属図約二十枚という力作だった。

大正七年八月の終わり――

八幡製鉄所での実習を終えた弥太郎は、東京への帰路、神戸にある株式会社川崎造船所葺合工場（川崎製鉄の前身）を実習のために訪れた。

川崎造船所葺合工場は、西山弥太郎が実習に訪れる前年（大正六年）、神戸市葺合区脇浜町三丁目の埋め立て地に開設された。

西山が訪れたときは、平炉《へいろ》（銑鉄《せんてつ》とスクラップを溶かし、不純物を希釈・除去するなどして鋼を作る炉）一基（二五トン）と中板（厚さ三ミリ以上六ミリ未満の鋼材）工場（年産能力二万トン）が稼働し始め、翌月（九月）に厚板（厚さ六ミリ以上）工場が完成するところだった。従業員は、平炉六十人、中板百二十人で、大半がお国のために船を造ろうという意気に燃えてやって来た鹿児島県人だった。

「……ここは、眺めのいいところですねえ」

実習の合間の昼休みに、従業員たちと工場の外に続く岸壁で涼しい風に吹かれながら、作業服姿の西山が感にたえない口調でいった。

目の前に青い大阪湾が広がり、沖合いを帆を立てた船が往きかっていた。海面でカモメが舞い、あたりにはむっとするような潮のにおいが立ち込めていた。

「ここは埋立つい前は、白か砂ん海岸がずーっと続いとる辺鄙なところじゃったってよ」

作業帽に汗がしみこんだランニングシャツ姿の工員が薩摩弁でいった。コンクリートの岸壁の上に、尻をぺたりとついてすわっていた。

「春と秋にゃ、神戸高商（現神戸大学）のボート競漕がごわして、海岸へんの旅館の芸者や仲居が赤か腰巻を振って応援すっと」

「ははあ……」

作業服姿の西山は、腰巻と聞いて色白の顔をかすかに赤らめた。

かれらの周囲で、西山と一緒にやって来た東京帝大冶金科の学生や、ほかの従業員たちが、思い思いの格好でくつろいでいた。沖に向かって立ち小便をしている者もいる。

背後には、鉄道の操車場を思わせる長い三角屋根の平炉工場があり、何本もの煙突から白煙が立ち昇っていた。中板工場は平炉工場に対して直角に建てられた三角屋根の長い建物で、インゴット（鋼塊）と鉄板置き場を挟んで、間もなく完成する厚板工場の建物が平行に延びている。

付近には、熊内《くもち》大根の広い菜園が摩耶《まや》山（七〇二メートル）のふもとまで続き、その中に赤煉瓦建ての関西学院の校舎が見える。東の方角には敏馬《みぬめ》神社の鬱蒼とした杜があり、西の方角に視線を転じると、人口約六十万人の神戸市街が灰色に霞んで見える。

「こんなところで働いたら、さぞ愉快でしょうねえ」

西山は、生まれ育った吾妻村につうじる風景がすっかり気に入り、就職するならここではないかという気持ちがしていた。

「ところで、さっき平炉の煉瓦壁の一部を壊されてましたが……」

「じゃっどなあ。ちょっとうっがれちょって（悪いので）、直さんならんでなあ」

隣りにすわった工員がいった。

「壊したレンガ屑を見たら、半分黒くなってましたけど、あれはどうしてなんですか？」

「ありゃあ、熱で焦がれちょっと」

「ああ、熱で」

西山は、ノートを開いて細かい文字で書き込みをした。その生真面目な様子を眺めながら、ランニングシャツ姿の工員が微笑した。

川崎造船所は、明治十一年に川崎正蔵が東京築地の官有地三百十五坪に造船所を設立したのが始まりである。

川崎正蔵は天保八年（一八三七年）薩摩国鹿児島城下大黒町（現鹿児島市）に生まれた。父親は貧しい呉服商で、母親は正蔵が六歳のときに亡くなった。

正蔵は十五歳のとき、地元の豪商山木屋に丁稚として入った。山木屋は船を持ち、中国との樟脳貿易で成功し、琉球産の砂糖や、長崎の外国商館から仕入れた更紗《さらさ》、羅紗《らしゃ》、雑貨、密輸品の絹布や氷砂糖などを大阪や江戸へ運んで売っていた。

正蔵は、山木屋の長崎支店や大阪支店で三十代前半まで勤めたが、特段の成功もなく、暮らし向きはよくなかった。明治四年、心機一転、三十四歳で上京。大蔵省駅逓頭前島密に取り入り、官営の日本国郵便蒸汽船会社の副頭取（副社長）に任ぜられ、琉球航路を開設した。その後、政府から御貢米の輸送や琉球藩貢糖（黒糖）の大阪での販売免許を得るなどして富を築いた。

明治十一年に築地に造船所を設立したあと、明治十九年に官営兵庫造船所の貸し下げを受けて、翌年、川崎造船所を設立した。従業員数は六百人あまりだった。資金繰りと負債に悩まされ続け、この間、二児を失う不幸に遭ったりしたが、明治二十七年から二十八年にかけての日清戦争で状況が一転した。海軍も民間の船主も競って巨艦巨船の建造を発注する造船ブームが到来したのだ。

新情勢に対応するため、明治二十九年、川崎造船所は個人企業から株式会社に組織替えした。同時に、五十八歳の正蔵は引退して美術蒐集家となり、新社長に、正蔵の同郷の先輩で恩人だった時の総理大臣松方正義の三男松方幸次郎を迎えた。幸次郎は、東京帝国大学を中退し、エール大学（米）で民法の博士号をとり、ソルボンヌ大学（仏）でも学んだ西洋的な思想の持ち主で、首相秘書官、新聞事業経営などをへて、当時、浪速火災保険副社長を務めていた。幸次郎の高額な米国留学費用を六年間にわたって出していたのが川崎正蔵だった。

松方新社長の下、社業は飛躍的に発展し、創立後七年間で商船六十二隻、艦艇十二隻を建造した。松方は二頭立て馬車で毎朝出勤し、遅刻しそうな職員には「乗っていけ」と、同乗を許した。工場に着くと古いカンカン帽をかぶって現場を一巡し、整理整頓や作業の状況に目を光らせ、鋲が一個でも落ちていると怒った。管理職に対して鋭い技術的な質問を発し、答えられないと叱責するので恐れられたが、現場の作業員たちからは敬愛されていた。

会社は日露戦争（明治三十七年〜三十八年）の大きな波に乗り、神戸を中心に多くの分工場が建設され、明治三十七年から四十年にかけて、三十隻の艦艇と十三隻の商船を建造した。また機関車の国産計画や橋梁製作に対応するため製鋼部門への進出も試みられるようになった。（高炉で生産された銑鉄は、硬くて脆く、加工性に欠けるため、炭素、燐、硫黄、珪素といった不純物を可能な限り取り除き、しなやかで粘りのある鋼《はがね》にする。これを「製鋼」と呼ぶ。）

大正三年から大正七年まで続いた第一次世界大戦によって川崎造船所には世界各国からの受注が殺到し、大正六年の時点で二万人以上いた従業員がフル稼働しても注文に追いつかないほどだった。帝国海軍の戦艦「伊勢」や巡洋艦「榛名」が川崎造船所で進水したのもこの時期である。

一方、日本は造船用の鋼材のほとんどを輸入に依存していたが、大戦が勃発すると、ドイツ、ベルギーからの輸入が途絶し、大正五年四月に英国、同六年八月に米国が鋼材の輸出を停止すると窮地に陥った。政府はあわてて製鉄業奨励法を制定した。

川崎造船所では、大正五年に兵庫工場内に製鉄工場を設置して、条鋼、形鋼、圧延鋼材の製造を開始し、さらに翌年、造船用鋼材の自給体制を目的として葺合工場を新設した。

川崎造船所で実習をした翌月（大正七年九月）――

西山弥太郎は、最終学年である三年生になり、卒業論文にとりかかった。冶金学科の卒論はほとんどが、製鋼所の設立計画だった。西山は川崎造船所の製鋼所設立をテーマに選んで執筆した。

完成した論文は「The Design of the Steel Melting Shops for Kawasaki Ship-building

Yard（川崎造船所製鋼工場計画）」という題だった。

序文で「人類発祥以来、とりわけ先の（第一次）世界大戦以降、力は正義というのが世界の現実であり、独立するための力を持たない者は自由を享受できない。製鉄と造船は国の二本柱である。機械工学と物質文明を助長する前者は手で、国力を海外に伸張する後者は足である。したがって、この二つの自給能力と拡大は、国家の重要原則である。造船を盛んにするには良質の鋼材、とくに鋼板を国産で、しかも輸入品より安価に供給する必要がある」と述べている。

本文は、第一章「基本となる平炉の選択」、第二章「平炉の能力」、第三章「平炉の概要」以下、第八章「全体の配置と附属設備」までの全八章、九十五ページからなり、現在、二五トン平炉五基で年間一二万五〇〇〇トンの造船用鋼板を製造している川崎造船所葺合工場のそばに、五〇トン平炉四基を置き、新たに年間二五万トンの造船用鋼板を供給する計画を詳述している。

本文はすべて英文で、万年筆の几帳面な文字で清書され、図が十枚付されていた。英語は錦城中学時代に外国人教師に習ったりして、苦手意識はなかった。

大正八年七月――

西山弥太郎は、東京帝国大学工学部冶金学科を卒業した。帰郷する前に、新調の背広を着て横須賀に立ち寄り、亡くなった兄（六男文次郎）の墓参りをした。箒で墓のまわりを丁寧に掃き清め、墓の正面に立って三歩下がり、姿勢を正して三歩歩み出て厳粛に拝礼し、三歩下がるという几帳面な墓参ぶりであった。

八月一日――

西山は川崎造船所に技術員（技師）として入社した。初任給は六十円で葺合工場製鋼科製鋼掛に配属された。

当時、川崎造船所は、日本で上位二十社に入る大会社で、造船業界では三菱造船所と並ぶ双璧だった。また、日本の十大鉄鋼メーカーの一つでもあった。まだ第一次大戦による好景気の余熱が残っており、東大冶金学科は卒業生が六、七人しかいないため求人も多く、売り手市場だった。

西山が就職先として川崎造船所を選んだのは、実習のときに見た青い海と周囲の美しい環境が心を動かしたからだった。また、葺合工場は新設工場だったので、若手技術者が大いに腕をふるえる可能性も秘めていた。

西山は、工場から歩いて十数分の熊内町《くもちちょう》一丁目の奥田松という未亡人が為子という養女と営む二階家に下宿した。二軒棟割長屋の一方で、一階にある二、三室の四畳半と二階の八畳間に下宿人を置いていた。西山は二階の八畳間を借り、最初は一人で住んでいたが、のちに、同じ会社の後輩技師である長《おさ》光二と同室になった。階下には、東大冶金科の一年後輩で満鉄鞍山製鉄所をへて川崎に入社した桑田賢二も入ってきた。

西山は、毎朝五時半頃、カーキ色の作業服姿で下宿を出て、六時前に工場の食堂で朝食をとった。葺合工場は、西山が実習をした直後から厚板工場が稼働を始め、二五トン平炉も一基増設され、さらに三基の平炉が増設されるところだった。当時、技師は研究や設計が仕事で、現場に出ないのが普通だったが、西山は積極的に現場に出て職工たちと働き、暇を見て技術書を読んだ。帰宅後は、夜遅くまで下宿の部屋で原書をはじめとする技術書を読み、猛勉強を続けた。八月二十五日には、業界の技術誌『鉄と鋼』に学生時代に共同執筆した「朝鮮殷栗《ウンリュル》鉄鋼に関する実験」という論文を発表した。

西山が入社した翌月（九月）中旬から、川崎造船所では、「大正デモクラシー」の流れの中で歴史的な労働争議が行われた。従業員たちが日給の七割増額、特別賞与支給期日の明示、食堂その他の衛生設備の完備などを求め、松方幸次郎社長をはじめとする経営陣と交渉した。

争議は、約一万六千人の従業員が参加した日本で初めてのサボタージュなどがあったが、米仏の大学で学んで進歩的な考え方を持つ社長の松方が、当時としては画期的な一日八時間労働制や賃金引上げを認めて妥結した。西山の月給も八十三円に上がった。

それから間もなく——

弥太郎の甥の隆三は、吾妻村の家の奥座敷の文机に向かって弥太郎が一人正座し、万年筆で何やら書類をしたためているのを障子の陰から恐々と眺めていた。二十六歳の叔父は、大学時代の着物に袴と違って洋服姿だった。

突然帰郷した弥太郎は、いつになく浮かない表情で、白皙の顔に迷いのようなものがくっきりと滲んでいた。

「母さん、弥太郎おじさん、何かあったの？」

隆三はそばを通りかかった母親に訊いた。

「弥太郎おじさんねえ……会社を替わりたいらしいのよ」

母親は、少し深刻な顔つきでいった。

「会社を替わりたい？」

隆三の問いに母親はうなずいた。

「九州の八幡にある大きな製鉄会社に行きたいそうなの。その相談に帰ってきたそうよ」

「ふーん……」

十代半ば近くになり、世間のことが何となく分かるようになった隆三はうなずく。

「どうしてなんだろうねえ？　今の会社にまだ入ったばっかりでしょ？」

「会社が技師としてちゃんと待遇してくれないというようなことをいってるそうだけど……」

二人が話していると、奥座敷のほうに人が入ってくる気配がした。

隆三がそっと窺うと、隆三の祖母で、弥太郎の母親であるヒロだった。

「弥太郎、今、お稲荷様のところにいって訊いてきた」

ひっつめ髪で地味な面立ちのヒロが弥太郎の前に正座していった。

お稲荷様というのは家の近所の相模湾を一望できる小高い場所に立つ七が窪稲荷のことだ。西山家の祖先が建立したもので、社殿は九尺四方の木造瓦葺き。西山家では、昨年陸軍中尉としてシベリアに出兵した弥太郎の兄福太郎が、このお稲荷様のお告げによって難を逃れたと信じられている。

「お稲荷様は、『辛抱するのだぞよ。あとで必ず報われる日があるよってに、よそに移るな』とおっしゃった」

「はい……」

憂い顔の弥太郎は、弱々しく返事をした。

「お稲荷様は『今のところに止《とど》まれよ』とおっしゃっている。もう少し辛抱してみろ、弥太郎」

母親の励ましに、弥太郎は無言でうなずいた。

結局、西山弥太郎は転職したい気持ちをこらえ、神戸に戻り、川崎造船所で働き続けた。会社に対する不満は胸中でくすぶり続け、時おり親しい友人などと酒を飲んだとき、「うちの会社は技師の遇し方が分かっていない」と愚痴ることがあったが、こと鉄に関しては一心不乱で、職場で徐々に頭角を現していった。

三年後（大正十一年秋）——

「馬鹿やろうー！」

天井近くの明かりとりの窓から外光が差し込む巨大な鉄のアトリウムのような製鋼工場の、連結された巨大な貨車のような数基の平炉の近くで、作業服姿の西山弥太郎がノートと鉛筆を手にデータを取っていると、工場内の騒音をつんざく罵声とともに、目の前を電球が一個飛んでいった。

パアーンという大きな音がして、一〇メートルほど離れた床の上で電球が砕け散った。

「要らん電球は点けるなといったのに、お前ら、もう忘れたのかー!?」

菜っ葉服を着た大男が、肩をいからせ、目の前を凄い勢いで通りすぎてゆく。その視線の先で、電気掛の工員二人が小さくなっていた。

「お前ら、何度いったら分かるんだ、この馬鹿者どもがぁ！」

雷を落としているのは、前年に葺合工場の幹部として入社した小田切延壽《えんじゅ》だった。坊主頭の細面で、修行僧のような厳しさを漂わせている。信仰心が篤く、毎月楠寺（神戸市中央区）に参禅し、社員たちにも参禅を勧めている。趣味は弓道でゴルフは大嫌い。父親は米沢藩士で、本人は海軍機関学校を卒業した元海軍大佐だ。佐世保海軍工廠の造機部長や海外駐在武官などを務めたあと退官し、住友伸銅所の取締役所長のときに松方幸次郎に請われて川崎造船所入りした。年齢は四十八歳。現場に来てまず整理整頓を見て、屑鉄の一片でも落ちていようものなら責任者に雷を落とし、製品を足で踏んだりすれば罰金をとる。

小田切の雷が落ちるかどうかは、昼食時のナイフやフォークの使い方でおおよその見当がついた。社員たちが「今日は落ちそうだね」と囁き合っていると、予想にたがわず、食事が終わると一人一人呼び出され、ほんの些細な事柄についても叱られる。製鈑の高野という技師は、厚板の寸法に何パーセントかのゆとりを持っておけといわれ、何パーセントではなく何割も割り増ししたところ大目玉をくらった。それ以来、小田切は、報告書に厚板の「厚」の文字があるのを見ただけで、「なにーっ」と反射的に目を光らせ、指で紙面を叩いて「高野を呼べ」となり、「馬鹿野郎!」「こりゃ、何だ!?」と、すべてにおいてぼろくそだった。

ほとんどの人間が小田切の罵声を浴びる中、西山弥太郎だけは、叱られることが皆無に近かった。小田切が、造船の機関関係の専門家で、冶金に詳しくないのも理由の一つだったが、下宿に帰っても夜遅くまで原書や技術書を読んで猛勉強を続けていた西山は、少しでも分からないことがあれば徹底的に調べ上げ、正確で詳細な報告書を出していた。小田切も徐々に西山を信頼し、西山からの報告書は「うんうん」と何度もうなずきながら読んだ。小田切自身が勉強家で、ノートは書き込みでびっしり埋まり、参考書には多数のアンダーラインが引かれていた。

また、小田切は部下を叱るときは必ず逃げ道を用意していた。西山もこの点を見習い、後に部下に対して同じように接した。

第二章　製鋼掛主任

大正十三年、師走――

もうもうと湯気が上がり、遠くのほうが霞んで見える工場の中で、タオルで頬かむりし、汗にまみれた作業服の男たちが、ずらりと並ぶ高さ三メートル弱の、かまぼこを半分に切ったような「ロール」と呼ばれる圧延機を見つめながら、自分の頭をぽんぽんと叩いたり、頭の上で湯気が立つ身振りをしたり、尻を叩いたりしていた。踊りのような仕草は、それぞれ、温度が低すぎる、温度が高すぎる、原動機（モーター）を逆転させろという合図である。

別の場所では、やはりタオルで頬かむりした男たちが、真っ赤に焼けた、幅約七〇センチ、長さ一～一・五メートル、重さ二〇～三〇キロのシートバー（鉄の板）を、鉄の火箸に挟んで引っ張っている。高熱の板を扱う作業のため、眉は一様に焼き切れ、鼻の皮が剝けていた。汗が大量に吹き出るため、あちらこちらに塩を入れた箱が置かれ、男たちが塩のかたまりを口に放り込み、水で流し込んでは、作業に戻っていく。

たまに暑さのため熱射病になって、卒倒する者もいる。

　川崎造船所葺合工場で、薄板の生産が始まっていた。鋼材のうち薄板は製造が困難で、やむを得ず輸入に依存していたが、前年（大正十二年）九月に起きた関東大震災の復旧資材として大量の需要があり、輸入だけでは賄いきれなくなっていた。中でもＵＳＧ28番（〇・三九七ミリ）より薄い板の製造は特に困難で、官営八幡製鉄所でも試みたが上手くいかなかった。川崎造船所では、米国から技師一人、職長一人、圧延手二人を招いてこの年六月から薄板生産に乗り出し、数ヶ月後に、ＵＳＧ32番（〇・二五八ミリ）の製造に成功し、内外の注目を集めた。後に「板の川鉄」と呼ばれ、鋼板に強い川崎製鉄の伝統がここに始まった。

「なかなかきびきびした働きぶりやね」

　湯気の中で働く男たちを見ながら、片手をステッキに預けた、青い菜っ葉服姿の男が微笑した。

　口髭をたくわえた五十八歳の男は、社長の松方幸次郎だった。幼い頃、高い所から飛び降りて右足のアキレス腱を切ったが、ステッキをつきながら五尺四寸（約一六七センチ）の短軀《たんく》で敏捷に現場を歩き回っていた。職工の肩を叩いて話しかけ、ときには小遣いもやり、社員のためにどしどし本を買い、技術者をどしどし海外に派遣する現場重視の社長である。

「みんな、社運がかかっているのが分かっていますから、懸命ですよ」

かたわらに立った大柄な小田切延壽がいった。

「これでうちは窮地を脱することができたな。きみらの頑張りのおかげや」

松方が満足そうにいった。

大正十年から十一年にかけて開催されたワシントン会議で、米・英・日・仏・伊の主力艦比率が五、五、三、一・七五、一・七五と定められ、会議開催までに完成していなかった戦艦は廃艦された。この影響で、川崎造船所で艤装中だった戦艦「加賀」が航空母艦に改装され、建造中だった巡洋戦艦「愛宕」が解体された。第一次大戦後の世界的不況の影響も加わって多数の中小造船会社が倒産した。

松方は、薄板の製造ができるかできないか分からないが、それに賭けるしかないと決断し、「これができなければ川崎は駄目だ。えらいだろうが、しっかりやってくれ」と挨拶し、毎日のように工場を訪れて社員たちを激励した。この時期、三菱造船所は長崎と神戸で七千人近い社員を解雇したが、松方は一人も解雇しなかった。

「今の工場は年産二万トンの規模ですが、うちの成功にはアメリカやイギリスも注目しています。受注は今後も順調に伸びて、二年後には、一〇万トンを突破できるのではないでしょうか」

小田切の言葉に、松方は満足そうにうなずいた。川崎造船所による薄板製造の成功は英米の業界誌が大ニュースとして報道し、日本の技術的進歩に対する警告も発せられ、ハーバード大学出版の技術書にも掲載された。

数日後――

葺合工場の製鋼工場内で、小田切と西山弥太郎が激しい議論をしていた。

「……馬鹿野郎、そんなことあるわけないだろう！　お前、どこに目ぇつけてんだ！」

坊主頭で引き締まった細面の小田切が、鋭い目つきで西山を見下ろして、雷を落とした。

「所長、蒸気は分解して水素を発生させるんです。その水素が鋼《はがね》に悪影響をもたらします。この本にもそう書いてあります」

カーキ色の作業服姿の西山は、手にした英文の技術書の該当ページを開いて、小田切に示す。

二人は、平炉と厚板工場で熱源に使っているガス発生炉について議論していた。ガス発生炉は、石炭を乾溜《かんりゅう》（空気を遮断して加熱・分解）して可燃性ガスを発生させる装置である。現在使っているのは、機械で石炭をかき混ぜるウッド式で、小田切が米国から採り入れたものだ。蒸気を用いるのは、発生ガスの量を増やすためである。

「この発生炉は、お前、アメリカで使われててなあ、何の問題も起きてないんだ。変な疑問を持つ暇があったら、別のこと考えろ！」

　罵声を浴びせる小田切の目の底に、相手を試すような光が宿っていた。西山が勉強家で仕事に真剣に取り組んでいるのはよく知っている。どの程度の確信があるのかを、叩いてどれくらい反発してくるかで推し測ろうとしていた。

「アメリカで使われているかもしれませんが、鋼の出来はよくないはずです。蒸気の量を調節すれば、もっと粘りのあるいい鋼ができると思います」

　がっちりした体格の西山は、白皙の顔に強い意思を滲ませ、一歩も退かない構えである。

「西山君、確かに蒸気で水素が発生するのは、きみのいうとおりだろう。けれど、鋼の出来には何の関係もない。水素が影響を及ぼすなんて、絶対にあり得ない」

　かたわらに立った先輩技師がいった。英国で平炉の技術を習得した人物であった。

「しかし、これを見て下さい。これは、わたしが過去一週間に取ったデータです。蒸気の量を減らしたときに、白点やふくれが減っています」

　白点とは鋼板の破面（断面）に現れる白色の斑点のことである。

「それは、データの取り方がおかしいとしか思えないね」

　先輩技師は、西山の資料をろくに見もしない。

「データがおかしいというのであれば、一度、きちんと取ってみればよいではないですか。そうすれば、真実が分かると思います」

西山は、怯まずに食い下がった。

翌月――

事務所の隅にある机にすわった菜っ葉服姿の小田切が、手にした書類を一ページ、一ページめくり、鋭い視線で記述内容を追っていた。

ガス発生炉と鋼の出来具合に関するデータで、過去一ヶ月間をかけて、西山らが収集したものだった。発生するガスの量、圧入する空気と水蒸気の飽和温度、各所のガスの圧力、蒸気管を通過する水蒸気の量、およびその圧力などに応じて、鋼の品質がどう変化したかの報告書だった。品質は、燐、硫黄、酸素、窒素、水素などの成分量や白点、マメ、ふくれ等の出現状況などで示されていた。

（なるほど、確かに奴のいうとおりだ……）

小田切は、データを一つ一つ吟味してゆく。

万年筆の几帳面な細かい文字でぎっしりと書き込まれた数字や折れ線グラフは、水素の発生が鋼の品質に悪影響をもたらすという説を見事に裏付けていた。

神戸の一月の明るい日差しが木枠の窓から簡素な事務室の中に差し込んでいた。小田切の机の前に西山と先輩技師が立ち、データに目をとおす小田切を無言で見守っていた。

（それにしてもこの西山という男、なんと天晴れな仕事の虫であることか！）

小田切は、厳格な表情の下で、湧きあがってくる微笑をこらえる。

西山は、単にデータで自分の説を裏付けるだけでなく、鋼の品質を向上させるため、加減弁によって水蒸気の量を調節することや、使用する石炭の種類や直径三五ミリのガス道を四五〜五〇ミリに変えることなど、さまざまな提案をしていた。

小田切の目に、熊内町の下宿の机の電気スタンドの灯りの下で、一文字一文字万年筆で丁寧に報告書を清書する西山の姿が浮かぶようだった。

「分かった」

目をとおし終えた小田切は、報告書をばさりと机の上に置いた。

西山は緊張して次の言葉を待つ。

「西山、お前のいうとおりだ。……俺の勉強不足だった」

坊主頭の小田切は、微笑をたたえていった。

元々技術者で、潔《いさぎよ》い性格でもあるので、客観的事実を認めることには躊躇しない。

「ここに書いてある改善策についても、やってみてくれ。いい鋼をつくるためなら何でもやろうじゃないか。俺はとにかく、葺合工場を少しでもいい工場にしたい。それだけや」

「はい、そのように致します。結果については、定期的にご報告致します」

西山は若手技術者らしい意気込みを表情にみなぎらせた。


約一年二ヶ月後（大正十五年三月）――

川崎造船所葺合工場の製鋼工場で、大型の平炉が組み立てられていた。薄板の増産にともなって、製鋼能力の大幅アップを図るため、新型の平炉二基（第七号平炉と第八号平炉）を増設することになったのだ。

天井からぶら下がっているクレーンによって着々と組み立てられているのは、ドイツのルップマン社製のメルツ式塩基性二五トン平炉だった。複雑な成分調整を要しない酸性平炉に対し、成分調整や化学反応を用いる塩基性平炉は、粘りのある強い鋼をつくることができる。高さ約七メートル、幅一〇メートル以上、奥行き約五メートルの巨大な王座のような姿の装置で、銑鉄やスクラップを溶かす船型の容器が上部に付いている。それを、空気や燃焼ガスを下から送り込む蓄熱室を内側に納めた台座が支えている。

「……ヘイ、ヤタ！」

組み立てられていく平炉の前で、設計図と作業の様子を見比べていた口髭の白人男性が、西山弥太郎を呼んだ。

「ヤー（はい）」

カーキ色の作業服姿の弥太郎は、ソフト帽にスーツ姿の男のそばに駆け寄る。

「ザーゲン・ズィー・ビッテ・ビシャイト、ディーザー・ベライヒ・ゾル・エトヴァス・ゲナイグト・ヴェルデン（あの部分に、もう少し角度をつけるようにいってくれないか？）」

中年の白人は、装置の上部にある燃焼炉の天井を指差していった。

「そうしたほうが、燃焼の炎が強くなるはずだ。……これだよ、これ」

そういって右手の親指と人差し指をすり合わせてみせた。金を意味するヨーロッパ流の仕草で、効率を上げて収益を高めようという意味だ。

「フェアシュタンデン（了解しました）」

西山はドイツ語で答え、きびきびとした動作で、組み立てをしている作業員たちのほうへ小走りで向かう。

ソフト帽の白人男性は、満足そうな表情で、西山の後ろ姿を見送った。ルップマン式平炉の据付と技術指導のため、当時、最大の日独貿易業者、イリス商会から派遣されたヨハン・ドリーゼンであった。工学博士号を持つ四十代前半のドイツ人で、久慈（岩手県）における砂鉄の精錬と鉄合金に関する技術指導のため、川崎入所の四年前から日本に滞在していた。

一方、三十二歳になった西山弥太郎は、一月一日付けで葺合工場製鋼課製鋼掛主任に昇進し、新型平炉導入の日本側担当者になっていた。ドイツ人家庭教師について習っているドイツ語を生かし、ドリーゼンら派遣されてきたドイツ人技術者たちと日本側の橋渡し役を務めている。

同年秋――

オレンジ色の電灯の明かりの下で、西山弥太郎は夕食をとっていた。

「……いやー、やっぱりルップマン式はすごいよ！　六時間そこそこで一杯出すんだから。もう少し工夫すりゃ、五時間台は確実だ」

汗が沁み込み、焼け焦げ跡や機械油がこびり付いたカーキ色の作業服のまま卓袱台《ちゃぶだい》の前にすわった西山は、興奮気味に話していた。声はやや甲高く、少年時代を偲ばせる朴訥とした喋り方である。早くから西山の能力を高く買っていた社長の松方から「どんどん現場に出ろ」と発破をかけられ、現場で工員たちと一緒に働いているため、眉が熱で焼かれて薄くなっていた。

膳の上には、西山が幼い頃から好きな油で焼いた芋などの家庭料理が並べられていた。西山は健啖家で、食べ物に好き嫌いがない。

向かい側に小柄で色白の女性がすわって、給仕をしていた。去る一月に結婚した夫人のミツである。三年前に大蔵省造幣局長を退官した多胡敬三郎の次女で二十一歳。東京府立第三高女（現都立駒場高校）出身の才媛である。身体が丈夫で、子どもの頃から活発だった。二人の仲をとりもったのは、西山の帝大冶金学科の一年後輩で、大阪の造幣局鋳造課長を務めている男だった。

結婚式は一月二十日に、東京九段の陸軍偕行社（交友会館）で挙げ、その足で二人は吾妻村の西山の実家に赴いて、体調がすぐれない父豊八と母ヒロに挨拶した。翌日神戸に向かい、小田切所長宅など数軒に挨拶回りをした。新婚旅行はなく、西山は翌日から再び仕事に没頭した。

「炉が思うとおりに働いてくれると、メシも美味いなあ。……お代わり」

そういって西山は、空になった茶碗を差し出した。それを受け取って、膳のそばのお櫃から米をよそうミツの着物のお腹がふくらんでいた。

結婚してすぐに子どもができ、年末くらいに出産の予定である。

二人の新居は、独身時代に下宿していた熊内町一丁目の近くの、野崎通七丁目にある二階屋だ。工場まではかすがの坂を下って市電を横切り、春日野道《かすがのみち》商店街を抜け、徒歩で十分あまりである。

「ごちそうさま！」

食事を終えた西山は、きちんと両手を合わせると、立ち上がった。

「これからちょっと工場に行って、炉の様子を見てくるから」

そういって玄関で靴をはき、引き戸を開けて出て行く。戸外はすでに真っ暗である。

ミツは上がりがまちでがっしりした後ろ姿を見送った。

西山が夕食のあと、休む間もなく工場に取って返すのは毎度のことだ。朝、星を仰ぎ見ながら出勤し、夜は、再び星を見ながら遅くに帰宅する。そして「今日は九八トン（鋼が）出た。明日は一〇〇トン出すぞ。一にも効率、二にも効率だ」と嬉しそうに話す。

時おり、小田切所長の家に同僚らとともに夕食に招かれ、酔って帰って来ると、上機嫌で一高寮歌「嗚呼玉杯」をミツに歌って聞かせた。

その年の十月六日、ミツは早産で長女寛子を産んだ。西山は工場の仲間たちに「生まれた、生まれた。こんなに小さいよ」と左右の指先を小さく丸めてはしゃいだ。

ところが、約二ヶ月の早産だったことを心配して東京から産後の面倒をみるために駆けつけたミツの母親で、脚気と腎臓病の持病を抱えていた多胡ゆきが、娘の出産七日後に脳溢血で倒れた。西山は会社を休んで看病したが、義母は十一日後の十月二十四日に享年五十二で息を引き取った。

公私ともに西山が充実した日々を送り始めた矢先、日本経済に黒々とした暗雲が垂れ込め始めた。第一次大戦中の好景気の反動からくる不況が、大戦終結の翌々年（大正九年）頃から始まり、大戦中に一貫して輸出超過だった国際収支は大幅な輸入超過に転じた。さらに、大正十年から十一年にかけて開催されたワシントン（軍縮）会議の結果は造船業や鉄鋼業に打撃をもたらした。

政府の財政収入が伸び悩む中、大正十二年九月一日に関東大震災が発生し、死者九万一千余、行方不明者一万三千余、重軽傷者五万二千余、全焼家屋三十八万戸、全壊・破損も含めると六十九万世帯が影響を受け、罹災者総数は三百四十万余に上る未曾有の災害となった。京浜地区の企業、会社、商店、工場の多くが焼失し、設備も商品も原材料もなくなり、保険会社が火災保険金を支払えないため、多数の企業が倒産の瀬戸際に追い込まれた。

政府は被災区域を支払い地とする手形のモラトリアム（支払い猶予）を実施し、民間銀行が割り引いた手形を「震災手形」として日本銀行に再割引させた。半年たった大正十三年三月の時点で、震災手形の残高は四億三千万円に達した。それから二年九ヶ月ほどのあいだに、二億三千万円分は振出人が決済したが、昭和元年末になっても二億円あまりが未決済のまま残った。このうち一億円が台湾銀行関連で、神戸の貿易商、鈴木商店の分が七千二百万円あった。

昭和二年一月二十六日、憲政会の若槻礼次郎内閣は、未決済の震災手形を処理するため、一億円の国費を投じ、残り一億円を振出人に十年賦で返済させるという震災手形善後処理法案を第五十二回帝国議会に提出した。これに対して野党の政友会は、「これは政商を助けるための法律ではないのか。震災手形をまだ決済していない銀行や企業の名前を公表せよ」と反発し、激しい議論が沸き起こった。政府は、銀行名や企業名の発表を拒んだが、噂が広がって評判の悪い銀行に預金者が駆けつけ、預金を引き出し始めた。三月十四日に片岡直温《なおはる》大蔵大臣が議会で「東京渡辺銀行がとうとう破綻を致しました」と誤った発言をしたために、実際は資金繰りがついていた同行が休業に追い込まれ、金融不安が一気に表面化。中小銀行を中心に取り付け騒ぎが発生した。四月五日には、台湾銀行に融資を打ち切られていた鈴木商店が倒産した。

四月二十一日——

出張先の欧州から急ぎ帰国の途についた川崎造船所社長松方幸次郎を乗せたカナディアン・パシフィック汽船の「エンプレス・オブ・ロシア号」が横浜港に到着した。

松方は船中で日本の金融情勢を耳にしていたが、現実は、予想を遥かに上回る深刻なものだった。鈴木商店系の六十五銀行が四月八日に休業に追い込まれ、台湾銀行も十八日から休業に陥っていた。さらに近江銀行や泉陽銀行も休業し、経済はパニック状態だった。

松方にとって最大の衝撃は、川崎造船所のメーンバンクである十五銀行（本店・東京中央区）で取り付け騒ぎが発生し、四月二十一日から休業することだった。同行は、松方の兄である松方巌公爵が頭取を務めている。川崎造船所が従業員を一人も解雇せずに、飛行機や薄板へ事業を拡大することで不況の波に抗して来られたのは、同行の融資（この時点で四千四百万円）あってのことだ。資金繰りのために川崎造船所が発行した手形の実に六割を十五銀行が引き受けていた。

神戸の本社に戻って会計課長武文彦から話を聞いた松方は、資金繰りが危機的な状況で、倒産も視野に入れなければならないことを知った。武は県立神戸商業学校出身の四十代半ばの男で、松方の腹心である。

翌日、松方は政府の支援を取りつけるため、東京にとって返した。最初に、霞が関一丁目の桜田通り沿いに建つ海軍省を訪れた（現在、農林水産省がある場所）。明治以降、薩摩出身の山本権兵衛、東郷平八郎らによって育てられた海軍の主流は薩摩人脈で、川崎造船所とは精神的にも親しい間柄にあった。当時、川崎造船所は一等巡洋艦二隻と大型潜水艦四隻の工事を請け負っていた。

海軍省に対して松方は、追加受注を前倒ししてくれるよう依頼したが、金融恐慌の中、先方からは色よい返事がなかった。

松方は、大蔵省や銀行も訪問して支援を訴えたが、やはり成果はなかった。銀行は各行とも自らの生き残りに必死で、取引先を支援する余裕はなかった。

五月――

川崎造船所の経営危機は、神戸市にとって深刻な問題になっていた。同社の従業員数は一万六千人で、家族も含めると六万人にも達する。また、多数の下請け企業があるため、六十六万の神戸市民の三分の一が影響を受ける。

五月十九日、黒瀬弘志神戸市長は「これは一私企業の問題ではない。神戸存亡の危機である」と、首相、大蔵大臣、海軍大臣に対して、救済を求める電報を打ち、陳情のため、自ら上京する決意を固めた。翌日には、神戸商工会議所もこれに続き、会頭の鹿島房次郎が東京に向かった。

こうした中、明治の元勲岩倉具視の四男道倶《みちとも》が動いて、財界の大御所（元東京株式取引所理事長）郷誠之助を説得し、川崎造船所再建の政府委嘱を引き受けさせた。郷は、関西財界の巨頭、渡辺千代三郎（日銀出身で、西成鉄道、大阪瓦斯、南海鉄道の社長を歴任）とともに川崎造船所の経営内容を調べた結果、造船部門以外の車両や製鉄部門は順調で、債務削減と運転資金の確保によって会社は息を吹き返すと結論づけた。海軍も「高性能の艦艇の製造のためには、川崎造船所は三菱造船所とともに、なくてはならない会社である。同社が操業停止に追い込まれたりすれば、国防上由々しき事態が生じる」と後押しした。

五月二十七日、郷は、川崎造船所に対する政府の特別融資三千万円を含む再建案を高橋是清大蔵大臣に提出し、六月十日に、政府はこれを閣議で了承した。

七月十八日月曜日——

松方幸次郎は、霞が関一丁目の海軍省の応接室で海軍大臣岡田啓介と話し合っていた。

英国人建築家ジョサイア・コンドルが設計した赤煉瓦の西洋建築の外の街路樹では蟬がやかましく鳴き、広い通りを時おり車や人力車が通りすぎていた。

「……今のままでは、八月の給料の支払いの目処すら立ちません。三日後をもって、造船部門を閉鎖することにしました」

口髭を生やした松方の童顔はげっそりやつれ、目はどこかうつろで定まらない。

いったん決まった政府の救済策に対し、会計検査院長水野錬六が「国の金を一私企業に融通するなどとんでもない」と反対し、山本悌二郎農相らが同調した。さらに松方が社長を務めている経営難の国際汽船の債務を川崎造船所が保証していることが発覚し、議会から「融資は違憲」との声が上がった。その結果、七月四日に首相の田中義一が、川崎造船所への支援を了承した閣議決定を白紙撤回した。

川崎造船所は、その日の運転資金さえこと欠く状態となり、松方が「おいが死んで川崎が生き延びるなら、自決も辞さんよ」ともらし、腹心の会計課長、武文彦がたしなめる一幕もあった。

「『衣笠』や『足柄』や潜水艦の工事はどうするんだ?」

五十九歳の海軍相岡田啓介は、実直で温厚そうな顔に驚きの色を浮かべて訊いた。

「衣笠」と「足柄」は、川崎造船所で建造中の一等巡洋艦（排水量七〇〇〇トン以上の大型巡洋艦）である。

「造船部門を閉鎖する以上、工事は中断せざるを得ません。……誠に申し訳ありません」

スーツ姿の松方は深々と頭を下げた。きちんと横分けにされた頭髪の中に白いものがずいぶんと増えていた。隣りにすわった武文彦も沈痛な面もちだった。

「それでは、今日のところはこれで失礼致します」

「ちょ、ちょっと待て」

岡田が立ち上がりかけた二人を制した。

「今、工事を放棄されては海軍も困る。……何とかできないか、話し合ってみるから、ここで待っていてくれ」

強い口調でいうと、倉皇《そうこう》として部屋を出て行った。

二人が、時おりハンカチで汗を拭いながら応接室でしばらく待っていると、話し合いを終えた岡田が主計少将加藤亮一（海軍省経理局長）をともなって戻って来た。

「川崎造船所の再建が軌道に乗るまで、海軍が造船部門を引き取って艦船工事を継続したいと思うが、どうか？」

口髭を生やした岡田海軍相が、二人を見ていった。

「海軍が造船部門を引き取る……？」

予期せぬ提案に、松方は戸惑った。

「おたくが海軍省と交わした契約書の中に、『艦船の建造が不能になったさいは、海軍がこれを続行する』という条文がある」

加藤主計少将が契約書の一つを開いて、松方と武に示した。

「我が国は、五月に山東省に出兵したこともあり、海軍力の拡充は急務である。川崎造船所が工事を遂行できないのであれば、海軍がこれにとって代わるしかない」

中国大陸で、軍閥・張作霖の北京政府打倒を目指す蔣介石軍が、二万人の日本人が居留する日本の権益地、山東省に接近したため、日本政府は去る五月に陸海軍を同省に派遣した。

「痛し痒し……」

松方が渋面をつくってつぶやいた。

「何だ、不服なのか?」

岡田が、むっとして訊いた。

「いえ、そうではありません」

武文彦が慌ててとりなす。

「松方社長は、英語は得意ですが、日本語は不得手なんです。痛し痒しというのは、つまり……海軍が一時的にせよ造船部門を引き受けることになれば、陸軍や鉄道省、あるいはほかの民間企業も同じように車両部門や製鉄部門を寄越せといってくるかもしれません。そうなるとうちは解体されてしまうと社長は懸念されているのです」

「……」

「ですから、このことが世間に公表される前に、海軍の真意を関係各方面にお伝えいただければ有難いと。……社長、そういうことでございますよね?」

武が念を押すと、松方は曖昧にうなずいた。

肉体的にも精神的にも疲弊していた松方は、冷静な思考力を失っていた。

岡田啓介海軍大臣は、ただちに川崎造船所への海軍進出に関する閣議了承を取り付け、造船所内に海軍艦政本部臨時艦船建造部を設け、七月二十三日に、海軍の艦船工事に関する一切の業務の引継ぎを完了した。九千四百人あまりいた同部門の社員のうち、五千八百六十六人を在籍したまま海軍側要員として転属し、残りは解雇（うち二百二十七人は休職扱い）した。

そのほか、遊休不動産の処分、役員報酬のカット、幹部社員の減給、松方・川崎両家による私財の提供などが行われた。

神戸市は、解雇された社員たちのために、県立第一高女内に臨時の職業紹介所を開設した。兵庫県も農家に帰る工員のための支援体制を組み、神戸駅はしばらくの間、新しい勤め先に向かう人々とその家族でごった返した。

九月――

京都大学経済学部を卒業して半年ほど前に川崎造船所に入社し、葺合工場に勤務している砂野仁《いさのまさし》（のち川崎重工業社長）は、ある日曜日、下宿を出て、西山弥太郎の家に向かった。

砂野は、かつて西山が下宿していた奥田松方に住んでいた。職場での仕事は事務系の職工掛で、製鋼、厚板、薄板、ガス、機械などの部門の出勤状況をタイプライターで作成し、社長の松方に報告したりしていた。世の中はだいぶ落ち着きを取り戻し、薄板の生産は順調に伸びていた。葺合工場は銀行融資の担保になっていたが、積極的に拡張され、平炉等の新増設を急いでいる。

砂野は、民家や商店が軒を連ねる通りを歩いて行った。付近一帯は、大正の初め頃まで、農家が点在するだけの一面の田畑で、往来に提灯がぽつりぽつりと点っている寂しい場所だった。町が発展した理由は、一帯が工場地帯になったことだ。川崎の葺合工場のほか、ダンロップ工場、神戸製鋼所、紡績会社などが進出し、それにつれて小工場も数多くつくられた。工場に行く坂の途中にある春日野道《かすがのみち》商店街には、大正七年に「山新館」という映画館ができ、それが契機となって商店街が形作られ、路地にはたくさんのカフェーや料理屋が軒を連ねている。

砂野は西山とは大学も別で、専門も理系と文系で、直接の接点はなかった。それなのにあえて訪ねようと思ったのは、下宿の大家である奥田松の言葉がきっかけだった。未亡人の松は、色黒であばたもあるが、育ちのよさと見識を感じさせる中年女性である。

「この座敷には、あなたの先輩の西山さんが結婚されるまでおられました。西山さんは、毎日夜の十二時頃まで原書などを読んで勉強しておられたのに、あなたはさっぱり勉強していないように見受けられる。そんなことでは川崎では勤まらないのではないかと思う。一度、西山さんのところに行って、よくご意見を聞いてきなさい」

砂野は、ずいぶん遠慮のないことをいうものだと思ったが、西山という人物に興味を持った。工場で西山は、一介の製鋼掛主任でありながら、社長の松方や所長の小田切とツーカーで話せる男として注目を集めていた。

西山の家は、砂野の下宿から北の方角に歩いてすぐの、神社の近くの木造の二階家だった。奥田松からは「西山さんはこのごろ謡《うたい》を始められたそうです。神社の近くで下手な謡が聞こえたら、そこが西山さんの家だと思えば間違いありません」と教えられていた。

「やあ、よう来たなあ」

三十四歳の西山は、着物姿でにこにこしながら砂野を迎えた。がっちりした骨格だが、現場を飛び回っているので、贅肉が少なく、研ぎ澄まされたような身体つきである。熱に焼かれて薄くなった眉は左右にぴんと上がり、やや横に広がった鼻は、朴訥とした力強さを感じさせる。

一家は、夫婦と間もなく一歳になる長女寛子の三人暮らしで、色白の夫人のミツは、二人目の子どもを身ごもっていた。家の中には、原書、技術書、中国関係の本、自分で書いたノートなどがあり、勉強家ぶりを窺わせた。『人の使い方使われ方』という経営学的な本もあった。

「仕事にはもう慣れたかい？」

西山が力の強そうな片手で日本酒の一升瓶を摑んで訊いた。

「はあ、おかげさんで何とか。……こないだ、薄板工場で、工員たちが火箸を振りかざして喧嘩寸前になったのには驚きましたけど」

砂野は座布団にあぐらをかき、湯飲み茶碗を差し出す。

「ははは、そうか。小田切さんが能率給を導入して、みんな目の色変えてるからなあ」

西山は愉快そうな表情で、砂野の湯飲みに日本酒を注ぐ。

七月から薄板工場では、生産性を向上させるため、「請負制度」という能率給が導入された。加熱六人、圧延十人、剪断四人を一組とし、目標達成度合いに応じて割り増し金を払う仕組みである。思い切ったやり方なので、社内では批判もあったが、小田切は意に介さず実行に移した。

職工たちは、スタンド（組）や班同士で激しく競争し、ときに工具の奪い合いやシートバー（鉄の板）の焼き方が足りないなどといって、鉄火箸を振り上げての大立ち回りが起こった。生産性は目に見えて向上し、当時、銀行員の月給は六十円くらいだったが、その数倍を手にする職工たちが続出した。

「春日野道のカフェーなんかでも、うちの職工はえらいもてているらしいですね」

カフェーは、コーヒーやケーキのほか、酒や料理を出し、着物にエプロン姿の若い女給が給仕してくれる店である。

「金払いがいいからなあ。製鈑の工員は、『頬の焼けた人』って呼ばれて、女たちが群がってくるそうだ。朝、福原の遊郭から出勤して来る豪傑もいるよ」

西山は片手で目をこすりながらいった。毎日、平炉の高温の溶鋼を長時間観察しているため、輻射熱《ふくしゃねつ》で眼球が軽い炎症を起こしているようだった。

「実は製鋼課でも能率給を導入しようと、今、ドリーゼンさんたちと色々検討している。けれども古い考えの技師や職工がいて、彼らをどう説得するかが課題だね」

西山は少し悩ましげにいった。

「ところで、分析掛の辻さんていうのは、どういう人なんですか？　たまに用事があって行くんですが、ちょっと取っつきにくいというか……」

砂野が訊いた。

「ああ、辻さんか。辻さんは、ああいう仕事なんで、人と接するのは得意なほうじゃないね。でも、優しい人でね。以前、部屋でスズメの子を飼っていてね。その鳴き声を聞きながら顕微鏡を覗くのを楽しみにしていたんだ」

「スズメの子ですか……」

西山はうなずく。

「ところが、隣りの部屋の黄尾《おび》さんという技師が、そのスズメの子を盗んだんだな」

「ええっ、なんでまた⁉」

「可愛らしいんで、欲しくなったらしいんだね。盗んで家で飼っていたのはいいけれど、猫に襲われて死なせてしまったそうだ。盗んだこともばれて、辻さんと仲が悪くなった」

「へええ」

砂野は、うなずいて湯飲みの日本酒を口に運ぶ。

「仲が悪いといえば、西部さんという人と、宇野さんという人が工場にいるだろ？」

「ええ、はい」

「あの二人も仲が悪くてね。あるとき、二人が庶務課長の小高根さんと一緒に工場内を巡視していたんだけれど、二人のどちらかが相手の足をカチンと蹴ったんだな」

「はあはあ」

「ところが、イテーッと声を上げたのは、小高根さんだった。……要は、間違って小高根さんの足を蹴ったってわけだ」

ほんのりと顔を赤らめた西山は、からからと笑った。

「小田切さんには、よく会うのかい？」

「はい。報告書を持って行ったりしてます」

「そうか。小田切さんは率直で衒《てら》いのない人だから、物怖じせずに思っていることをどんどんいったらいいよ。ただし、十分な下調べをして、自分なりの結論を出して、というのが前提だね」

　そういって西山は、湯飲みの酒をぐいっと飲む。昔から酒には強く、学生時代、「そんなに飲んで頭を悪くしやしないか？」と問われ、「好きなものはいくら飲んでも大丈夫」と答えていた。奥田松の下宿にいた頃は、同室の長光二《おさ》技師とよく晩酌をしていた。

　西山は時おり片手で目をこすりながら、砂野が今後工場で接することが多くなりそうな人々の人となりについて話して聞かせた。べらべら喋るのではなく、順を追って事実を語り、適宜エピソードを交えて絶えず相手の興味を引きつけ、理解度に応じて表現や速度を変える絶妙な話術だった。聞きながら砂野は、この人はただの技術者ではないと内心唸らされた。

「ところで、西山さんは、将来、何を目指してるんですか？」

　話が一段落したとき、砂野が訊いた。

「僕は鍛冶屋だから、鍛冶屋としての社長になりたいね」

「社長にですか？」

「うむ。小田切さんなんかは違うが、うちの会社は親方日の丸で官僚的な社風が強い。製鋼課の能率給導入なんかにしても、そういうことが障害になっている。技術屋として『こういうことをやるべきだ』と進言しても、受け入れられないで悔しい思いをすることもある」

西山の微笑の下に強い想いが渦巻いているのを砂野は感じた。

「技術屋として自分が信ずるところを実現するためには、やはり重役になり、社長にならなければ駄目だ。最近よくそんなふうに考えるよ」

自分にいい聞かせるようにいって、西山は、湯飲みの酒をぐいと傾けた。

昭和三年——

ある日、西山は製鋼工場で、ドイツ人技師のドリーゼン博士や「大仏」というあだ名の太っていつもにこにこしているドイツ人の職長と打ち合わせをしていた。

少し離れた場所で二台のルップマン式平炉が銑鉄とスクラップを強いネオンのようなオレンジ色の光を発する湯状に溶解し、天井に取り付けられた原料運搬用の鉄のクレーンが重い音を響かせながら動いていた。その下で、作業員たちが炉の中に酸素を送り込んだり、炉の温度を調節したりしている。その先には、旧式（シーメンス式）平炉六基が並んでいる。

「……ヤー、ディーゼ・ダーテン・ゼーエン・グート・アウス。マッヘン・ズィー・グライヒ・ダラウス・アイネ・グラーフィック！（うむ、このデータで結構だ。早速グラフにしてくれ）」

スーツにネクタイのドリーゼンが、西山のノートから視線を上げていった。

「フェアシュタンデン（分かりました）」

西山はうなずいてノートを閉じ、工場の一角の事務所へと向かう。

製鋼工場でも能率給の制度が始まっていた。

西山らは、ガスメーターなど各種メーターを各作業段階の装置に取り付け、作業の進行状況をすべて数字で把握するようにした。その結果を集計・グラフ化して、作業員一人一人の能率を明らかにして、高能率の者には思い切った歩合給を支給する仕組みをつくった。日本的な年功序列制度からドイツ式能率給制度への転換である。

「おい、西山っ！」

野太い声が飛んで来た。

視線を向けると、ランニングシャツ姿の岩崎という名の中年の職工が立っていた。力が強く、一部の職工の間でボス的な存在になっている。後ろに作業服姿の三人の職工がついていて、岩崎と同じように険しい視線で西山を睨んでいた。

「おめえ、ドリーゼンの野郎と、また何を相談してやがったんだ？」

頭にタオル地の手ぬぐいを巻いた筋肉質の岩崎が、一歩歩み出て猜疑心の強い視線を注ぐ。

「またあのくだらねえ作業能率表なんかをつくろうとしとんちゃうやろな？」

そういって西山を睨《ね》めつけた。

「作業能率表はくだらなくない」

西山は睨み返す。「今まで勘に頼っていた作業内容をガラス張りにして、効率が上がるよう、みんなで考えていく制度だ」

「何いうとるんや、てめえは！」

岩崎は唾を飛ばしながら怒鳴り、ごつい両手で西山の胸倉を掴んだ。

「鉄は生き物なんじゃ！　勘を使ってこそ、いい鉄ができるんや！」

「そうだ。鉄は生き物だ」

胸倉を掴まれながら、西山は怯《ひる》まずいった。

「生き物だからこそ、科学的・合理的に把握して、確実にいい鉄ができるようにしなけりゃならないんじゃないか」

「しゃらくせえこといってんじゃねえ！」

ガツンという鈍い音がして、西山の左頬に衝撃があった。口の中に生臭い臭いが充満し、片手で唇のあたりを撫でると、指先に血がついた。

西山は、むっとした表情で、仁王立ちになった。若い頃は職工と取っ組み合いの喧嘩もしたが、三十四歳になった今は自制心がある。

（殴りたければ殴れ。暴力に訴えれば訴えるほど、お前たちの立場は悪くなるんだ）

能率給に反対する職工の代表格が岩崎で、これまでも押しかけてきて抗議したり、製鋼課の別の若手技師を殴ったりした。西山らは、腹立ちをこらえて我慢した。乱暴すればするほど彼らの立場は悪くなり、結果的に、能率給が全工場的に認められると考えていた。

「塩川だって反対していることを、何の権限があっておめえらはゴリ押しすんだ⁉　おめえは、塩川の部下じゃねえか！」

塩川技師は製鋼課長で西山の上司である。作業の改善に関心がなく、昔ながらのやり方と勘に頼っている古いタイプの技術者で、能率給の導入に否定的だった。

「塩川さんは反対かもしれんが、能率給は小田切所長が認めておられる。工場のトップが認めているんだから、何の問題もない」

「てめえ、屁理屈ばっかり捏《こ》ねやがって……」

岩崎が再び西山に摑みかかる。

「おい、やめろ！　工場内で暴力をふるうとは何事だ」

若手技師やほかの職工たちが駆け寄って、二人の間に割って入った。

翌週——

西山は工場の会議室で、製鋼課長の塩川技師と対峙した。

西山が殴られたあと、今度は東大冶金学科の一年後輩で、満鉄（南満州鉄道）鞍山製鉄所を経て入社した桑田賢二技師が岩崎に殴られ、入院する事態になった。さすがに見過ごせず、改革派の旗頭の西山と守旧派筆頭の塩川が直接話し合いをすることになった。西山は、小田切所長から「なんだ、武士が町人に殴られてどうする」と発破をかけられていた。紳士的ばかりが能じゃない、この際、決着をつけたらどうだと暗にいっていた。

殺風景な会議室に、十人あまりの菜っ葉服姿の男たちが詰め掛けていた。小田切に次ぐ工場のナンバーツーである営業課長になった小高根と営業課助役の阿部が立会い人で、高野、守屋、伊達、新納、黄尾、蜂谷といった葺合工場の技師たちのほとんどが顔を揃えていた。

「塩川課長、岩崎ら職工が暴力をふるうので、多くの技師や職工たちが身の危険を感じています。わたしや桑田技師以外にも守屋技師が殴られたりしています。工場内の秩序の保全をお願いします」

カーキ色の作業服の襟元をきちんととめた西山がいった。

「きみぃ、しかし、技師を押さえて職工を立てなければ、工場の秩序は保てんと思うがねぇ」

西山同様、カーキ色の作業服姿の塩川が反論する。口髭を生やした年輩の技師で、どこかの町議会議員のような風貌である。

「そんな馬鹿なことが……。どちらを立てるか立てないかという問題じゃなく、職場で暴力をふるい、同僚に怪我をさせる人間をこのまま放置してもいいのかどうかという問題じゃないでしょうか」

西山は強い口調で反論した。

「じゃあ、きみは、たとえば岩崎をどうしろというんだね？」

「解雇すべきです。何度も暴力をふるっている以上、解雇しかないと思います」

「か、解雇というのは、きみぃ、ちょっと行き過ぎじゃないのかね。彼らは毎日危険な仕事をやってるんだ。多少、気が荒いところがあっても、それを上手く使っていくのが技師としての務めで……」

「危険な仕事をやっているのは、職工だけではありません！」

西山が憤然としていった。「我々は、所長以下、毎日火の粉を浴び、怪我や火傷で手足を傷だらけにして、一トンでも多く、早く湯（溶鋼）を出そうと懸命にやってるんです。職工だけが危険な仕事をしているわけじゃありません！」

西山は常日頃から職工以上に長く現場に出ている。能率給を算出するための炉の適正定員算定においても、自分自身が現場で作業をしてみて、ルップマン式は定員四人と定めた。職工たちと一緒に火の粉を浴びながら働く西山を見て、ほかの技師たちは頭が下がる思いだった。

「まあ、そうかもしれんが……」

塩川は、西山の剣幕を前にして口ごもる。「しかし、解雇というのはやはり行き過ぎじゃないのかね」

「塩川課長、何度も暴力沙汰を起こし、入院患者さえ出した人間は、やはり解雇するしかないんやないでしょうか」

二人の話を聞いていた技師の一人が声を上げた。

「技師や職工だけじゃなく、ドリーゼン博士らドイツ人技術者たちも身の危険を感じて、警官の保護なしでは工場に入れなかったり、護身具を持ち歩かなければならなくなっています」

すでに西山と入院した桑田の自宅には、警察の警護が付けられていた。

「やっぱり岩崎は、解雇するしかないんじゃないですか」

別の技師も同調した。

「じゃあ、ほかの連中はどうするんだ？　岩崎を辞めさせるんなら、暴力をふるったほかの連中も辞めさせないと、辻褄が合わんじゃないか」

「それならそれで、全員辞めさせたらいいじゃないですか」

「ぜ、全員……」

塩川は揚げ足を取られたと思い、困惑顔で黙り込んだ。しかし、もはや室内の大勢は、暴力をふるった者は全員解雇の方向だった。

話し合いの結果にもとづき、小田切所長は、岩崎ら暴力をふるった職工全員を解雇し、能率給導入をめぐるつばぜり合いは、西山ら革新派若手技術者の勝利に終わった。やがて塩川も会社を去り、小田切が製鋼課長を兼務することになった。実務は西山が取り仕切ることになり、西山は主任の肩書きのまま、実質的な製鋼課長になった。

その年（昭和三年）五月二十六日、松方幸次郎が三十二年間務めた川崎造船所の社長を辞任し、後任に、神戸商工会議所の会頭を務め、合資会社川崎総本家総理事だった鹿島房次郎が選ばれた。

松方は、造船部門が海軍の指揮下に入ったあとも、神戸にいる限りは、ステッキをついて工場に顔を出し、社員や職工の肩を叩いて激励し、成績を上げた部門の社員たちのために会社の食堂ですき焼き会を催したりしていた。しかし、前年の政府による救済がいったん頓挫した頃から引責辞任を決意しており、再建の見通しがついた段階で、取締役会に辞表を提出していた。

第三章　軍需工場

川崎造船所の新社長となった鹿島房次郎は、就任まもない昭和三年六月に、本社工場を艦船工場、葺合工場を製鈑工場と改称し、飛行機工場を含めて人事の刷新を図った。製鈑工場の薄板部門では、能率給の導入で生産性が向上し、材料のシートバーが不足しがちになってきたので、シートバー・ミル一式をドイツから輸入し、原料から製品までの一貫作業を開始した。製鈑工場長の小田切延壽は、七月に取締役に就任した。

西山弥太郎は、職場でますます重きをなすようになった。あるとき、旧式（シーメンス式）六号平炉の炉床の上げ下げが問題になり、ドリーゼン博士やウェアーという名のドイツ人技師と西山が、平炉の前で大激論を始めた。ほかの技師や職工たちはどうなることかと見守ったが、最後に西山が「このままでよろしい」という鶴の一声を発し、ドリーゼンらが納得するという一幕があった。

同年八月には、海軍の臨時艦船建造部は廃止され、会社は自主運営体制に復した。

関係先の不安は徐々に解消し、船舶の注文も増え始めた。昭和四年には、阿波国共同汽船の貨客船「第三十六共同丸」（一四九九トン）や、水産講習所（東京海洋大学の前身）の実習船「白鷹丸」（一三二七トン）などを建造し、翌年（昭和五年）には、鉄道省の連絡船「第二青函丸」（二四九三トン）、文部省の公立商船学校用練習船「日本丸」と「海王丸」（ともに二二八三トン）を建造した。こうした艦船工場の好調ぶりが製鈑工場の薄板生産能力の倍増と相まって、業績を押し上げた。

その頃——

あくなき平炉の改善に取り組む西山弥太郎は、巨大なルップマン式平炉の前に、酸素ボンベをずらりと並べていた。

ドリーゼンは中国における製鉄所建設を指導するために会社を去って中国大陸に渡り、製鋼課では西山が事実上のトップになっていた。

「……ようし、もう少し吹き込んでみろ」

カーキ色の作業服姿の西山が、平炉の前の技師の一人に指示を出した。

若い技師がうなずき、酸素吹き込み用電気弁のスイッチを押す。その様子を他の技師や職工らが見守っていた。

計器の一つが、酸素ボンベから炉の中に酸素が送り込まれ始めたのを表示した。

「たぶん、これでいいはずだ。これでまた少し出鋼時間が縮まるぞ」

度重なる改善で、ルップマン式平炉は一日出鋼回数四・五チャージ（一回《チャージ》の出鋼時間約五時間半）という好成績をあげるようになっていた。しかし、西山はこれに満足せず、注入用ストッパーにより酸化を防止する実験を始め、さらに、水冷式酸素バーナーで炉内に酸素を吹き込んで石炭ガスの燃焼を早め、出鋼時間の短縮と、石炭やマンガン鉄の使用量の節約を図ることを考え出した。日本初の「酸素製鋼法」である。

「日本は物が乏しいから、無限に存在する酸素は是非とも活用せねばならん。これは日本のためだ」

そういって西山は、平炉の前の若手技師に視線を転じる。

「通風の圧力はいくつにしてある？」

「四〇ミリです」

若手技師の言葉に、西山はうなずく。

平炉から発生する廃熱は排風機で通風を加減し、ガスの燃焼をコントロールする。ルップマン式の七号炉と八号炉には、ドイツのＭＡＮ社製（一九・八馬力）の排風機が備え付けられている。炉の状態がいいときに通風を強くすると、さらに燃焼はよくなるが、悪いときに同じことをやると一層悪くなる。西山は炉の状態に応じて、通風圧力を微調整していた。

作業を終え、西山が工場内の事務所に戻ると、どこか頼りなげな少年のような男が待っていた。

昭和二年に外国人の給仕として雇われた中谷佐太郎（のち川崎製鉄葺合工場動力課組長）だった。

「中谷、どうする？　事務所に残るか？　それとも現場に出るか？」

西山が訊いた。

中谷は、ドリーゼンら外国人技師たちが帰国し、仕事がなくなったので、身の振り方を相談にやって来たのだった。

中谷は、給仕というだけで馬鹿にされることが多かったが、西山はそういう態度をとらなかった。工場での人身事故を急遽報せるため、西山の家を訪ね、出てきた夫人のミツに「わたしは会社の給仕です。主任に至急ご報告しなければならないことがありますので……」と遠慮がちにいうと、ミツが「おあがり下さい」と丁寧に応対し、感激させられたこともあった。

「僕は、運転工になりたいです」

若い中谷は、ただ起重機の操作が格好いいと思っていた。

「よし、じゃあついてこい」

西山が事務所を出て、工場内を歩き出す。中谷は慌ててその後を追った。

「さあ、ここを上《のぼ》るぞ」

平炉と造塊部門の間にある高さ一三・五メートルのデッキの下に来ると、西山は、壁に取り付けられたサル梯子を大きな身体でするすると上り始め、中谷はその速さに驚いた。

中谷も必死で上ったが、途中で怖くなり、目がくらみそうになった。

「中谷、そんなことでは起重機には乗れんぞ」

西山が大きな手を差し出し、中谷の手をとって引き上げる。

「どうだ、ここにいると、工場内がよく見えるだろう」

デッキの上に立って西山が微笑した。

下の平炉や造塊部門の様子が丸見えで、どんな作業をしているかが手に取るように分かった。

(西山主任は、ここから見ていたのか……)

中谷は、下を見下ろしながら感心した。

技師や職工たちは、西山にしょっちゅう細かいことを注意されるので、いったいどこで自分たちの仕事を見ているのか不思議がっていた。

経営の建て直しや西山らの努力によって会社の業績が回復し始めた矢先、再び不景気が日本を襲った。昭和四年十月二十四日のニューヨーク株式市場の大暴落「ブラック・サーズデー」に端を発する世界恐慌と、翌年一月に濱口雄幸内閣が行った金解禁（金の輸出入を解禁し、金本位制に復帰）が日本経済を直撃した。金解禁直後から銀価格の暴落が始まり、六月には生糸価格が暴落、十月には米価も暴落した。企業の倒産や合理化が激増して大量の失業者が発生し、中小企業や農村は疲弊した。十一月には右翼による濱口首相狙撃事件が発生した（濱口はそのときの傷がもとで、翌年八月に死亡）。

川崎造船所では、艦船受注が激減し、雑草が生える船台も現れた。会社では四月に職工課に人事相談所を設置し、七月には金融相談所を設け、一身上の相談のほか、従業員に無利息融資を行った。大口債権者会議が六月に開かれ、それにもとづいて、八月から帰休制度や艦船工場のアイドル（不稼働）対策を実施した。十一月には、七十名を解雇。アイドル対策を三工場にまで拡大し、千三百五十人の従業員に帰休命令を発した。

翌年（昭和六年）春——

休日、西山弥太郎は、妻のミツと家の近所の商店街をぶらぶら歩いていた。

瓦屋根の商店が建ち並ぶ通りには、日本酒の大きな看板を掲げた酒屋、「高等呉服商」という看板の呉服店、八百屋、食料品店などが軒を連ねている。

通りを着物姿の婦人や、着物に帯をしめて鳥打帽をかぶった男たち、学生帽の小学生などが往き交い、時おり自転車に乗った奉公人などが通り過ぎる。

「……うん。会社の状態は相変わらず思わしくないなあ」

着物に帯で、下駄ばきの西山がいった。

四歳の長女寛子と三歳の長男和夫が西山にまとわりつくように歩いていた。

「そうですか。また人の整理があるんでしょうかねえ」

一歳半でよちよち歩きの次女、礼子の手を引いた小柄なミツがいった。

西山は、昭和三年に父の豊八、翌年、母のヒロを亡くしたが、三人の子どもに恵まれた。

「人の整理は避けて通れんだろうなあ。陸上のほうはいいんだが、船のほうがさっぱりだから」

昨年六月の大口債権者会議以来、会社は陸上工事の受注に努め、海軍軍需部の重油タンク、東京市の水道用鋼管、阪神電鉄地下トンネル用鉄骨など多くの仕事を獲得していた。一方、船の受注はぱったり途絶えている。日本興業銀行にも融資を断られ、去る三月一日に期限が到来した百八万円の社債の償還ができず、支払い猶予の已むなきに至った。

「入社以来十一年あまり……。働けど働けど、薄給のままですまんなあ」

「やっぱりこんにゃく屋に商売替えしますか？」

　ミツがからかうようにいった。

　近所の商店街にはこんにゃく屋が多く、昭和二年の金融危機で会社が窮地に陥った頃、追い詰められた気分の西山が「いっそこんにゃく屋にでも転向するか」とぼやいたことがあった。

「こんにゃく屋はやめとこう。製鈑工場のほうは順調だから、最後は何とかなるだろうよ」

　会社全体の苦境を尻目に、葺合の製鈑工場だけは好調だった。ルップマン式をはじめとする平炉は西山らの努力で出鋼成績がぐんぐん上がり、他社から平炉の操業方法について教えを請われるまでになっていた。西山の名前は「川崎の西山」、「平炉の西山」として業界で鳴り響いている。

　またこの月から、ドイツの最新式三段コールド・ロール（冷間圧延）機を導入して特優鋼板の製造を始めた。これは、自動車、客車、電車などの車体や高級家具に用いられる高級仕上鋼板で、広島の東洋工業（現マツダ）などに納めている。

同年（昭和六年）六月から七月にかけて、川崎造船所は三千二百六十人を解雇した。しかし、一億三千万円に達していた負債は、相変わらず利払いさえ困難な状況だった。債権者の一部に破産申請の動きがあり、会社が清算され、約一万人の従業員が路頭に迷う可能性も出てきた。

七月二十日、社長の鹿島房次郎は、最悪の事態を避けるため、神戸区裁判所に和議の申立てを行った。

同じ頃、川崎造船所や日本経済を大きく転換させる事件が起きた。

九月十八日、中華民国奉天（現瀋陽）郊外の柳条湖付近で、関東軍（満州駐留の大日本帝国陸軍）が南満州鉄道の線路を爆破し、中国軍の仕業だと偽って近くの中国軍兵営を攻撃したのだ。事件後、関東軍はわずか五ヶ月間で満州（現中国東北部）全土を占領し、中華民国との武力紛争に突入した。満州事変の勃発である。

このとき、奉天に駐屯中だった第二師団から柳条湖付近の爆破現場の状況視察に赴いたのは、西山の兄、西山福太郎陸軍少佐だった。

同年十二月には、金輸出再禁止などによって日本の景気は次第に回復し、軍需増大で鉄鋼生産は上昇し、価格も回復していった。船舶需要も高まり、翌昭和七年十月には、助成策として「第一次船舶改善助成施設（助成金）」が実施され、造船業界は息を吹き返した。

昭和七年八月十三日――

申立てから一年以上がたち、ようやく神戸区裁判所が、川崎造船所の和議開始を決定した。整理委員として甲南学園理事長平生《ひらお》釟三郎《はちさぶろう》ら七人が任命された。

十月には債権者集会が開かれ、和議の条件が可決された。和議債権のうち八パーセントは切り捨てられ、二九パーセントは二十年払い。残り六三パーセントは、二九パーセント部分が支払われたあと、余剰金の一部から弁済するという条件だった。この間、三千人を超える追加の人員整理が行われた。

同じ頃、葺合の製鈑工場では、珪素鋼板の製造が本格化していた。変圧器やモーターの鉄心に用いられる、低損失で飽和磁束性の高い鋼板である。

従来、ベルギーから珪素鋼のシートバーを輸入し、これを薄板に圧延、熱処理して珪素鋼板を製造していた。しかし、当時の技術では、珪素一・二パーセント以上の鋼塊製造は、塩基性平炉を使っていたため、珪素の炉内添加ができないという問題があった。西山は、この難題解決に乗り出し、数多くの実験を重ねた結果、B級（珪素一・二パーセント）、C級（同一・五～二・五パーセント）、D級（同二・五～三・六パーセント）の珪素鋼板の生産に成功した。

また、珪素四パーセント以上の変圧器用珪素鋼塊は、独自の特殊技術である平炉二鍋法を用いて一応製造に成功したが、品質が一定しなかった。珪素鋼板は珪素を含有するため脆く、割れたりカエリが生じやすかったためだ。そこで西山は、当時あまり例がなかったデュプレックス・スメルティング方式（電気炉二基と平炉との合併法）を採用し、少量のニッケルを加えて粘り（靱性）を出し、品質を一定させて特許を取った。

こうして川崎は、珪素鋼全種類の一貫生産を実現し、その後約十五年間にわたって、他社の追随を許さなかった。

昭和八年に入ると、国際情勢は風雲急を告げる状況になってきた。一月三十日にドイツでヒトラーが首相に任命され、ナチス政権が発足した。三月二十七日には、日本が国際連盟を脱退した。リットン調査団の報告が、中国大陸における日本の軍事行動を正当と認めず、満州国は傀儡政権であるとしたためであった。

同年四月三日──

東京丸の内の帝国鉄道協会会館二階講堂で、日本鉄鋼協会の第十八回通常総会が開かれた。

事業報告、理事・監事の選挙、名誉会員推挙式などに続いて、表彰式が行われた。

会場正面の壇上で、あと四ヶ月で四十歳になる西山弥太郎は、ネクタイに背広姿で直立していた。きちんと散髪した白皙の顔は緊張感で引き締まっていた。

「……本会は、服部博士記念資金委員会の決議をへて、製鋼炉の構造ならびに作業上の進歩発達に対する貴下の貢献顕著なるを認めたり……」

西山の目の前で、表彰状を読み上げているのは、鉄鋼協会の会長を務める河村驍《たけし》である。

「よって同資金取扱規則により、ここに服部賞牌を贈呈し、貴下の功績を表彰す。昭和八年四月三日、社団法人、日本鉄鋼協会会長、工学博士、河村驍」

会場には、八幡製鉄、富士製鋼、三菱製鉄など、鉄鋼各社から多数の人々が出席していた。

「株式会社川崎造船所、製鈑工場製鋼課長、工学士、西山弥太郎殿」

最後まで読み上げると、河村は表彰状の上下を逆に持ち替え、西山のほうに差し出した。

西山は一歩進み出て、神妙な顔つきでそれを受け取る。

会場から拍手が湧き、カメラのフラッシュが焚かれた。

続いて河村は、眼鏡をかけた服部漸《すすむ》の顔が刻まれたメダルを西山に手渡した。

服部賞は、八幡製鉄所の技術部門のトップであった服部漸が、退職の際に受け取った記念品を寄託した資金をもとに設けられた賞で、鉄鋼生産に関する学術上、技術上の進歩発展に顕著な貢献をした者に与えられる。

西山はこの日、鉄鋼技術者にとって最高の栄誉である同賞の第三回の受賞者となった。

受賞のもとになったのは、西山が去る一月に業界技術誌『鉄と鋼』に発表した「塩基性平炉改造の経過とその成績について」と題する論文だった。冒頭に大正十二年から昭和七年上半期までの川崎造船所葺合製鈑工場の平炉の製鋼成績が表にして掲げてあった。

それによると、大正十二年の平均成績は、一回あたりの原料投入トン数二六・二六五トン、歩留まり率（原料に対する鋼製造比率）八八・一六パーセント、一回あたりの製鋼時間九時間十四分であった。これに対し、昭和七年上半期の成績は、それぞれ三七・六九四トン、九二・〇五パーセント、四時間二十分と、生産性が飛躍的に上昇した。

論文はその理由について、第一章燃焼口、第二章天井に始まり、炉壁、空気およびガス昇口、鋼滓室、蓄熱室、送風機、小煙道、変更弁、廃熱利用汽缶および煙突、ガス道およびガスの項目に分け、それぞれどのような改善を施し、その結果どのような成果が得られたかについて述べていた。

たとえば燃焼口については、出鋼回数が増えるにつれて前部が熔損（高温で侵食）して後退し、ガスの燃焼状態と炎の方向が変化する問題があった。これに対しては、天井の形状を変えて炎を長くし、炎の逆流を防ぐとともに、ガス噴出口の角度を当初の十五度から十七度に変え、噴出口の高さを当初の八五〇ミリから徐々に下げ、最終的に七〇〇ミリにして、噴出状態をより確実なものとした。

炉壁については、通常の直立ではなく、十五度の傾斜をつけるなどの改良を施した。

空気およびガス昇口については、熔損を防ぐための冷却水管の位置を昇口の全部に分散し、本数を五本から六本に増やした。

西山の論文は、こうした数多くの改善策について、豊富な図面、グラフ、データを駆使して、三十四ページにわたって詳述していた。

服部賞受賞によって、西山は、業界屈指の技術者としての名声を確立した。

時期を同じくして、西山は、製鈑工場製鋼課長に昇進した。ただし、この昇進は決して早いものではなく、西山より七年半ほどあとに入社した砂野《いさの》仁《まさし》が、西山から遅れることわずか四ヶ月で本社（艦船工場）の職工課長に昇進した。東大冶金科の一年後輩の桑田賢二もこの頃課長になり、三人は、かつての下宿の大家、奥田松、為子母子を神戸市南京町の「大東酒楼」に招待し、世話になったお礼をした。

この年後半、のちに千葉製鉄所建設の際に遺憾なく発揮された西山の行動力と交渉力を示す出来事があった。葺合工場の圧延用スタンドとホイルが破損し、急遽代替を要する事態になったときのことだ。西山は三菱製鉄本社の松田貞治郎常務に直談判し、日本統治下の兼二浦《けんじほ》(現在の北朝鮮平壌市の南二〇キロメートル強)にあった同社工場(大正七年操業開始の銑鋼一貫製鉄所)の厚板ミルとハウジング(ミルを収める鉄製の枠)の一切を借り受けることにした。重量や大きさからいって鉄道輸送が困難だったため、西山は鎮海(釜山の西約三〇キロメートル)にあった帝国海軍司令部を訪れ、長官と交渉して大型浮クレーンを借用した。現地でクレーンによる施設の船積みを陣頭指揮し、大同江から黄海、対馬海峡を経て神戸まで輸送し、葺合工場の設備破損からわずか一ヶ月という短期間で、工場の稼働再開を実現させた。

この頃——

阪神電車が地下鉄工事をしていたため、葺合工場の若い職工、角間利作(のち川崎製鉄西宮工場倉庫課勤務)は、仕事が終わった帰り、阪神西灘駅で電車を待っていた。

ホームの少し離れた場所に、作業着姿のがっちりした男が現れた。西山弥太郎だった。

（ああ、製鋼の課長様やな）

別の部署にいる角間は、半ば冷め、半ば戸惑った思いで黙っていた。

すると西山は、角間のほうに歩いて来た。

「今、お帰りですか？」

明るい笑顔で声をかけられ、角間は驚いた。

（心の広い人やなあ！　直接の部下でもない俺に、課長のほうから挨拶してくれるなんて）

それから角間はちょくちょく駅などで西山と話すようになり、この日の感激を胸に、西山のためなら一生働こうと、四十年以上の長きにわたって会社に勤めた。

昭和九年――

この年入社した職工の赤松菊雄（のち川崎製鉄葺合工場鋼帯課組長）は、平炉が大音響を立て、今にも爆発しそうなので、ガスの変更作業を恐々やっていた。

そこへ西山弥太郎がやって来た。

「これは様子がおかしい。すぐ炉を止めて、煙道のマンホールを開き、中へ入って、

「原因を調べろ」

煙道というのは、ガス発生炉から石炭ガスを平炉に送り込むトンネル状の空洞で、よく中に煤が積もって径が段々小さくなる。また、定期的に修理もしなくてはならない。

西山に命じられ、職工たちは炉を止め、マンホールを開けた。

しかし、煙道は熱を持って真っ赤で、中に入って調べるどころではない。仕方がないので、しばらく放置して冷やすことにした。

二、三時間してみんなで行ってみると、煙道の壁の色こそ黒くなっていたが、まだ熱くて、とても中に入れそうになかった。

「こんな熱いのに入れるかよ！　弥太公呼んでこいよ！」

誰かがいったとき、煙道の中から声がした。

「おーい、呼びに行かんでも、俺はここにおるぞー」

煙道からごそごそと、真っ赤な顔をした西山が這い出てきたので、一同は冷汗三斗で大慌てでした。

昭和十年二月——

背広にコート姿の西山弥太郎は、米国東部ペンシルベニア州の鉄の町、ピッツバー

グを訪れていた。二年前に鹿島房次郎の後任として川崎造船所の社長の座を継いだ平《ひら》
生釟三郎《おはちさぶろう》が西山の将来性を見込み、「お前、一万円やるから、何日でもかまわん。ぶ
らぶら外国を回ってこい」と、欧米視察旅行に送り出してくれたのだった。当時の一
万円は大卒初任給の百五十倍くらいで、現在でいえば二千万円から三千万円に相当す
る大金である。
平生は母校の東京高等商業学校（のちの一橋大学）で教鞭をとったあと、兵庫県立神戸商業学校長を経て甲南学園の創設に尽力した教育者で、韓国政府仁川海関幇弁（税関の事務官）や東京海上火災の大阪と神戸の支店長、ロンドン支店監督、専務などを務めたやり手の実業家でもあった。自宅の建築に関わった西松建設の技術者に「これで洋行してこい」とポンと金を渡すなど、モノになると思った若手を気前よく洋行させる癖があった。

西山は一月に日本郵船の浅間丸で横浜港を出港し、約二週間かけて太平洋を渡り、米国に上陸した。

ピッツバーグはオハイオ州との州境近くに位置し、町の中心部でオハイオ川、アレゲニー川、モノンガヒーラ川という三つの河川が合流している。鉄鋼業のカーネギー財閥と銀行業のメロン財閥の本拠地で、北にペンシルベニア油田、モノンガヒーラ川流域に良質な粘結炭を産するピッツバーグ炭田を擁する。

市街中心部には二十階建てから四十階建ての石造りの高層ビルがそそり立ち、その谷間を路面電車や、四つの車輪が横に張り出した箱型の自動車が走っている。川にいくつも架かる鉄橋と工場の高い煙突群が印象的である。

米国最大の製鉄会社、USスチール社をはじめとする製鉄各社の高炉や工場は三つの川の川岸に添って細長い三叉形をつくり、コークス炉の消火塔から立ち昇る白い蒸気がたなびいている。かつては町全体が煤煙でおおわれ、建物が黒く染まっていたが、五年前からスモーク・コントロールが行われ、環境は徐々に改善している。

西山は、ピッツバーグの製鉄所でホット・ストリップミル（連続熱間圧延設備）を初めて目の当たりにした。それは手動に多くを依存する葺合工場とはまったくの別世界だった。

（これがホット・ストリップミルか……。すごいもんだ！）

背広姿の西山は、工場内の一角で、端から端まで見通せないくらい巨大な設備を見詰めた。

目の前で、ネオンのように強烈なオレンジ色の発光体となった長さ数メートルのスラブ（鋼片）が、ドドドドッという荒々しい音を立てながら、鉄のローラーの上を高速で滑るように流れ、一定間隔で置かれたミル（圧延機）の中に入ってゆく。

ミルは大型の鉄製の枠「ハウジング」の中にスラブを圧延するロール（鉄の棒）を納めた装置で、そこを通過するたびにスラブは薄く長く延び、最初は長さ数メートルだったものが、最終的に一〇〇メートル以上になる。全長数百メートルの工程を終えると、最初は厚さ二五センチほどだったスラブは数ミリから一センチ強になり、トイレット・ペーパー状に巻き取られる。そして次にコールド・ストリップミル（連続冷間圧延設備）によって厚さ一ミリ以下の薄板にのされる。

「ディス・ワズ・デベロップト・トゥ・ミート・ザ・デマンド・フォー・ザ・スィン・スティール・プレーツ（この方式は、薄鋼板の需要増に対応するために開発されたものです）」

案内の米国人社員の言葉に西山はうなずいた。

米国では、急速なモータリゼーションによって薄鋼板の生産増と品質の高度化が求められ、一九二〇年代からストリップミルが従来の手動式ミルに取って代わりつつあった。

説明を聞いている間にも、ドドドドッというけたたましい音を立て、目の前をオレンジ色のスラブが次々と流れ去る。スラブは約千二百度に熱せられているため、二〇メートルくらい離れた場所に立っていても、通過するたびにむっと熱風が押し寄せてくる。スラブが上を走るローラーの温度を下げるため、大量の水がかけられ、水蒸気がもうもうと立ち、冬であるにもかかわらず工場内は蒸し暑い。

（やはり将来はこういうマスプロだ。ストリップミルでマスプロをやって、薄板を安く大量に供給するのだ。……そのためには、高炉を持つ一貫製鉄所でなくてはならぬ）

西山は、顔に滲んだ汗をハンカチでぬぐいながら、魅せられた眼差しで、稼働を続ける巨大な機械設備を見詰め続けた。


三週間後（二月下旬）――

大西洋を渡った西山は、ロンドンを経由して、英国北部のグラスゴーを訪れた。

グラスゴーはスコットランド最大の都市で人口は約百万人。黒っぽい石造りの建物が多く、歴史を感じさせる町並みだ。石畳の道を二階建ての路面電車、二階建てバス、馬車などが行き交い、男たちは丸みのあるボーラーハット（山高帽）をかぶっている。

十六世紀に町を東西に貫くクライド川の水運を利用した貿易が盛んになり、アメリカ大陸のタバコやカリブ海の砂糖などがこの町を経由して英国内に運び込まれるようになった。産業革命が起きると、ランカシャーの石炭と鉄鉱石を利用して工業化が進み、海運業の隆盛を契機に造船業も栄えた。

「……ルッカット・ザット・ガーイ。ヒー・イズ・ジャパニーズ（あの男を見ろ。日本人だぞ）」

　グラスゴー駅のそばのステーション・ホテルの食堂で西山が、目玉焼きにベーコン、焼いたトマトにベークド・ビーンズ、トーストという英国式の朝食をとっていると、背後で大きな声がした。

　聞き耳を立てると、数人の英国人の男たちが、西山を指して話をしている様子である。

「日本人はイギリスに来ては色々と勉強して帰国し、とうとう我が国の工場の火を消してしまったではないか」

　日本を責めるというより、自戒するような口調だった。

　確かにこの頃は、日本の輸出が盛んで、世界中どこに行っても、日本製の雑貨が溢れている。とりわけ綿製品の輸出は旺盛で、ランカシャーの綿工業の中心都市マンチェスターの工場の煙を消す勢いだ。また、グラスゴーに来る前に立ち寄ったウェールズ南部では、日本の製鉄会社の亜鉛鉄板の輸出に押され、工場群の火が消えたような有様だった。

「我々も負けないように、どしどし日本に人を送り込んで、日本のよいところを勉強せねば駄目だ」

　西山はまんざらでもない気分でコーヒーをすすりながら、旅程表に視線を落とした。細く几帳面な万年筆の文字で記された旅程表には、グラスゴーで造船会社を見学する予定が書き込まれていた。取締役工場長の小田切から、「グラスゴーに行ったら造船所を見てくるように」と命じられていたためだ。また、英国中部のシェフィールドで鉄鋼業を視察し、三月上旬に欧州大陸に渡る。

「我が国の産業が国際競争で遅れをとっている原因は……」

背後の英国人たちは、西山が英語を解さないとでも思っているのか、相変わらず声高に議論を続けていた。

三月五日に欧州大陸に渡った西山は、ドイツの鉄鋼大手クルップ社のマグデブルク工場やエッセン工場を訪れ、貧鉱石から鉄をつくる「クルップ・レン法」について学んだ。

当時、ヒトラー政権下のドイツは、第一次大戦に敗れたあと連合国側の圧迫もあって経済的苦境に陥り、鉄鉱石を買う外貨にも事欠いていた。そのため地下深くにある成分三〇パーセント程度の貧鉱石で鉄をつくる必要に迫られ、ロータリー・キルン(回転式筒状炉)を使って鉄を還元するクルップ・レン法を開発し、前年九月にドイツの鉄鋼技術誌『シュタール・ウント・アイゼン(鉄と鋼)』に発表していた。小田切や西山らはこの論文を読み、かねてからこの技術に注目していた。理由は、岩手県における砂鉄事業である。

岩手県久慈町（現久慈市）では、松方幸次郎の弟の松方五郎（幸次郎は元首相松方正義の三男で五郎は五男）が代表者を務める常盤商会が、大正初期から砂鉄を使って製鉄する事業を試みていた。同社は十数年間にわたって巨費を投じ、米国人技師を招いたりして、「角炉吹法」、「鉄骸炭法」、「海綿鉄法」などを試したが成功に至らず破産。松方五郎は引責辞任し、鉱山は十五銀行、工場は川崎造船所のものになっていた。

一方、昭和二年の金融恐慌で事実上破綻し、整理の途上にある十五銀行（破綻時の頭取は松方正義の長男、松方巌公爵）が常盤商会に半額出資しており、十五銀行の整理が上手くいくかどうかは、旧常盤商会の砂鉄事業の成否に大きく関わっていた。松方家に恩義がある小田切や西山としても何とかしたい問題だった。

久慈の砂鉄はチタン七〜八パーセントを含む鉄分三〇〜四〇パーセントという貧鉄鉱である。クルップ社を訪れた西山は重役のコウビッツに久慈の砂鉄を送るので、クルップ・レン法で鉄がつくれるかどうか実験してほしいと依頼し、快諾を得た。

欧州の旅の終盤、ベルリンで西山は、一高の一年後輩で満州の昭和製鋼所に勤務する技術者、浅輪三郎に会い、ビールを飲みながら、学生時代からこんにちまでの話や転炉やストリップミルなど製鉄技術の話、クルップ・レン法の話などを時のたつのも忘れて語り合った。浅輪はのちに千葉製鉄所建設に際して川崎製鉄に入社し、高炉技術者として腕をふるうことになる人物である。このとき浅輪が「砂鉄は鉄源としては絶対駄目だ」と反対すると、西山は「いや、俺はやる」といって譲らなかった。

三ヶ月あまりの欧米視察を終えた西山は四月三十日にベルリンを出発し、シベリアを経由して満州に入り、満鉄の鞍山製鉄所を見学したのち、五月に帰国した。妻のミツにはアクセサリー、長男の和夫（七歳）にはドイツの空気銃、娘たちには各国の人形と、たくさんの土産を持って香枦園《こうろえん》（西宮市川西町）の自宅に戻った。

帰国早々の五月十七日、西山は技師長の発令を受けた。それまでなかった技術部門の最高責任者の職務で、西山のために設けられたようなものだった。課長への昇進は遅かったが、課長になってわずか二年で、約四千八百人の従業員を擁する葺合製鈑工場におけるナンバーツーの地位に就いたのである。

それからわずか十日ほどのち、騒動が起きた。

会社側が、葺合のすぐ西側の生田川沿いにあった葺合工場の分工場を日本鋼管に譲渡すると発表したのだ。

同分工場は、角ビレット用三重圧延分塊機とスケルプ用圧延機一式が主要設備で、管用材料を製造し、京浜地区にある昭和鋼管に供給していた。当時の鉄鋼業界では、各社が専門分野を定め、他社の分野をおかさないようにしていたため、川崎造船所は専門外の鋼管設備を譲渡することにしたのだ。

ところがこの譲渡を、二人そろって豪放磊落で大雑把な社長の平生と専務の鋳谷正輔《いたにしょうすけ》が、小田切をはじめとする製鈑工場の幹部に一切相談せずに決めたため、悶着が起きた。

譲渡のことを知らされた小田切は激怒し、技術陣がそろって平生社長に食ってかかった。このとき平生らは「技術屋は料理屋の板前だ。主人が替わっても板前は替わらなくてよろしいし、板前は料理屋の主人でも経営者でもない」といい放ち、技術陣は「ならば板前が料理屋の主人であり経営者であったらどうなるか」と反論したといわれる。結局、小田切は憤然として職を辞し、会社を去った。

西山についても新聞に辞職説が出たりしたが、会社に踏みとどまった。後任の製鈑工場長には、元海軍造船中将の吉岡保貞専務が就いた。吉岡は所長の判子を西山に預けっぱなしにしたので、西山が実質的に工場を運営することになった。厳しくもフェアな小田切に心酔していた西山らは、小田切の胸像をつくり、工場内の一角に設置した。

それから間もなく、西山と砂野仁は、田中という名の鋳鋼課長に神戸の「菊水」という牛肉屋に招かれた。食事をしながら田中は「小田切さんの像をどこかに移してくれないか。吉岡工場長はあれを見るのも嫌なんだそうだ」と切り出した。上司の命令なので、西山らは了承するしかなかったが、腹を立てた西山は、その夜の二次会で砂野の頭に酒をぶっかけた。

翌年（昭和十一年）十二月——

日本軍に殺された満州軍閥の指導者張作霖の息子張学良が、共産党の撲滅への協力を求めて西安を訪れた国民政府の蔣介石を軟禁した事件をきっかけに、共産党指導者の周恩来、秦邦憲、葉剣英らが西安に入り、内戦の停止や政治犯の釈放、救国会議の即時開催などを蔣に認めさせ、のちの第二次国共合作につながる西安事件が起きた。

翌昭和十二年七月七日夜、北京郊外の盧溝橋付近で日本軍の駐屯部隊に向け一発の銃声が発せられた。日本軍はこれを盧溝河対岸の中国軍からのものと判断して応戦。小競り合いとなったが、翌々日に両軍の幹部の話し合いで、停戦にこぎつけた。

しかし、両国関係が悪化していたため、七月中には華北地方（北京とその周辺）で本格的な戦闘が始まり、八月には上海に飛び火し（第二次上海事変）全面戦争となった。日本は、米国の中立法に抵触して米国からの軍需物資輸入が停止することのないよう、宣戦布告を行わず、戦いを戦争ではなく「支那事変」と呼んだ。

日本側の予想に反して中国側の抵抗は強く、戦いは長期化し、数十万人の日本兵が中国に留められ、十二月には非戦闘員を大量に巻き込んだ南京事件も発生した。

近衛文麿内閣は、当初、日本を無闇に追い出そうとする中国が悪いと非難し、東亜新秩序の建設が戦いの目的であると主張した。しかし国際社会は日本による侵略戦争とみなし、日本は徐々に孤立していった。昭和十三年四月には、総力戦遂行のために国家のすべての人的・物的資源を政府が統制運用できるとする国家総動員法と、電力を政府が統制する電力管理法が公布され、太平洋戦争につながる泥沼の道を突き進んでいく。

一方、戦争の拡大は、造船業界や鉄鋼業界に活況をもたらした。昭和十一年にワシントン軍縮条約が失効し、海軍は一切の制約から解き放たれて昭和十二年から戦艦二隻を含む七十隻の建造を決定した。川崎造船所でも二等巡洋艦「熊野」や航空母艦「瑞鶴」などを建造した。また潜水艦でも業界トップクラスになった。


昭和十三年初夏――

西山弥太郎は、岩手県久慈町（現久慈市）を訪れた。まもなく四十五歳になる西山は、つい先日、吉岡のあとを受けて製鈑工場長になったばかりである。課長になって五年、技師長になってわずか三年のスピード出世だ。

岩手県北東部の太平洋に面した久慈町は人口約八千人。昭和五年に青森県の八戸につうじる鉄道線（久八線）が開通した。大豆や養蚕などの農業、炭焼き、「北限の海女」が行う漁業、酒や味噌・醤油づくり、製塩業などのほか、日本最大の琥珀の産地である。空っ風が強い寒冷の地であるため稲作にはあまり適さず、江戸後期には一揆も起きた。茅葺・土壁の家が多く、出稼ぎが多い土地柄である。

「……どうや？　ドバは出るか？」

カーキ色の国防服を着て、足にゲートルを巻いた西山が、深さ数メートルの穴の中にいる作業員に声をかけた。

ドバというのは褐色の砂鉄である。久慈にはこのほかマサと呼ばれる灰色の花崗岩の砂鉄がある。

「いやあ、出んです」

人が一人ようやく入れる深さ数メートルの穴の底でシャベルを手にしたランニングシャツ姿の作業員が地上の西山に向かって答えた。

「そうか……」

西山は厳しい表情でいった。

「やっぱり、思ったほどはないか」

そばで川崎造船所の若手技術者数人と久慈町役場の案内人が二人のやり取りを見守っていた。

場所は、町の中心部から西に数キロメートル離れた標高二〇〇メートルほどの山中で、木々の間に、西山らが掘らせた穴が点在していた。

少し離れた場所で西山らが乗ってきた馬が木につながれていた。南部馬の血をひく、足が短くてがっしりした体形である。

「所長、やっぱりこれだと一〇〇〇万トンもない感じですね」

試掘データのノートを手にした若手技師の一人がいった。

頭上の青空には白い綿雲が浮かび、遠くに標高七〇六メートルの久慈平岳の青い山影が見える。

「そうやなあ。六、七〇〇万トンといったところかなあ」

付近に豊富な砂鉄の鉱床を有する久慈は、江戸時代、日本一の鉄産業の町だった。松方五郎の委嘱を受けて調査をした米国人技師は、久慈の砂鉄埋蔵量は五億トンから十億トンとし、地元も大型の工場建設を期待した。

しかし西山は、一年半を費やして自ら一六キロ四方の鉱区を馬で歩き回り、一帯を一〇〇メートルの碁盤の目に区切り、深さ数メートルから十数メートルの穴を掘って埋蔵量を確かめようとしていた。穴の数は全部で約二千七百本に達する予定である。

また、クルップ社に久慈の砂鉄三〇トンを送り、製錬に成功していたが、これに満足せず、さらに砂鉄一〇〇トンと久慈で使用する朝鮮の無煙炭三〇トンを送り、逸見という若手技師を派遣して実験に立ち会わせた。

数日後——

久慈での調査を終えた西山は、八戸と東京を経由し、一昼夜半をかけて神戸に戻った。

神戸駅に到着したのは夜遅い時刻だったが、西山は自宅には戻らず、葺合の製鈑工場に直行した。現場を重視し、時間があれば工場を見て回るのが西山の流儀である。

「鉄をつくるということは面白い。製錬しているとき、炉の前で技師でも職工でも無駄話をしていると、ろくな鉄ができやしない。やはり一生懸命窯《かま》を見詰めて考えながらやることが大事だ。正宗の名刀を鍛えるのと同じことで、精神を統一しないといけない」と常々話している。

西山は、工場のそばのバラック建てのような事務棟で、詰襟でカーキ色の作業服に着替えると、工場に向かった。

製鋼工場では、ずらりと並ぶ平炉が、台座の上の船型の器で真っ赤に溶けた銑鉄とスクラップを鋼へと変換し続けていた。炉の一つが、ちょうど出鋼作業中で、側面のタップ・ホール（出鋼孔）から火花とともにネオンのような湯状の溶鋼が巨大な鉄鍋に注がれていた。あたりはむっとするような熱気で満ちている。

「おう、ええ湯（溶鋼）ができたやないか」

つばのあるカーキ色の帽子をかぶった西山は、溶鋼のオレンジ色の光を受けながら炉の前で作業をしている職工に声をかけた。

西山は、溶銑や溶鋼の色や飛び散る火花の色や形で、瞬時に〇・〇二パーセント程度まで成分をいい当てることができる。

「あっ、おやじさん。ご苦労さんです！」

汗の白い結晶がところどころに付着したカーキ色の作業服姿の職工が西山を振り返って笑顔を向けた。職工たちは、自分たちと同じように現場を飛び回る西山に親しみを感じ、「おやじ」とか「おやじさん」と呼んでいる。

「バーナーのほうは注意しとるか？　あんまり盛大に開けたらあかんぞ」

職工たちは生産性を高めて能率給を少しでも増やそうと、バーナーを全開にして平炉の温度を上げる傾向がある。しかし、温度が高すぎると煉瓦が熔損し、炉の寿命を縮める。

「分かっとります。ちゃんとやっとります」

職工がいい、西山がうなずく。

「一段落したら、一服やれや」

西山はポケットからタバコを一箱取り出して、職工のほうに放った。

「ごっつぁんです！」

職工は両手で受け取り、笑顔でタバコの箱をかざした。

（技師がおらんな……）

西山は周囲を見回す。

技術者を現場に出さず、もっぱら事務所で研究をさせる製鉄会社は少なくないが、川崎造船所では、松方幸次郎の現場主義の流れを汲む西山の下、技師も職工同様三交代制で現場に出る。

西山は踵を返し、工場の一角にある事務所へ向かった。

ガラス窓の付いた木のドアを開け、事務所の中に入ると、作業服姿の若い技師が椅子にすわって電灯の明かりの下で新聞を読んでいた。

どうやら連載小説に熱中しているらしく、西山が入ってきたことにも気づかない。

読んでいるのは、約三年前から吉川英治が連載し、爆発的な人気を呼んでいる『宮本武蔵』のようだ。

「おい、その小説、面白いか？」

西山は後ろから声をかけた。

「いやー、こりゃあ、面白いぜ」

若い技師は、振り返りもせずにいった。

「この、馬鹿者ーっ！」

西山が背後から雷を落とした。

「えっ⁉　……あっ、しょ、所長！」

若い技師は驚いて振り返り、目の前の西山を見て目を丸くした。


同じ頃、葺合工場で実習をしていた大学生堤正文（のち川鉄化学常務）は、技師の一人から輻射熱《ふくしゃねつ》の計算を頼まれ、工場の事務室で計算機を懸命に回していた。

そこに現場を巡回していた作業服姿の西山が姿を現した。

「きみは女子の実習に来たのか？」

西山は、堤を一喝するなり、腕を摑んでガス発生炉の上に引っ張り出した。

そして長さ三メートルの鉄棒を差し出し、ボーキングをやるよう命じた。発生炉の深さ約三メートルの石炭層を鉄棒でかき回す作業である。

堤は、真夏の暑さと肉体労働の厳しさに苛《さいな》まれ、滝のように汗を流し、筋肉を軋ませながら、一時間にわたってボーキングをやった。

「工員さんの苦労を知れ。読書や計算は下宿でやれ」

堤の作業を監督しながら、西山が叱咤した。そのまなざしは、厳しくも優しかった。

この日、堤は実社会の厳しさと西山イズムの片鱗に触れ、のちに、この出来事を懐かしく語るようになった。

翌年（昭和十四年）秋――

ある日曜日、兵庫県武庫郡魚崎町横屋六百六番地（現在の神戸市東灘区）にある西山弥太郎の家を部下の一人が訪ねてきた。

西山は一年ほど前まで香枦園《こうろえん》（西宮市川西町）に住んでいたが、男二人、女六人の子宝に恵まれて手狭になったため転居した。一番上の長女寛子は十三歳、一番下の六女慶子はまもなく一歳になる。

「こんちわー。……あっ、所長！」

部下が玄関を開けて入ると、着物姿の西山が、立ったまま本を読んでいた。そのまわりに、西山の子どもたちが何人もまとわりついていた。

西山は、子どもにまとわりつかれても決して叱ることはなく、騒がしくなると、そっと場所を変えて読書を続けるのが習慣である。

「おお、どうした、今日は？」

頭髪をオールバックにした西山が本から顔を上げて微笑した。読んでいたのは、製鉄関係の技術書だった。

「はあ、ちょっと急ぎでお耳に入れたいことがありまして」

部下が恐縮していうと、西山は家の中に招じ入れた。

「さあさあ、お父さんは仕事の話があるから、お前たちはあっちで遊んでいなさい」

西山が、頭を優しくなでながらいうと、子どもたちは不承不承離れて行った。

座敷であぐらをかき、相手の言葉を聞いた西山が、驚いた表情をした。

「……何、軍が？」

「はい。戦争が長引いているので、薬莢《やっきょう》をつくるための銅が不足してるんだそうです」

向かいにすわった中年の部下がいった。

二年前に始まった支那事変（日中戦争）は泥沼の長期戦と化していた。一方、欧州では第二次世界大戦が始まり、戦火が全世界に拡大しそうな勢いである。川崎造船所の各工場では軍需増大で増産に次ぐ増産を続けている。設備も急速に拡充中で、葺合の製鈑工場では一昨年（昭和十二年）八月に生田川尻の分工場に特優鋼板工場を建設し、三重式冷間圧延機を四基新設。さらに昨年四月に、四重式冷間圧延機を新たに設置した。兵庫工場（神戸市東尻池村の製鋼工場）でも昭和十二年から十三年にかけて、ドロップ・ハンマー、水圧プレスなどを設置して大型鍛鋼品《たんこう》（刃物の鍛冶のように鍛錬してつくられる鋼）の製造が可能になり、高周波誘導式電気炉（放電熱で鋼をつくる炉）も新設した。

「薬莢っていうのは、俺はまだ見たことないんだが、要は火薬を入れる真鍮《しんちゅう》の筒か？」

真鍮は、銅と亜鉛の合金である。

「そうです。前線では鉄砲を撃ったあと、薬莢を極力回収させてるそうですが、それでも消耗が激しくて足りんそうです」

部下の言葉に西山がうなずく。

「軍のほうでも弱って、砲兵工廠やうち以外のメーカーで鉄製の試作品をつくらせたそうですが、撃つと銃身の中で崩れてしまって使い物にならんそうです」

鉄は真鍮ほど柔軟性がなく脆い。一方、薬莢は細長く、継ぎ目のないコップのような形状で、形をつくるだけでもなかなか難しい。

「なるほど……。それでうちに何とかできんかといってきたわけか」

西山は腕組みして考え込んだ。

「久慈のルッペ（粒鉄）なら何とかできるかもしれねえなあ」

ルッペは、砂鉄などを低温還元してできる直径三〜一〇ミリの粒状の鉄である。

「久慈の？」

「うむ。あれは特殊鋼向きだ」

岩手県久慈町で試験製造中のルッペは低温製錬であるため、砂鉄の処女性が失われておらず、特殊鋼の素材に適している。

「いっぺん、薬莢の実物を取り寄せて、研究してみるか」

西山の言葉に部下はうなずいた。

「ところで所長のところは子沢山で結構ですねえ」

部下の男は、縁側の先の庭に視線をやる。ぶらんこや鉄棒があり、西山の子どもたちが遊んでいた。

「もう八人もつくっちまったよ。……育てるのは大変だが、子は宝だからなあ」

西山は色白の顔に照れたような笑みを浮かべた。

子煩悩な西山は、休日には子どもたちを連れ、一高寮歌「嗚呼玉杯」を歌いながら摩耶山へ登ったり、香枦園の浜に海水浴に行ったりしている。海に行くと、古い全身型の水着を着て、手ぬぐいで頭を包み、いつも帰る前に子どもたちを砂浜で遊ばせておいて「ちょっと泳いでくるからな」とゆっくり蛙泳ぎで豆粒ほどになるまで沖に出て、「さあ帰ろう」と水から上がってくる。

子どもたちが勉強で分からないことがあると、仕事で疲れていてもいつでも丁寧に教え、子どもたちがガラス拭きの手伝いをするときは、廊下で椅子に腰掛けてにこにこしながら監督し、正月には百人一首の読み手を引き受けた。

約二年後（昭和十六年八月）——

二ヶ月前にドイツ軍がソ連に侵攻し、日本では軍需増産のため、米、衣服、砂糖、マッチ、石鹸などの配給制が始まった。米・英・中・蘭の「ＡＢＣＤライン」による経済封鎖で経済は圧迫され、対米戦争の可能性が出てきた。

四十八歳になった西山弥太郎は、岩手県久慈町の砂鉄製錬工場の電灯の明かりの下、作業員たちと一緒になって、シャベルで製鉄原料をかき混ぜていた。

西山らが汗を流し、ザクッ、ジャリッとシャベルの音を立てながらかき混ぜていたのは、ロータリー・キルン（回転式筒状炉）の中に原料として投入する山砂鉄（ドバ）、珪酸分の少ない海砂鉄（青森県下北地方の海岸砂鉄）、少量の石灰石、燃料となるコークスと無煙炭、高炉灰などである。

戸外はすでに日が落ち、強い雨が工場の建屋の中に吹き込み、壁や天井がみしみし音を立てていた。

すでに二年あまり前から二五トンの小型キルン二基が試験運転中で、いよいよ明日、大型の三〇〇トン・キルン二基の火入れ式を迎える。原料を攪拌するミキサーや製品選別工場がまだ完成していないため、火入れに向けて三日間の徹夜作業が続けられていた。

大型キルンは長さ六〇メートル、直径三・六メートルで、原料を装入する部分は少し尻上がりになっている。一分間に約一回転し、古代製鉄並みの千二百度前後で鉄を製錬する。

青森県八戸市と久慈町の間で激しいつばぜり合いが繰り広げられた川崎重工業株式会社（造船以外の比重が大きくなったため、昭和十四年十二月に川崎造船所から社名変更）の誘致合戦は、久慈町に軍配が上がった。

工場の場所は久慈町のほぼ中心部で久慈川と長内川が合流する地点の三角州である。西側を国鉄の線路が走り、東の方角に青い太平洋が広がっている。久慈町に決まったのは、雪沢千代治岩手県知事や地元の熱心な勧誘、東北興業による送電線建設、県による久慈港拡充の約束、主要砂鉄鉱区が近接していることなどが理由だった。

当初、鉱区は十五銀行所有のままとし、川崎重工が砂鉄を買って製錬するという話だった。しかし「首尾一貫体制主義」の西山が「それでは能率上困る。川崎重工が採掘も製錬も一本でやらなければいけない」と主張し、渋る十五銀行を押し切って鉱区を買い取った。

「……だいぶはかどったのう」

西山は、軍手をはめた大きな手で額の汗を拭った。

「いいか、クルップ・レン法で一番大事なのは、原料の混合だぞ。これをゆめ忘れるなよ」

オレンジ色の電灯の光の下で黙々と作業している人々を励ますようにいった。

昼でも夜でも自分でやらなくてはならないものであれば必ず現場に出て、それがいかに大切であるかを全員の心に植えつけるまで、決してなおざりにしないのが西山である。

「お国のためだぞ、お国のため」

そういって再びシャベルを握りしめ、ザクッ、ジャリッと原料をかき混ぜる。

軍需の基幹である鉄鋼業に関して、政府の保護と監督統制、生産能力の増大、海外依存の縮小などを目的として、昭和十二年八月に製鉄事業法が公布され、生産設備の拡充、銑鋼一貫作業の奨励、貧鉱の開発、砂鉄製錬事業の助成などが行われていた。

翌日、小雨の中、川崎重工業久慈工場の火入れ式が無事挙行され、翌朝、見事に出銑した。

その後、川崎重工製鈑工場で、久慈のルッペ（粒鉄）を使った厚さ一〇ミリ前後の鋼板をプレスで茶碗型にしたあと、引抜きプレスで細長い筒状に仕上げ、薬莢をつくった。それを軍に持って行き、実弾を込めて撃ってみたところ、一発目から合格した。

鉄薬莢製造には、伸びがよく不純物の少ない鋼材、強い冷間圧延（常温での圧延）、特殊な熱処理を必要としたが、これらに川崎重工の技術力が遺憾なく発揮された。

軍は狂喜し、翌年（昭和十七年）一月から製鈑工場は大量の陸・海軍用薬莢地金をつくるようになった。薬莢の表面は真鍮塗装をしてあるため兵隊には分からないが、その後の戦争では、この川崎重工製の鉄薬莢が使われた。西山らは「戦争が終わったら、論功行賞で金鵄勲章をやるぞ」といわれるほど感謝された。

時を同じくして、太平洋戦争が勃発した。

昭和十六年十二月八日、日本陸軍が英領マレー半島のコタバルに上陸するマレー作戦を敢行。その直後、海軍が真珠湾を攻撃し、さらにインドネシアを植民地とするオランダとも開戦した。

緒戦は日本が優勢で、昭和十七年三月までに東南アジア一帯を占領し、大東亜共栄圏と名づけた。しかし、四月十八日に太平洋上の空母から飛び立った米軍の爆撃機が東京、名古屋、神戸などを空襲。日本海軍は、六月五日から七日にかけ、太平洋上のミッドウェー諸島付近で総力を挙げて米国の空母部隊と対決したが、暗号が事前に解読されていたことや、索敵活動の軽視などのために、主力空母四隻（赤城、加賀、蒼龍、飛龍）とその艦載機約三百機、および重巡洋艦一隻（三隈）を一挙に失い、三千五十七人の戦死者（米側は三百七人）を出す大敗を喫し、これ以降、戦争の主導権を奪われた。しかし、敗北は国民に対して極秘とされた。

ミッドウェー海戦の敗北から約三週間後の昭和十七年六月二十七日――

川崎重工で株主総会が開かれ、従来の取締役八人に加え、新取締役九人が選任され、四十八歳の西山弥太郎もその一人に抜擢された。川崎正蔵の孫で十年以上前から取締役を務めている川崎芳熊を除き、西山は最年少の取締役だった。取締役の下に準重役である参与が十人いたが、全員西山より年上だった。

当時、川崎重工には、本工場である艦船工場のほか、兵庫（製鋼）、葺合（製鈑）、西宮（特殊鋼）、久慈（粒鉄）の四工場があった。西山は葺合、西宮、久慈の総責任者で、指揮下に約一万人の従業員を抱えていた。各工場は、造船需要はもちろん、軍需の増大で繁忙を極め、生産能力一杯で操業を続けていた。

昭和十八年二月――

西山弥太郎は、愛知県南西部の半田市を訪れた。

半田市は、古くから知多半島の政治と経済の中心で、港湾都市として発展した。中島飛行機の工場があり、海軍の夜間戦闘機「月光」などが組み立てられている。

「……これなら百万坪は軽くいけるんじゃねえか？」

戦闘帽にゲートル姿で小高い丘に立った西山の目の前に、知多湾の青い海と、その手前に広大な土地が広がっていた。海は、二月の明るい陽光を受けて銀色にさざ波立ち、上空に薄い絹雲が浮かんでいた。

「百万坪？　そんなに要るのか？」

かたわらに立った眼鏡の男が訊いた。

男は、営繕部門長の古茂田《こもた》甲午郎《こうごろう》だった。西山の一高の同級生で、東大の建築科に進み、東京市学校建築係長や財務局工営課長などを務め、二年半前に川崎重工に入社した。

「うむ。溶鉱炉を五、六基と、ストリップミルを備えるには、それくらいなきゃ駄目だ」

「溶鉱炉を五、六基にストリップミル……」

古茂田は一瞬息をのんだ。それほど大きい規模とは予想していなかった。

「戦争が終わったら、ストリップミルで薄鋼板のマスプロをやってみたい」

西山は顎のあたりをぐっと引き締め、古茂田のほうを見た。その脳裏には、かつてピッツバーグで見たホット・ストリップミルの光景が焼き付けられていた。一方日本では、約一年半前に日本製鉄（昭和九年の鉄鋼合同で官営八幡製鉄所、三菱製鉄、富士製鋼などが合体してできた会社）の八幡製鉄所が日本最初のホット・ストリップミルを導入していた。

この日、二人は、新工場の建設用地として、知多の視察にやって来た。

この頃、葺合の製鈑工場では、陸軍の航空機用鋼材のほとんど全部を賄《まかな》い、海軍用も相当量生産していた。しかし、葺合工場が空襲で破壊されたりすると大打撃をこうむるので、軍から代替工場を作るよう指令があった。

西山らは、広島市の太田川河口の埋立地や三重県四日市市の土地について調べてみた。しかし前者は、様々な点で製鉄所には不向きで、後者は近くに海軍燃料廠があるため、働き手を取られてしまうのを恐れた海軍から反対された。

「ここは土地が広いし、西宮と違って酒屋もない。思う存分やれるだろう」

昭和十四年から十五年にかけて、西山は、西宮工場を開設する際に、地元の酒造業者を説得するのに苦労した。同工場は、久慈工場のルッペを主体にした特殊鋼を電気炉で製造し、航空機の発動機（モーター）部分を製作する軍需工場だったが、地元の酒造業者から水質に影響が出るのではないかという懸念の声が上がった。西山は京都大学に水質検査を依頼して無害であることを証明し、粘り強く酒造業者を説得して、工場開設に漕ぎつけた。

「今のところは陸海軍用の鋼板をつくるのが目的だが、将来はこの広い海岸に銑鋼一貫工場をつくりたい。あのあたりを整地して、そばを埋め立てれば、立派な敷地になる。百万坪どころか、二百万坪くらい取れる」

そういって西山は、青い知多湾の一角を指差した。

西山らは三月にも知多を訪れて調査し、ここに新工場を建設することを決めた。新工場の設計には、社外から二人の専門家が招かれた。一人は三年前まで日本製鉄の技師長を務めた高炉の専門家、鵜瀞新五《うのとろしんご》。もう一人は満鉄鞍山製鉄所や昭和製鋼などに勤務した応用化学の専門家、山村永次郎だった。西山はこの二人を中心にした設計チームに、五〇〇トン高炉六基、平炉、ストリップミル、厚板工場など、後の千葉製鉄所とほぼ同じ銑鋼一貫工場のレイアウトを作らせた。それは年産能力一〇〇万トンという壮大な計画だった。

一方、実際においては、海岸の埋立地など三十二万坪を買収し、昭和十八年八月に、電気炉と圧延設備を中心とする工場の建設に着手した。

ところが陸軍と海軍の対立で、工場のレイアウトはまるで魚の骨のように、真ん中が道路で右側の肋骨が陸軍、左側の肋骨が海軍という具合で、電気炉や圧延設備をはじめ、すべてを別々につくらなくてはならなかった。資材についても陸軍は陸軍で、海軍は海軍で調達し、別々の物を使う。一緒にやれば経済的で効率的なのは誰の目にも明らかだが、これが当時の軍のやり方だった。

川崎重工は陸軍と海軍それぞれから資材をもらい、両者の板ばさみに四苦八苦しながら建設を続けた。さらに度重なる地震や津波、深刻な資材不足などが加わり、工事は予定より大幅に遅れた。


戦局は日を追って悪化していった。

昭和十七年十一月の第三次ソロモン海戦で日本海軍は戦艦二隻を失って敗北。米軍はガダルカナル島周辺において航空優勢を獲得し、日本軍の輸送船を攻撃し、物資輸送路を断った。

昭和十八年に入ると、二月に日本陸軍はガダルカナル島から撤退し、戦争が敗勢にあることが国民に知られた。

四月には、山本五十六連合艦隊司令長官の搭乗機が、暗号文を解読していた米側の空軍機に撃墜され、山本は戦死。五月には、アリューシャン列島のアッツ島に米軍が上陸し、日本軍守備隊が全滅。大本営発表において初めて「玉砕」という言葉が使われた。

東南アジアの日本軍は補給を断たれ、中国戦線では住民の反抗や連合国の対中軍事援助のために苦しんだ。

九月には、日本の同盟国だったイタリアが降伏した。

東条内閣は、軍需生産や兵力増強に全力を挙げて敗戦を避けようと、学徒勤労動員や娯楽制限を開始した。

この年（昭和十八年）十月、取締役製鈑工場長だった小田切延壽が脳溢血で亡くなった（享年七十）。八年前に川崎造船所を辞めてからは、三木市（兵庫県）の東洋電波や三木製鋼などで仕事をしたが、両社とも業績不振で苦労の多い晩年だった。西山は死去を知って真っ先に駆けつけ、葬儀でも最初に弔問した（二番目は専務の吉岡保貞）。


昭和十九年一月――

戦力増強に重要な企業を軍需会社に指定して政府の直接統制下に置く軍需会社法（前年十二月施行）にもとづき、一月十七日に、百五十の会社が第一次の指定を受けた。川崎重工も、日本製鉄や住友金属と一緒に指定された。

政府は一段と高い生産量を川崎重工に求めたが、それを達成するためには、艦船工場だけでも六千人の増員が必要だった。しかし、五千人を超える熟練工が軍にとられている一方で、補充されてくる人員は徴用工や学徒勤労隊など、生産増につながらない未経験者ばかりだった。

生産性が上がらないため給料が安く、食べていけないので、勤務時間の終わり頃になるとこっそり弁当を炊き、仕事が終わってからよそで働く者が続出し、さらに生産性が下がる悪循環に陥った。西山は工員たちを工場の出口で見張ってきちんと働かせ、彼らの生活にも気を配った。

一月十九日には、政府は女子挺身隊結成と動員配置を決定し、二十六日には、防空法による疎開命令を発した。まもなく、川崎重工の各工場に、女子挺身隊員たちが配属され、白鉢巻にモンペ姿でけなげに働き始めた。

三月十七日(金曜日)――

西山弥太郎は自宅で、家族と一緒に、病床の長女寛子を見守っていた。

魚崎町から引っ越してきた武庫郡住吉村の自宅は、国鉄住吉駅の北口側で、そばを住吉川が流れていた。

結婚した年に生まれた長女の寛子は十七歳になっていた。高等女学校の生徒で、女子挺身隊員として働いていた。しかし、体調を崩し、腹膜炎にかかった。いったん香枦園の病院に入院したがよくならず、数日前に自宅に引き取られた。

西山は枕元に正座し、じっと娘を見詰めていた。今わの際にある娘の呼吸は弱々しかった。

西山の白皙の顔は、心労のために顎が尖っていた。西山は、工場の運営、運輸部門の管理、知多工場の建設、岡山県の太田耐火煉瓦製造所から借りた煉瓦工場の運営などで多忙を極めていた。ここ三年くらいは子どもを連れて外出することも皆無になった。

かたわらに小柄な妻のミツが正座していた。十人目の子を宿しているミツは、寛子を自宅に引き取って以来、不眠不休で看病を続けていた。

西山の胸中で、無念の想いが去来していた。

(戦争で物資が不足していなければ、もっといい治療を受けさせられたかもしれない。寛子はこれからが花の十七歳じゃないか。どうしてこんなことに……!)

家の外で、往来を行く車や人々の足音が潮騒のように聞こえていた。米軍機来襲の頻度が上がり、神戸の町は疎開する人々で動きが慌しい。

やがて寛子は、両親と多くの兄弟姉妹たちに見守られながら息を引き取った。

「天国に行くのだよ」

西山は滂沱の涙を流しながら、永遠に目をとじた娘にいった。ミツが嗚咽をこらえ、弟や妹たちもすすり泣きを始めた。

(すまなかったね、寛子。天国で、お父さん、お母さん、弟や妹たちを見守っておく

れ）
涙で顔を濡らした西山は、心の中で娘に語りかけた。
工場が繁忙を極め、長い時間をかけられないため、西山とミツは苦労しながら葬儀の段取りをした。常々、自分の感情を厳しく抑え、苦労や苦心を見せることのない西山が、かたわらの人の胸を打つほど嘆き悲しんだのを見て、桑田賢二（東大冶金科の一年後輩で、奥田松方に下宿）らは涙を誘われた。
長女の死は、西山にとって消すことのできない悲しい傷跡になった。後年、おりにふれ「あの子には十分なこともしてやれなくて、可哀そうなことをした。自分としては残念でならない」と話した。命日に菩提寺や自宅で僧侶を招いての供養では、読経中、正座した膝を動かすことなく、想いを長女に馳せる姿が見る者の心を打った。

四月——

葺合の製鈑工場で薄板課長を務めていた藤本一郎は、所長の西山から呼び出された。

藤本は和歌山県新宮町（現新宮市）生まれで、東大冶金学科を卒業して昭和七年四月に川崎造船所に入社した。西山が密かに嘱望する若手技術者の一人で、この二十二年後に、西山のあとを受け、川崎製鉄の第二代の社長になる。

「おい、藤本。厚板の調子が悪いようだから、お前、厚板課長をやってくれ」

かつて小田切延壽がすわっていた、簡素な事務室の片隅の机にすわった西山が、ぶっきらぼうな口調でいった。

「ええっ⁉　どうしてわたしが厚板の課長をやらんといかんのでしょうか？」

三十四歳になったばかりの藤本は、突然の話に驚いた。

「どうも厚板の成績がもひとつよくない。この戦争で一番必要なのは、造船用の厚板だ。お前が課長をやって、なんとか成績を上げてもらいたい」

「そうですか……。わたしが厚板課長になったら、薄板は誰がやるんです？」

「薄板も引き続きお前がやれ」

「えっ、そんな無茶な」

下がり眉で、田舎ふうの朴訥とした風貌の藤本は一瞬絶句した。

「そんな難しい厚板をやるのなら、厚板課長だけにして下さい」

「何をいうか。お前ならできる。両方やれ」

「いや、それは無理です。厚板も薄板も課長をやるとなると、それなりに時間がかかります」

「そういうな。お前を男と見込んでいってるんだ。厚板は今やうちの看板だ」

「いや、そうおっしゃられても……」

藤本は懸命に抵抗した。西山とは東大冶金学科の先輩後輩であるだけでなく、囲碁の相手でもあり、いいたいことをいえる間柄だ。囲碁は藤本のほうが強く、負けず嫌いの西山は悔しがって「お前みたいに柄の悪いやつと打つのは嫌じゃ」といい、藤本は「あんたみたいな下手くそとやれますかいな」といい返していた。

「……なるほど分かった」

議論の末に、西山が折れた。

「ならば薄板課長は誰にするか？」

「松浦君でどうでしょう？」

藤本の下で主任を務めている技術者だ。

「松浦か。……よし分かった。ではお前が厚板、松浦には薄板課長をやってもらう」

一週間後――

藤本は再び西山に呼ばれた。

「お前が厚板を見てから一週間になるのに、ちっとも成績が上がらんじゃないか！」

襟のついた国防色（カーキ色）の国民服で身を包んだ西山が激しい口調で切り出した。国民服は昭和十五年に法律で定められた男子の標準服で、軍服に似た折襟の五つボタンの上着である。外出するときはつばのある戦闘帽をかぶる。

「いや、一週間で成績が上がらんといわれても、そりゃ無理ですよ」

藤本は相手の剣幕に気圧されながら、心外な思いで反論した。

「何をいうか。今は戦争の真っ最中ではないか。そんなたるんだ気持ちで戦争に勝てると思うか」

「……」

「とにかく至急立て直せ。お前に立て直しができぬとあらば、お前が辞めるか、俺が辞めるかのどちらかだ！」

語気強くいって、藤本をぐっと睨みつけた。

（本気かいな？）

目の前の西山は、今まで見たこともないような険しい形相で、大蛇のようだった。

「……分かりました」

藤本は、根負けした気分でいった。

「ですが、もう一週間だけ待っていただけるでしょうか？」

確たる自信はなかったが、一週間あれば何とか目鼻をつけられるような気がしていた。

「確かに一週間だな。よし、それじゃ一週間だ。一週間だけ待ってやろう」

西山は藤本を睨みつけたまま、ドスのきいた声で念を押した。

その後、藤本は厚板の生産性を上げようと、懸命に努力した。特に変わった方法をとったわけではなかったが、とにかく一生懸命にやった。

一週間ほどすると何とか成績も向上した。

ところが西山は藤本を呼ぶこともなく、よかったとも悪かったともいわない。藤本は、何もいわれないところを見ると、まあこれでよかったのだろうと考えた。

一ヶ月くらい経った頃、西山が生産性会議を招集した。

場所は三宮駅前の十合《そごう》百貨店ビルの六階である。製鈑工場は、頻度を増した米軍機の来襲に備え、事務所の一部を最近ここに移転した。

「厚板は成績が上がったが、薄板は一向に成績が上がらんではないか！」

製鋼、燃料、築炉、厚板、薄板、平鋼などの部門の部課長たちを前に、西山が雷を落とした。

薄板課長の松浦は、突然の叱責に狼狽した表情になった。

（妙なことをいい出すもんやなあ……）

会議に出席していた藤本一郎は怪訝な気分だった。

薄板は、特段、成績が悪いわけでも、下がっているわけでもない。

(要は、西山さんが考えている水準に達しとらんといいたいんかな……?)

西山は、薄板課を傘下に擁する第一圧延部長と松浦のほうを厳しい目つきで見ながら、

「厚板なんてものは、うちの看板ではないんだ。薄板がうちの看板だ。しっかりやってもらわんと困る」と叱責した。

その言葉を聞いて、藤本は啞然となった。

一ヶ月ほど前に西山は「厚板は今やうちの看板だ」といったばかりである。

それからひとしきり色々な指示を出したあと、西山はひょいと藤本のほうを見て、にやりと嗤《わら》った。

その顔を見て、藤本は心の中で唸った。

(なるほど。人を働かすには、こういうやり方もあるんやなあ……)

七月、サイパン島で南雲忠一中将が率いる三万人の日本軍守備隊が玉砕。八月には、テニアン島とグアム島が連合軍に占領された。米軍は直ちに、これらの島々にあった日本軍の基地を改修し、大型爆撃機の発着が可能な滑走路の建設を開始した。これにより、北海道を除く日本全土がB29の爆撃圏内に入った。

日本では空襲によって都市の密集地で火災が広がらないよう、住宅を壊して空き地をつくる建物疎開が行われたが、米軍の強力な焼夷弾の前には無力だった。職場や地域で消火のためのバケツリレーの練習が行われ、児童たちは、登下校時の空襲にそなえて目と耳を押さえて地上に伏せる訓練を行った。

十一月二十四日、B29が大挙して東京を空襲。これ以降、米軍による日本本土空襲が本格化した。神戸の上空にも頻繁にB29が姿を現すようになった。

十二月――

前年に川崎重工に入社し、半年前から東京に勤務していた二十五歳の広部英之（のち川崎製鉄溶接棒・鋳鍛鋼部長）は、カーキ色の国民服にゲートル姿でまだ暗い早朝、一番電車で横浜に向かった。

前日に神戸から「明朝六時頃、西山所長が横浜駅に到着し、資材督促のために東芝に行くから随行するように」との連絡があった。広部の仕事は、関東における知多工場の建設資材調達で、具体的には、納期遅れに対する督促である。

横浜駅の駅舎は、関東大震災後に建てられた赤煉瓦造りである。ようやくあたりが白々としてきた頃広部が到着すると、ベンチで人々が死んだように眠りこけていた。

長距離の汽車は、買出しや疎開する乗客がすし詰めで、いつ敵機の機銃掃射に襲われるかもしれず、心身ともに疲弊する。

広部はしばらくホームを往ったり来たりしたが、西山らしい人影はなかった。

（まさか、ベンチで寝ているはずはないが……）

念のため、寝ている人々の顔を一人一人確かめていくと、西山に似たがっしりした体格の国民服姿の男がいた。

（えっ、まさか……!?）

そばにいって揺り起こしてみると、やはり西山だった。

「おお、広部か。よく来てくれた。さあ、出かけよう」

目をさました西山は、意気軒昂にいった。

「あのう、所長、弁当を持って参りましたが」

広部は、缶詰めの牛肉を詰めた握り飯を差し出した。田舎から送って来た白米を炊いてつくったものだった。

「おっ、それは有難い。いただくか」

西山はベンチで握り飯にかぶりついた。

「おっ、これは銀シャリじゃねえか。うめえぞ」

握り飯を食べ終わると、西山は「さあ、寝込みを襲うぞ」といって立ち上がった。

二人は電車で鶴見まで行き、そこから京浜工業地帯に通勤客を運ぶ鶴見線で海芝浦に向かった。

海芝浦駅は昭和十五年十一月に開業した新しい駅で、ホームの真下に海水がひたひたと押し寄せ、目の前に青い京浜運河が広がっている。

朝日が昇り始め、黒いシルエットになった工場や煙突の彼方から、オレンジ色の神々しい光が差してきていた。あたりはむっとするような潮の匂いが立ち込めている。

二人が東芝の工場に到着すると、受付係もまだ出勤して来ていなかった。

西山と広部は、守衛に適当に挨拶して、勝手知ったる応接室にずかずか入って行った。

応接室で長い間待っていると、八時半頃になって、ようやく担当の部長以下十五人ほどが入って来た。

西山は辞を低くして、日頃の取引の礼を述べ、持参した六本の高級葉巻を懐から取り出して、相手にすすめた。

「ところで、この若いのが何度伺っても納期がはっきりしないので、わたしが参った次第ですが、今日は、はっきりしていただけますか」

相手が葉巻をふかし始めた頃、西山がいった。

東芝に知多工場の電気炉の電気関係設備を発注し、広部が再三督促したにもかかわらず、納期を連絡してこないので、業を煮やした西山が乗り込んできたのだった。

「いや、これは……。実は目下、陸軍のほうの仕事が忙しい状態でして」

「それはおかしいですな」

西山は間髪入れずにいった。

「弊社は陸軍と海軍の両方から責められ、両方とも同時に生産しています。今は皆、日本のためにやっているんですから、陸軍だとか、海軍だとかいうほうがおかしい」

「……」

「ほかに何か理由があるんじゃないですか？」

西山が詰め寄ると、東芝の部長は観念したような表情になり、実のところ職工の数が足りなくて作業ができないのだと打ち明けた。

「何人くらい足りないんですか？」

「二十人くらいですねえ」

「よろしい。承知しました。あさって神戸から出しましょう」

西山が即決すると、相手は目を丸くした。

昨今は、どこの工場も人手不足で、川崎重工も余裕はない。しかし、知多工場の早期建設は至上命令である。

早速、広部が神戸の工場に掛け合い、苦労して二十人ほどの職工を臨時に出張させる算段をつけ、東芝に送り込んだ。

その甲斐あって、設備は無事納期に間に合った。東芝からは、「川重の職工さんは徹夜徹夜で猛烈に働かれるので、うちの工員とバランスがとれない。もう少し休ませてほしい」とぼやかれた。


別の日――

西山弥太郎は、東京市谷の陸軍航空本部を訪れていた。

「……駄目です、西山さん。割当は認められません」

軍服にサーベル姿の田畑新太郎がきっぱりとした口調でいった。年齢は三十歳そこそこ。広い額の下に眼鏡をかけた理知的な風貌の陸軍中尉である。

「しかし、田畑さん、この鉄の割当を認めてもらわんと、知多工場の建設が大幅に遅れるんです」

国民服姿の西山弥太郎は、懸命に反論した。

「西山さん、今、戦争に直接必要な弾だとか、兵器だとかに使う鉄が足りないのは、ご存じでしょう？　それなのにどうして工場ばかり建てるんですか？　そんな鉄は回せません」

「そうおっしゃらず。同窓のよしみで助けてくれませんか」

田畑は元々東大冶金学科を出て商工省の役人になった。大学時代の春休みの実習では、川崎造船所を訪問し、当時技師長だった西山の歓迎を受けた。

「ほかの方だって、自分が担当している会社の資材は、何が何でもぶんどってくる覚悟でやられてるじゃないですか」

西山は、色白の顔に笑みを浮かべ、猫なで声で懇願する。田畑は民間へ資材を割り当てる部門におり、川崎重工を担当している。

「西山さん、何度おっしゃられても、駄目なものは駄目です。理屈に合いません」

厳しい口調は、取り付く島がない。

（やれやれ、参った。……しかしこの男、なかなか芯があるわい）

西山は困り果てる一方で、相手の人柄に感心した。軍人のほとんどは、とにかく兵器工場をつくるのに血眼だが、田畑だけは大局を見て、理にかなった判断をしていた。

一方の田畑も、内心忸怩たるものがあった。大学時代に初めて西山に会ったときから、鉄鋼業のために生まれてきたような渋い輝きのある人間性に魅かれていた。淡い銀色のステンレス鋼板が立てかけてある簡素な葺合工場の事務室に現れ、落ち着きのある口調で歓迎の言葉を述べた西山の姿は、今も鮮やかに脳裏に焼きついている。

知多工場の建設は、陸軍と海軍の対立や資材の調達難に加え、昭和十九年十二月七日の地震と津波、翌年一月十三日の三河地震（死者千九百六十一人、全半壊一万七千戸）によって建設の一時停止や、やり直しを余儀なくされた。西山は毎朝八時前に、遠い宿泊先から自転車で現場にやって来て指揮を執り、突貫工事で昭和二十年二月十二日に、五トン電気炉一基の火入れに漕ぎつけた。しかし、その後の操業は人手不足と資材不足でさっぱり上手くいかず、他の設備の建設にもほとんど手が付けられなかった。高炉六基にストリップミルという西山の構想などは、夢のまた夢であった。

神戸は連日B29の空襲に脅かされるようになった。

来襲は毎日一、二回（たいてい一機）で、七十機程度の大編隊によるものは二週間に一回くらいだった。昭和二十年一月十九日には六十三機が来襲し、川崎航空機の明石工場を爆撃。周辺地域にも被害をおよぼし、三百四十七人の死者を出した。二月四日には、八十五機のB29が、川崎重工の艦船工場、三菱造船所、増田製粉所と周辺の民家や学校を爆撃し、二十六人の死者が出た。

人々は毎晩、灯火管制の暗がりの中で、ゲートルやモンペ姿のまま眠りにつき、空襲警報が鳴ると、慌てて防空壕にもぐった。「本土決戦、一億玉砕」が唱えられ、老人や婦女子までもが鉢巻にタスキで竹槍の訓練に励んだ。副食物の配給は途絶えがちとなり、人々は米に塩をふって食べた。

空襲があると西山は工場を守るため、現場で陣頭指揮をとった。妻のミツは、子どもたちを連れて北の方角にある山に避難した。空襲警報が解けて町に戻ってくると、手足を硬直させた黒いマネキン人形のような焼死体が道にごろごろ転がっていた。

二月十九日、米軍は硫黄島への上陸を開始。最終的に日本軍約一万八千人、米軍六千八百二十一人の死者を出す激闘が始まった。

三月九日深夜から十日未明にかけて東京の下町が激しい焼夷弾攻撃（東京大空襲）を受け、死者八万四千人、罹災者百三十万人、焼失戸数二十三万戸を出す大惨事となった。

三月十二日には名古屋、十四日には大阪が大規模な空襲を受けた。

三月十七日——

神戸で、夜中の二時に空襲警報が鳴った。

ゴォンゴォンゴォンという低いエンジン音が頭上で響き、人々が恐る恐る戸外を見ると、山の方角から照射された幾筋もの照明灯の光の帯の中に、空を埋め尽くすB29の大編隊が姿を現した。

まもなく投下された焼夷弾が炸裂するバリバリバリという音とともに、何千という光芒の塊が雨のように降り注いで来た。

人々は必死で風上へ逃げた。おりからの強風で空は煙で覆われ、地上は炎で真っ赤になった。通りという通りが、叫び声や焼夷弾の炸裂する音、炎で家々がめりめりと焼ける音で騒然となった。

「おーい、こっちだ」

「神戸駅へ行くんだ。早く！」

「水があるぞー」

「誰か助けてー」

煙が渦巻き、焼夷弾の硫黄臭や人の髪や肉の焼ける臭いが漂い、子どもの手を引いた防空頭巾の婦人や、荷物を背負った少年、腰の曲がった老人、ヘルメットに国民服でリュックサックを背負った男たちなどで通りは溢れかえった。

七十機のB29の大編隊は二時間ほどかけて約二万五千発の焼夷弾を、長田区を中心に、西は須磨区、東は灘区のあたりまで投下した。この「神戸大空襲」で、死者二千六百六十九人、負傷者一万千二百八十九人、全壊家屋六万八千七百十七戸、罹災者総数二十四万二千四百六十八人の被害が出た。

川崎重工も艦船工場事務所、造兵工場、潜水艦部のほとんど全部と、電機工場と倉庫施設の大半、造船・造機関係工場の一部が被災し、合計九十棟、延べ二万二千坪を焼失した。また社員八百二十人と工員四千七百人が焼け出された。

四月一日、沖縄戦が始まった。

同月六日に、山口県徳山港を出発した戦艦大和が、翌日、太平洋上で米機動部隊に発見され、合計十二発の魚雷を受けて沈没。三千人あまりの乗員のうち、艦長の有賀幸作大佐（享年四十九）を含む二千七百人あまりが死亡した。

神戸に対する空襲はその後も続き、数日から一週間おきに一機から数機のB29が姿を現した。五月十一日の真夜中には、六十機が神戸灘、御影、芦屋、西宮などに七百四十一発の爆弾を投下し、千三百七十九人が死亡、二千二百七十人が負傷した。

六月五日——

朝七時頃、西山弥太郎は、戦闘帽にゲートル姿で葺合工場に出勤した。

製鈑工場はこれまでのところ爆撃を免れ、何とか操業していた。しかし、物資の不足で質の悪い原材料しか手に入らなくなり、しかも空襲のたびにガスを止めていたので、粘土のような劣悪な鋼しかできず、それで何とか船をつくっている有様だった。

西山が工場に着くと、空襲警報のサイレンが鳴り始めた。

（来たのか……）

上空を睨むと、爆音とともに何十機ものB29が姿を現した。

（あっ、これは危ない！）

背筋に戦慄が走った。自分たちが攻撃対象になっていると直感した。

「おい、お前ら！　電炉工場に避難せい！」

目の前でうろうろしていた数人の徴用工に向かって怒鳴った。電炉工場は、事務所から海のほうに少し行った場所の頑丈な建物だ。

徴用工たちは、ばねで弾かれたように駆け出した。

まもなくバリバリバリバリという激しい音がして、焼夷弾が雨あられと降ってきた。

あっという間に周囲で火の手が上がり、人々が蜘蛛の子を散らしたように逃げ惑う。

西山は背中を丸め、火の粉と煙の中を事務所に向かって駆け出した。

二階建ての事務所に入っていくと、社員たちは狼狽し、統制のとれていない状態だった。

「重要書類を運び出せ！　帳簿と、契約関係の書類と、生産関係の書類と……」

西山は矢継ぎ早に指示を出していく。

「防空壕に運べ！　防空壕だぞ！」

書類を出して、両手で抱え始めた社員に怒鳴る。防空壕は、事務所から一〇メートルほど離れたところにある。

その間も外で焼夷弾が降り続け、バリバリ、メリメリと音がして炎が噴き上がる。木造の建物が猛烈な勢いで燃えていた。

重要書類を運び出し終えると、西山は、外に出て、事務所の壁に背中をぴたりとくっつけて立った。

あたりは火の海と化していた。

それでも勇敢にバケツを持って、事務所の屋根に上ったりして火を消そうとしている従業員たちがいた。あくまで工場を死守するのが至上命令だ。

「焼夷弾に水をかけたらあかんぞ！　燃えている物にかけろよ！」

西山は、バケツを持って走っていく男たちに向かって叫んだ。新型焼夷弾は、高温で長時間炎上し、水をかけると「火に油を注ぐ」結果になる。

何人かの従業員たちが、目の前を逃げ惑う。

「おい、そっちは危ないぞ！　左に行け！」

見ていると、男たちは上を見ながら走っているが、女たちは絶対に上を見ず、一目散に駆けてゆく。

（ほう、女っていうのは、いざというときには、度胸があるもんだなあ）

西山は、駆けてゆく女たちの姿を見ながら、感心した。

「所長ぉーっ！」

電炉工場の課長が、炎と煙と焼夷弾の硫黄臭の中を走ってやって来た。

「おう、大丈夫か?」

西山は努めて平静を装う。自分が動揺すれば、部下たちはもっと動揺する。

「はい、何とか。今、みんなが工場のほうに避難して来ています」

「電気やガスのスイッチは切ったな?」

「はい」

「怪我人はおらんか?」

「今のところは」

二人が話し合っている間にも、焼夷弾が真っ赤な光芒となって降りそそぎ、頰に焼けるような熱風が吹き付けてくる。

「よし、分かった。とにかく生産設備を守るのが第一だ。しっかりやれ」

「分かりました」

カーキ色の作業服に戦闘帽をかぶった課長は踵を返し、炎と煙の中へと駆け出してゆく。

西山は、その後ろ姿を見送ると、事務所の少し先にあるガス発生炉工場のほうへ走りだした。これから各工場を見回って必要な指示を出すつもりだった。

平炉工場や厚板工場の煙突が立ち並ぶ南の方角の空では、大きく翼を広げた数機の

B29が、まるで夕立ちでも降らせるかのように、胴体の下から無数の焼夷弾を投下していた。

その日、それまでで最多の三百五十機のB29は、神戸市東部、西宮、伊丹を中心に実に十六万発の焼夷弾を投下し、死者四千三十五人、負傷者九千二百三人、全壊家屋五万五千八百四十二戸、罹災者総数二十一万九百二十八人という甚大な被害をもたらした。

葺合工場では木造の建物がほとんど焼失したが、爆弾が使用されなかったこともあり、機械類の破壊はまぬがれた。また、奇跡的に誰も焼夷弾の直撃を受けず、死傷者はゼロだった。

翌日――

朝、葺合工場平鋼課班長の脇谷寅治（のち川崎製鉄労組連合会会長）は、大空襲の影響が心配で工場へ行った。

脇谷は、敷地の正門から入り、第一ガス工場、平炉、厚板工場の様子を見て、平鋼工場に行った。

（これは、ひどいもんだ……）

工場内を一瞥して、絶望感に打ちのめされた。

天井は穴だらけ。加熱炉の上、圧延機や剪断機のそば、通路などには焼夷弾がごろごろ転がっている。班長室に保管してあった米や薬はすべて灰と化していた。

脇谷は、第一薄板工場から第三薄板工場も見たが、惨状は変わらなかった。

再び平鋼工場に戻ったが、あまりの静けさに不気味になって工場を出て、放心状態で海の方角に歩いて行った。

向こうから、戦闘帽にゲートル姿のがっちりした体格の男が近づいてきた。

「所長」

男は、西山弥太郎だった。

「脇谷か。家はどうだった？」

「またやられました」

「家族は？」

「和歌山に疎開してます」

「そうか。……残念だな」

「残念です。所長、会社もとうとうやられましたな」

脇谷はうな垂れた。

「やられてないよ」

「えっ？」

脇谷は、聞き間違えたかと思う。

「会社もとうとうやられましたな」

脇谷は繰り返した。

「やられてないよ」

西山は大きな声でいった。

（所長は、どうしたんだ？　あまりのショックで、頭がおかしくなったんじゃないか？）

「でも事務所も建屋もありませんよ」

「鉄屋が鉄をつくるのに、事務所なんか要らん。現場の隅に机一つあれば、鉄はつくれる」

西山は、揺るぎないまなざしでいった。

「工場の機械は一つもやられていない。人と電気系統と燃料さえあれば、今すぐにでも操業できる」

その言葉を聞いて、脇谷の全身に電流が走った。

（なんとこの人は偉いのだろう！）

急に涙が溢れてきて、脇谷は西山にすがりつき、声を上げて泣いた。

「なあ脇谷。戦局はどうなるか、我々には分からない。もし敗れて占領されても、敵はこの優秀な工場を廃物にはすまい。いずれ誰かの手で、この機械を動かすだろう」
「はい……」
「それを我々の手でやりたい。工場の再建は、必ず我々の手でやろう」

同月（六月）下旬、西山は、太田耐火煉瓦製造所の取締役だった人物の世話で、ミツと九人の子どもたちの大部分を岡山県東部の和気《わけ》郡三石《みついし》町（現備前市）に疎開させた。長男の和夫は倉敷市の海軍航空隊に移り、四女の明子は鳥取県日野郡江尾《えび》村（現江府町江尾）に疎開した。東京から西山の家に疎開して来ていたミツの父親多胡敬三郎と妻（後妻）も、近所にある遠縁の家に引っ越したので、住吉の家は、西山と留守番役の夫婦の三人で暮らすことになった。

西山は、ミツや子どもたちにこまめに手紙を書き、自分の生活の様子を知らせたり、励ましたりした。紙不足のため、不要になった帳簿や作業日報の裏に鉛筆書きであった。細い几帳面な文字で、圧延機の寸法や生産性に関する無数の数式が書き込まれた紙の裏側を使ったこともあった。

同じ頃、沖縄が陥落した。同盟国のドイツはすでに五月に降伏している。ついに昭和天皇も早期終戦を決断し、政府内の調整が始まった。一方で、本土決戦にそなえ、国民義勇隊の結成や、長野県松代町（現長野市）に、大本営移転のための防空壕の建設が進められた。

七月二十六日、米英中の首脳は、ポツダム宣言を発し、日本に無条件降伏を求めた。しかし、軍部の強い反対もあり、鈴木貫太郎首相はこれを黙殺すると発言した。

川崎重工の各工場は、たび重なる空襲で生産能力が激減したが、戦争継続のため、傷だらけの状態で操業を続けていた。伊保工場（製鋼工場）、知多工場、久慈製鉄所は、空襲による被害はなかったが、前二者は建設が進まず、久慈製鉄所は原料炭の不足で、生産が大幅減の状態だった。


八月五日――

たび重なる空襲で、神戸は見渡す限りの瓦礫の山と化した。遮蔽物のない荒涼とした風景の中に、奇跡的に爆撃を免れた鉄筋コンクリートのビルや北野回教寺院が廃墟のように佇んでいた。三宮駅の南側で目立つ建物は、十合百貨店ビルだけになった。瀟洒な洋館が建ち並んでいた山手の異人館街もすっかり焼き払われ、煙突だけが墓標のように建ち並んでいた。

この日、西山は五十二歳の誕生日を迎え、留守番役の中年夫婦と暮らしている武庫郡住吉村の家に、妻のミツが食料を持って見舞いに来た。

正午過ぎに空襲警報が鳴った。

「来たぞ！」

国民服姿で昼食をとっていた西山は、茶碗と箸を置き、立ち上がった。

四人は急いで家を出て、近所にある岳父多胡敬三郎夫妻が止宿している家の土蔵へと駆け出した。

上空で爆音が聞こえ、バリバリ、ズシン、メリメリという激しい音とともに焼夷弾の投下が始まった。

四人が道を急いでいると、ひゅうっという空を切る音がして、何かが落下してきた。

次の瞬間、留守番役の中年の婦人が、地面にどさりと倒れた。

「どうした⁉ しっかりしろ！」

西山らは慌てて駆け寄った。

道に倒れた婦人は蒼白な顔で、首筋から激しく出血していた。そばに、焼夷弾を束ねる金属製のベルトが転がっていた。

焼夷弾は、飛行機から投下されるとき、十本くらいが鉄製のベルトで束ねられ、落下中にベルトが外れてばらばらになり、発火して真っ赤な火の塊になって落ちてくる。

「頸動脈がやられている」

横たわった婦人のそばにひざまずいた西山が、険しい表情でいった。

空から降ってきた金属製のベルトが、婦人の頸動脈付近を直撃し、ほぼ即死状態だった。

その日、西山の自宅は十六発の焼夷弾の直撃を受け、土蔵だけが焼け残った。

翌八月六日、広島に原爆が投下された。八月八日に、ソ連が対日宣戦を布告し、満州と樺太に侵攻。九日に、二発目の原爆が長崎に投下された。

八月十五日正午、天皇による「終戦の詔書」の朗読がラジオで放送され（玉音放送）、戦争は終わった。うだるような暑い日だった。

第四章　瓦礫の中で

東京に勤務していた資材調達係の広部英之は、終戦の日の朝、すし詰めの列車で東京を発ち、ようやく昼頃に神奈川県の大船駅に到着し、停車中に玉音放送を聞いた。
翌日、葺合工場で西山弥太郎にようやく会うことができた広部が、「会社はどうなるのでしょうか？　わたしは……」と訊きかけると、西山は、「俺だってそんなことが分かるもんか。お前はすぐ東京に帰れ。これからが大変だぞ、いいか」といった。
葺合工場の一帯は見渡す限りの瓦礫の山で、それを突っ切って国鉄の線路が延び、何十本もある工場の高い煙突だけが目立っていた。海と空は昔と変わらず青く、摩耶山で蟬が盛んに鳴いていた。駅前広場や駅の構内では、家を失った人々が、着の身着のままで寝泊りしていた。

八月十九日——

川崎重工は役員会を開き、新情勢に対応するため、軍需品以外の新製品（転換製品）

の選定や分工場・傍系工場の処理方針を決定した。泉州工場（大阪府泉南郡多奈川町）で建造中の一等潜水艦三隻と二等潜水艦四隻の工事は中止された。湊川駅倉庫は翌年三月末に返還し、運河製材工場は神戸木材へ賃貸することになった。知多工場、伊保工場の建設は中止し、久慈製鉄所も事実上操業を停止した。

この頃、不安な思いに閉ざされていた藤本一郎は西山に「おい、藤本。そんなに心配するなよ。人間の心というものはなあ、敗戦のことなどすぐ忘れてしまって、新しい考えでまた立ち上がれるものだ。いつまでもこんなことにとらわれるものじゃないんだ」と励まされた。藤本は西山の達観した姿を見て感心し、心が少し軽くなった。二人が話しているとき、頭上を米軍のグラマン戦闘機がもの凄い爆音を轟かせながら、低空で飛び去っていった。近くに捕虜収容所があり、物資を投下しているのだった。

住吉の自宅が焼夷弾で焼かれたあと、西山は焼け残った土蔵の中で暮らしていたが、やがて会社の寮である「静観荘」に移った。葺合工場から一駅の灘区岩屋の敏馬《みぬめ》神社の近くにある木造家屋で、昭和十七年に銘酒「忠勇」の社長若林家から買い取ったものだった。宴会に使える大広間があり、役員・部長クラスの宿泊用の部屋がいくつかあった。西山はそこで、管理人を務める岩田という老夫婦と三人で暮らした。

ある日の朝――

膳についた西山の前に、岩田夫人が、どんぶりに盛った胡麻あえの野菜を置いた。薄い緑色をした茎の部分のようだった。

「これは……？」

どんぶりから視線を上げた西山が訊いた。

「庭に生えている『たこ草』です」

六十代前半の岩田夫人が、少し困ったような表情でいった。

「たこ草？」

「ぜんまいみたいな草で、庭にたくさん生えています。その茎のなるべくふかふかしたところを使いました」

「ほおー」

「何も差し上げるものがなくて申し訳ないです」

岩田夫人は恐縮した顔でいった。

三宮駅前などに闇市ができ、戸板や茣蓙《ござ》の上で、野菜や日用雑貨、タバコなどが商われているが、そうした物資を買う金もままならない。

「いやいや、とんでもない。食べ物がないのは、岩田さんのせいじゃない。……じゃあ、いただこうか」

国民服姿の西山は、どんぶりに箸を伸ばし、たこ草の胡麻あえを口に運ぶ。物資不足で、胡麻もほんの少量だった。

「うん、食える、食える。こんな草でも食えるもんだね」

西山が感心した表情でいい、岩田夫人はほっとした顔になった。

西山は終戦前後の心身の疲労や食料難で多少痩せていたが、食欲は旺盛で、何でもよく食べた。

「工場のほうはいかがですか？」

「うん。できるだけのことはやっているよ。整理やあと片付けもしなけりゃならないけれど、一番大事なのは従業員を食わせることだ」

先の見通しが立たないので、工場の幹部や従業員たちは、北海道で牧場をやろうとか、紀州で旅館でもやろうかと話し合っていた。西山も、淡路島で牧場をやろうかといって笑ったことがあった。

その日の昼――

西山が昼休みに工場の外に出ると、工場の先にある大阪湾の岸壁の堤防に、ランニングシャツ姿の職工たちが集まっていた。彼らは岸壁の下を覗いたり、指差したりしながら、賑やかに話している。

そばに歩み寄って見ると、職工の一人がふんどし一つで海に入り、岸壁のそばに潜って何かを採っていた。

「おう、何か面白いもんが採れるか？」

カーキ色の作業服姿の西山は、後ろから声をかけた。

「あっ、おやっさん。貝ですわ。貝が岸壁のところにたくさんあるんです」

職工の一人がふり返っていった。

「ほーう、貝か」

「これです」

別の職工が、殻長七、八センチの二枚貝を両手に山盛りにして見せた。海水でまだ濡れている黄褐色のぽってりと厚みのある殻に、放射状の細かい溝が付いていた。

「こりゃあ、鳥貝じゃねえか？　食えるぞ」

「食えますか？」

「海水で煮てみろや。きっとうめえぞ」

早速、職工たちが鳥貝を海水で煮てみると、いたって美味だった。

食料難にあえぐ従業員たちは、こぞって採るようになり、後に、工場の給食の味噌汁の具として出されるようになった。

八月三十日午後二時、神奈川県の厚木飛行場に、マニラから沖縄経由で飛来したC54型輸送機を改装した「バターン号」が着陸し、サングラスをかけコーンパイプを咥えた連合国軍最高司令官ダグラス・マッカーサー元帥が降り立った。

その三日後、横浜から約三〇キロの海上に停泊した米戦艦ミズーリ号の甲板で、マッカーサー元帥、重光葵《まもる》外相、梅津美治郎《よしじろう》参謀総長らが出席し、降伏文書の調印式が行われた。

九月――

西山は、葺合工場の圧延工場にいた。

戦争中、人で溢れ返り、火事場並みの忙しさだった工場は、閑散としていた。最盛期には約八千五百人いた葺合工場の従業員たちは、闇屋に鞍替えしたり、故郷に帰ったりして二千人ほどになっていた。かつて西山と同じ下宿に住んだ長光二は、戦争中フィリピンの造船所に派遣され、現地で餓死した。

長袖シャツに作業ズボン姿の職工たちが、トンテンカン、トンテンカンと音を立てながら、作業をしていた。鉄薬莢用鋼板や航空機用鋼板が残っていたので、それらを使って、フライパンや屋根板用の鉄板をつくっているのだ。兵庫工場では挽肉器械、伊保工場では、船釘や鉄製の爪楊枝をつくっている。そのほか、鍋、釜、スコップ、農具（鎌・鍬・鋤先）などもつくっている。

「どうや、藤本、調子は？」

西山が、作業服姿の藤本一郎に声をかけた。

「人が足りんですなあ」

下がり眉で田舎ふうの顔の藤本が、悩ましげにいった。藤本は、終戦直前の八月一日から第一圧延部長を務めている。

「フライパンなんかをリュックに詰めて田舎に売りに行ってるのが結構おりますから、欠員分を何とかするのが大変ですわ」

従業員たちはつくった製品を担いで売り歩き、食料や石炭と交換していた。フライパンは農村で人気があり、米や野菜の調達に威力を発揮していた。

「ロール（圧延機）もあんな状態ですからねえ」

藤本は、圧延機のそばで作業をしている男たちを視線で示した。人が前後について、ローラーの上を鉄板が往ったり来たりする手動式二段ロール（圧延機）であった。終戦前は、加熱、圧延、剪断、起重機、注油職と各人が役割分担して作業していたが、今は剪断方が圧延の後方をやったり、加熱方が圧延の火箸を握ったり、一回延ばすと全員で剪断の応援に行ったりしている。

「なかなか人が戻ってこんのぅ」

「兵隊から帰ってきたのが覗きに来たりすると、何とか引きとめようとはしとるんですが……」

元従業員たちは、実際に会社が立ち行くのかどうか疑心暗鬼にかられたり、闇屋をするか、故郷で働いたほうが割がいいと思ったりして、なかなか工場に戻ってこない。

「ところで、藤本なあ……」

西山が思い出したようにいった。

「乗添にもいったんだが、俺は、これから日本人は、『故郷のあるユダヤ人』を目指したらいいと思うんだ」

乗添利光は西山より九歳下の業務部長（営業部門の長）である。鹿児島県出身で、工員として川崎造船所に入り、苦学力行して東京商大（現一橋大学）に進んだ。このとき松方幸次郎が、十円札や五円札を一杯入れた袋を差し出し、「小僧、摑めるだけ摑め」といって摑ませ、乗添はそれで四年間の学費を賄《まかな》い、卒業後、再び川崎造船所に戻った。西山同様趣味は仕事で、西山に心酔している。

終戦以来、西山、乗添、藤本らは、日本はどうあるべきかよく話し合っていた。

「故郷のあるユダヤ人……？」

またけったいなこといい出すもんやなあと藤本は思う。

「これから大事なのは金だ。戦争をやって、国境の取り合いなんかしても意味がない。これからは相手がどういおうと、国境なんかないと思って無視してかかっておればいい」

西山は力をこめていった。

「金さえあれば、世界はついてくる。日本国中、立派な生活もできる。そのためには、まず金を儲けることだ。それには商売だ。つまり貿易だ。貿易で儲けたら、皆、いい暮らしができる。もし戦争をしかけてくる奴がいたら、金の力でよその国の戦争屋を雇って、そいつらにやらせればいい」

「金の力で戦争屋を、ですか……。ちょっと卑怯な感じもしますけどねえ」

「そうじゃないんだ、藤本」

西山は語気強くいった。

「戦争に負けた日本は、そこまで身を落とさなくては駄目なんだ」

「……」

「ただ、祖国愛だけは失ってはいかん。祖国愛のない者は、世界で馬鹿にされ、嫌われる。我々は日本という祖国を持っている。それはあくまで愛する。しかし、金儲けに徹するという意味で、ユダヤ人になるんだ」

「はあ……」

「政治家は色々体裁のいいことをいっている。しかし、やはり金持ちになることが第一だ。それには貿易立国しかない。では、何を売ればよいか？　鉄だ」

「鉄ですか？」

「そうだ。鉄だ。どうしてだと思う？」

「いや、いきなり訊かれましても……」

藤本は戸惑った。

「理由は、原爆だ」

「原爆？」

西山はうなずく。

「今までは鉄イコール兵器で、各国とも製鉄原料の輸出を禁止していた。しかし、原爆ができて、鉄はもはや兵器ではなくなった。だから、鉄鉱石や石炭が自由に手に入るようになる」

「はあ、なるほど」

いわれてみれば、そんな気がしないでもない。

「日本は戦争に負けて、四つの島に封じ込められた。戦前の植民地なしで七千万人余を食べさせていくには、軽工業だけで細々とやっていたのでは駄目だ。重化学工業への転換が必要だ。それには鉄だ。だから我々は、迷うことなく、製鉄業の立て直しに邁進しなけりゃならん」

西山は、確信をこめた口調でいった。

九月十五日、GHQ（連合国総司令部）は日比谷の第一生命ビルに本部を設置し、本格的な活動を開始した。

米国の対日占領政策は、日本が再び世界の平和及び安全に対する脅威にならないことを確保することを究極の目的に掲げていた。具体的には、軍の解体や軍需生産の禁止のほか、重工業や商船保有の制限である。また、日本の社会や経済の民主化も目標に掲げた。これは、「日本社会は封建的で、そのために生活水準が押し下げられ、それゆえ国内市場が狭く、他国の侵略に走った」という当時の米国の考え方によるものだった。

十月、GHQは、特定の一族が所有する「封建的経済集団」で、戦争遂行の原動力になったとみなされる三井、三菱、住友、安田をはじめとする十五の財閥を解体の対象として指定し、川崎重工もこの中に入った。

平生釟三郎のあとを受けて昭和十年十二月から社長を務めている鋳谷《いたに》正輔《しょうすけ》と取締役の神馬《しんめ》新七郎は、十月二十二日にGHQに呼び出され、川崎重工を持株会社すなわち財閥と指定するので、株式を早期に放出するよう命じられた。放出先は原則として従業員と所在地の住民とされた。

西山らは、空襲でずたずたにされた工場の整理や後片付け、切れた電線や機械の修理、焼けた事務所の再建などをしながら、操業を続けた。

葺合工場では、復興用資材として需要が増えつつあった屋根板用の薄板生産のために、二台の圧延機を稼働させ、九月に平鋼工場も再開した。兵庫工場では、十月に三トン電気炉を稼働させて鋼塊と鋳鉄（鋳物《いもの》＝溶鋼を金型に流し込んでつくる製品）の鋳込みを再開し、翌、昭和二十一年一月から棒鋼の圧延を始め、ついで鍛造《たんぞう》品（鋼を打撃・加工して形成する製品）の製造も再開した。

問屋との取引も徐々に復活し、軍需品の残りの鉄板や新たにつくった棒鋼などを販売し、端板とスクラップとのバーター取引も行われるようになった。また戦争中、主要な納品先だった軍需会社がつぶれてしまわないうちに、売掛金の回収を急いだ。基礎になる資料が、相手方では焼けてしまい、川崎重工側でも滅茶苦茶になっていたので、懸命に整理し、営業の乗添らが回収に走り回った。

一方、従業員は減り続け、昭和二十一年一月の葺合工場の従業員数は千三百九十六人になった。兵庫工場は、戦時中の四千二百人超から二百人まで減った。食料事情は極度に悪く、工場の給食（弁当）は、片栗粉やサツマイモの粉にカボチャの茎やタマネギを混ぜて蒸したもので、見た目はどす黒く、いがらっぽい臭いがした。米麦食が出るのは三日に一回程度で、脱脂大豆やトウモロコシの粉が三割ほど混ぜられていた。それでも一食分助かるので、従業員たちは残さず食べた。

敗戦後の日本では、多くの人々が栄養失調状態だった。市電の停留所や国鉄駅のプラットフォームで待っている人々は、空腹のために地べたにしゃがみ込んだ。町では昼間から強盗や追いはぎが出没した。急激なインフレが始まったために、金を持って行っても農家が物を売ってくれず、人々は家にある貴金属や晴れ着を持ち出して物々交換した。

昭和二十一年秋——

急ごしらえのバラックのような葺合工場の事務室で、西山は、工場の主だった幹部たちを前に、思案顔をしていた。

「さて、どうしたもんか……」

口の字形に並べたテーブルの正面中央に作業服姿ですわった西山が腕組みした。

「市内に結構いることはいると思うんですが、なにせ、あちらこちらの掘っ立て小屋に住んでるか、それこそ駅の構内とか神社や寺の境内とか、無人になったビルの中にいるでしょうからねえ」

幹部の一人がいった。

「そうだよなあ」

他の出席者たちが嘆息する。

復興のための鉄板需要などで徐々に生産が増え、いよいよ平炉を再開することになった。しかし、職工たちが四散してしまい、要員確保の目処が立たない。

「駅の近くとか、闇市なんかでは、結構知った顔に会いますけどねえ」

「こうなったら、皆で、『平炉再開のため要員募集、経験者優遇』って看板でもぶら下げて、市内を練り歩きますか」

「それより工場の屋根に、でかい看板でも立てたらどうやろ」

「いや、それでも本当に工場がやってるか、信じない奴もおるんちゃうか」

幹部たちはそれぞれ思いつきを述べるが、これといった妙案は出ない。

「あのう……」

一人がいった。

「煙突から煙を出すいうのは、どうですやろ？」

「煙突から煙？　ほう」

西山が興味を引かれた表情になる。

「煙だったら今も出てるじゃないか」

別の男がいった。

「今みたいな白っぽくて薄い煙やなく、灰色か真っ黒なやつをもくもく上げるんです。そうすれば、見た目にも盛んにやってる思うんやないでしょうか？」

「なるほど……。面白いな」

西山が愁眉を開いた顔つきでいった。

瓦礫の山となった神戸で一番目立っているのは、葺合近辺の工場の高い煙突群である。

「じゃあ、どうやって煙を上げる？」

「普通のもん燃したって駄目でしょうなあ」

「戦争中、燃えるとき、ようけ煙が出とったのはなんやったっけなあ？」

男たちは首を捻り、記憶を辿った。


翌日――

西山は葺合工場の平炉のそばにいた。

炉の中に、焼け残りの材木や薪がたくさん詰め込まれていた。

「よし、火を点けろ」

職工の一人がうなずき、マッチを擦って古くなった書類に火を点け、それで薪に点火する。

　ぶすぶす、パチパチという音とともに、材木や薪が燃え、黒々とした煙を噴き上げ始めた。

「おお、ええ調子や。よう燃える」

　西山が満足そうにいった。


　葺合工場の高い煙突から黒々とした煙が上がると、市内のあちらこちらにいた元従業員たちがそれを目にした。

「おっ、葺合工場から煙が上がっとるやないか!」

　王子公園のそばの、ボロ板でつくった掘っ立て小屋にいた男が、驚きの声を上げた。

「煙や……」

　神戸港に浮かぶ艀《はしけ》にまたがっておかずにするイカを獲っていた元職工が、彼方の煙突を見てつぶやいた。

「おっ、始めたんかいな?」

　三宮駅のそばの闇市で、地べたに筵《むしろ》を敷いて、手巻きのタバコを売っていた男が、東の方角の空に上がった煙を見上げた。

「あんた、あれ見いな。工場やってるんちゃう?」

神戸駅の近くで、米軍放出食料品の配給の列に並んでいた中年女性が、そばにいた元職工の夫のそでを引っ張った。

「おい、行ってみよっか」

廃墟になった神戸高等商船学校（武庫郡本庄村）の建物で寝泊りしていた若い二人の男がうなずき合った。


間もなく、四散していた従業員たちが、続々と葺合工場にやって来た。

「工場、やるんですか？」

「明日からやります」

「じゃあ、来ますよ」

煙突の煙の効果はてきめんだった。

工場再開の話は口づてに伝わり、多くの元従業員や新たな就職希望者たちがやって来た。

昭和二十一年十月、葺合工場の平炉は無事息を吹き返した。


この頃、会社を揺さぶる事態が発生した。

一年前の財閥指定に続き、昭和二十一年二月二十七日に、公職追放令が公布施行され、戦争犯罪人、戦争協力者、大日本武徳会、大政翼賛会、護国同志会関係者が、政府や民間企業の要職につくことを禁じられたのだ。

川崎重工では、まず元海軍中将で艦船工場の総責任者だった吉岡保貞専務が辞任。続いて同年（昭和二十一年）十月三十一日に川崎芳熊専務が辞任した。

十二月に入ると辞任の動きは加速し、二日に、長期にわたって軍需会社の役職を務め、追放必至の下田、根本の両社外取締役と、寺田、上条、大久保の三監査役が辞任。そして十二月二十四日には、鋳谷正輔社長を含む五人の取締役が辞任。七日に川辺取締役が辞任した。

残ったのは、西山、神馬、児玉、手塚の四取締役と、監査役の坂田の五人だった。

このうち西山は、取締役在任期間が四年半と一番長く（西山以外は一年前に就任したばかり）、戦争中は川崎造機という、砲弾・爆弾・魚雷部品の製作や大砲の仕上げをしていた軍需会社の社長も兼務していた。そのため、次に辞めるとすれば西山だった。一方、西山はもっぱら鉄をつくってきた技術者で、直接戦争協力をしてきたわけではない。

結局、西山の運命はＧＨＱの思惑に委ねられることになった。公職追放令は、翌年、戦前・戦中の有力企業や軍需産業の幹部にも対象が拡大され、これ以降長い間、西山を脅かした。

わずか一年の間に十三人の取締役を失った川崎重工は、帝国銀行（昭和十八年に第一銀行と三井銀行が合併して発足）から小田茂樹を新たに迎え、五人の取締役の合議制で経営されることになった。各人の役割分担は、西山が製鉄所、手塚が艦船工場、児玉が総務、小田が経理、神馬がＧＨＱと持株会社整理委員会（政府の財閥解体実施機関）となった。

一方、明るい出来事もあった。

この年（昭和二十一年）五月に成立した吉田茂内閣が、失業、インフレ、生産減退、食料不足などで破滅的になった経済状況に対処するため、十二月二十四日に、石炭・鉄鋼の基幹産業部門に資材・資金・労働力を重点配分し、それを原動力に生産を軌道に乗せることを目指す「傾斜生産方式」を閣議決定した。

政府は、翌年の石炭生産目標を三〇〇〇万トンと定め、輸入重油と石炭を鉄鋼部門に重点的に配分し、生産された鋼材を石炭部門に集中的に投入、増産された石炭を再び鉄鋼部門に振り向け、循環的拡大再生産を図ろうと目論んだ。

この頃になると日本経済の復興に関心を抱くようになったＧＨＱもこの方針を認め

た。

昭和二十二年一月には、政府系長期金融機関として復興金融金庫（略称・復金）が開業し、石炭、鉄鋼業のほか、電気事業、海運業、肥料工業などへ融資を行い、傾斜生産方式を後押しするようになった。


昭和二十二年初め――

コート姿の西山弥太郎は、国鉄三ノ宮駅のホームで列車を待っていた。

一月の神戸は、かなり寒い。

ホームでは、コートを着た勤め人ふうの男性、大きなリュックサックを背負った買出しの婦人、学生帽をかぶった学生、戦闘帽に国民服・ゲートル姿の男性など、大勢の人々がすずなりで列車の到着を待っていた。

「おい、前野、しょんべんは行ったか？」

一緒にいた眼鏡の男に西山が訊いた。京大経済学部卒で入社十三年目の経理部員、前野道三（のち川崎製鉄専務）だった。

「はい、所長。さっき済ませてきました」

「うん、そうか、よし。列車が混んでて、身動きとれんこともあるから、用は済ませておかんとなあ」

二人は東京行きの列車の到着を待っているところだった。東京行きの急行は一日一本あり、午後の二時か三時に三宮を出て、翌朝東京に到着する。二人の上京の目的は、復興金融金庫への運転資金の融資の申込みである。

やがて遠くから汽笛の音が聞こえてきた。

「おっ、来たぞ。乗り遅れるなよ」

西山がホームの西の方角を見ていった。

黒煙を噴き上げる蒸気機関車に牽引された列車がホームに入ってきた。どの列車もぎゅうぎゅう詰めの満員で、車両の外の連結部分や乗降口付近にも多数の乗客がへばり付いている。

西山と前野は、素早く左右に視線を走らせた。

乗降口から乗るのは不可能なので、乗客が降りた窓から乗るのだ。

「あそこだ！」

西山が開けられた窓の一つを指差し、駆け出した。

窓から大きな布製のリュックサックや風呂敷包みが下ろされ、戦闘帽にゲートルを巻いた若い男や、洋服に下駄ばきの中年男がホームに飛び降りた。

次の瞬間、西山が自分のリュックを窓の中に放り込み、客車に飛びついた。

前野が駆け寄り、西山の尻を下から押す。

「所長、大丈夫ですか⁉」

大きな尻を押しながら、前野は叫ぶように訊いた。

「もうちょいや！　気張れ！」

がっしりした身体がぐいと上に持ち上がり、上半身、続いて片足が窓の中に入っていく。中にいる乗客も西山を手助けする。

「有難うさんです。……さあ、前野、いいぞ」

西山は助けてくれた乗客に礼をいい、ホームにいる前野に声をかけた。

「お願いします！」

前野が自分のリュックサックを窓の中に投げ込み、客車に飛びつく。

「よしっ！」

西山が前野の片腕を取り、引っ張り上げる。

西山は力が強いので、前野の身体はするすると窓の中に入っていった。

無事客車の中に入ったときは、二人とも全身にじっとり汗をかいていた。

車内はすし詰め状態で、天井近くの荷物棚や座席の背凭れの上にまで乗客がいた。

間もなく汽車は動きだした。

「さあ、長旅の始まりだぞ。せっかくだから、しっかり勉強せんとな」

前後を人に挟まれて通路に立った西山は微笑し、リュックサックの中から一冊の本を取り出した。

原価計算の本であった。

(ほう、西山所長は、製鉄の技術書だけじゃなく、こんな本も読むのか……)

前野は意外な思いにとらわれて、立ったまま本を読む西山を見詰めた。

西山が経理関係の本を読むようになったのは戦争中からのことである。それらは、密かに温めている銑鋼一貫工場建設のためだった。二宮町(昭和十年に吾妻村から改称)の実家に帰省したときも、西山の部屋に夜遅くまで灯りが点いており、翌朝、実家の当主になった西山の甥の隆三の妻が布団を上げにいくと、分厚い簿記の本が布団の中から現れたことがあった。隆三らは、家の人々に気遣いをさせまいと、床《とこ》の中で本を読んだ西山の優しさと勉強熱心さに打たれた。


終戦から約一年半が経過した東京は、上野、日本橋、赤坂見附といった都心にも畑がつくられ、牛が草を食み、いたるところに浮浪児や浮浪者がたむろしていた。一方で、銀座に客が戻って賑わいをみせ、日本人相手のダンスホールも復活していた。性やゴシップを扱ったカストリ雑誌や大衆誌が登場し、三田近辺の旧皇室地所が開放されたあとには、木造の復興住宅が建ち始めていた。「赤いリンゴにくちびる寄せて……」という並木路子の『リンゴの唄』が大流行していた。

東京での用事を済ませた西山弥太郎と前野道三は、東京駅のプラットフォームで列車を待つ人々の列にいた。列車の出発は夕方だが、確実に乗るためには、正午過ぎから並ばなければならない。

西山は携帯用の折りたたみ椅子に腰掛け、熱心に原価計算の本を読んでいた。

そのうしろの携帯用の椅子に腰掛けた前野は、西山の背中を眺めながら、初めて西山に会ったときのことをぼんやり思い出していた。

入社まもない頃、葺合工場の営業部門に配属された前野は、工程表の件で工程掛に電話をかけ、相手の対応が普段と違ってつっけんどんだったので、いい合いになった。受話器を置いたあと人違いに気づき、相手が「怖い人」と営業の先輩たちもピリピリしている西山技師長だったと知って、慌てて謝りに行った。西山に「どこから転籍してきたんや？」と訊かれ、「いえ、新入社員です」と答えると、西山は拍子抜けした表情になった。学校の話などをするうちに、西山は段々先輩が後輩に話しかけるような優しい口調になり「きみら、こうして工場に配属になったんなら、現場を知らんといかん。現場を知るためには、用事があってもなくても、一日一回は現場を回りなさい」といった。

「……ところで前野。この天井を見て、どう思う？」

読書が一段落した西山が、後ろを振り返り、ホームの天井を指差した。

戦争中にたび重なる空襲を受けた天井は穴だらけの無残な姿だった。

「はあ、穴だらけですねぇ」

椅子にすわった前野は天井を見上げる。

「あそこを見てみろ」

西山が屋根の一角を指差した。

穴が開いて崩れ落ちそうな箇所を、鉄板で応急修理してあった。

「あれは……黒板《くろいた》ですね」

前野は首をひねって、西山の差すほうを見上げた。

使われている鉄板は、亜鉛メッキもしていない黒板（普通鋼板）だった。市中ではなかなか手に入らないが、生産量は川崎重工が一番多い。

「こんな穴だらけの天井だったら雨が降ると大変だし、見栄えも悪い。国鉄はきっと修理したいと思ってるだろうなあ」

「まあ、そうでしょうねえ」

「そして国鉄は俺たちがほしいものをたくさん持っている」

西山が思わせぶりな口調でいった。

「俺たちがほしいもの……？」

「石炭だ、石炭」

「あっ、確かに！」

蒸気機関車を走らせている国鉄は、大量の石炭を持っている。一方、石炭の配分は商工省が厳格に統制しており、鉄鋼各社はどこものどから手が出るほどほしい。瓦礫の山になった日本には、山ほどスクラップがあり、入手には苦労しない。しかし、平炉を動かすための石炭が足りない。

「神戸に戻ったら、いっぺん鉄道局にバーター（交換取引）を持ちかけてみるか」

屋根修理用の黒板を提供する代わりに、それをつくるための石炭をもらう取引である。

それからまもなく――

西山弥太郎は、葺合の製鋼工場を見回っていた。前年十月に再稼働した平炉は、順調に動き続けていた。古代遺跡の神殿のように太い鉄の柱がずらりと並び、その間にある炉が真っ赤に燃え、白い蒸気が吹き出ている。

「おい、どうや？」

カーキ色の作業服を着た西山は、炉の前で作業をしていた年配の職工の背中に声をかけた。

「あっ、おやっさん。……石炭が足りて、ようやく息を吹き返した感じですわ」

作業帽をかぶった職工が、西山を振り返っていった。

「そうか。国鉄様々やな」

東京出張から戻った西山は、営業部門に指示して大阪の鉄道局に接触させ、炭鉄交換取引を持ちかけた。その結果、三〇〇〇トンの石炭と引き換えに鋼板を納める契約が成立した。

その後、国鉄が、定められた納期にきちんきちんと石炭をくれる一方、川崎重工のほうは、納期どおりに鉄板を渡すとメシの食い上げになるので、遅れがちで引き渡すという苦しい状況が続いている。

「ちょっと一服せんか?」

西山は、作業服のポケットからタバコを取り出し、職工にいった。

若い頃、夜勤の眠気ざましにタバコを吸っているうちに、西山はヘビースモーカーになり、現場の職工たちにタバコを勧めて話をするのが、一つの意思疎通手段になっている。

「国鉄のおかげで、石炭の手当てはできたが、銑鉄が足りんのぅ」

工場の外の冬空を見上げて、西山がタバコの煙を吐いた。

長く延びた三角屋根の工場から突き出た煙突群が煙をたなびかせ、その先の大阪湾は冷たそうな青色に凪いでいる。

「そうですなあ。銑鉄が足りんですなあ」

年輩の職工はうなずき、タバコをふかす。

「日鉄が銑鉄をくれんからなあ」

平炉の中にスクラップと一緒に入れる銑鉄は高炉を持つ日本製鉄に供給を仰いでいる。しかし量が不十分なので、先日、インド製の銑鉄を独自に入手して使ったところ、それを知った日本製鉄が「勝手なことをするなら銑鉄はやらん」と、供給を一時停止してきた。

「やっぱり平炉メーカーでは駄目なんや。自分のところで銑鉄をつくらんことには、安くていい鋼《はがね》はできん」

「そうですねえ」

二人が煙をふかしながら話していると、別の職工がやって来て、「おやじ、わしにも一本くれ」といい、西山は「おう」と、きさくにポケットからタバコを出してやる。

「今みたいにそこらじゅうのスクラップを集めて来て、他人の銑鉄を使って、出たとこ勝負でやってたんでは、品質が一定せん。ニッケルクロームばかり同じに入れたって、同じ鋼にはなりゃせん」

いい鋼ができないと、板をつくっても脆かったり、凸凹ができたりする。

「銑鉄を自分でつくって、原料を揃えて、常に同じものが入るようにする。これが理想や」

二人の職工は、西山の話にうなずきながら、タバコをふかす。

高炉を持つ一貫メーカーにならなければ会社の将来はないという西山の考えは、従業員たちの間に徐々に浸透し始めていた。


一月の終わり——

菜っ葉服姿の西山弥太郎は、三宮駅前の十合《そごう》百貨店ビル六階にある川崎重工製鉄所事務所の会議室で、十数人の組合幹部と向き合っていた。

「我々は、週四十八時間労働、拘束一日八時間制、賃金不平等の撤廃、月給制の確立、最低生活保障賃金制、CPI（消費者物価指数）によるスライディングスケールの採用、能力勤怠年数による増加賃金、退職手当の改正を会社に求めます」

ロの字形に配置されたテーブルに、西山ら会社側幹部と対峙してすわった製鈑分会（葺合工場）副分会長の渡辺一正（のち川崎製鉄千葉工場を経て千葉市議会議員）が要求書を読み上げていた。

四十歳の渡辺は、昭和三年に職工として入社し、現在は葺合工場電機課に勤務している。色黒で眼鏡をかけ、顎がしゃくれ、一見強面だが、熊本県人らしくからりとした性格である。

「具体的には、生活給として家族給を一人目二百五十円、二人目より二百円。本人給として十七歳以下五百円、十八歳から三十歳三十円加給、三十一歳から四十歳二十円加給……」

口を真一文字に結んで耳を傾ける西山の左右に、葺合工場長の桑田賢二と総務部長の長峰賢次がすわっていた。

敗戦後、占領軍の民主化政策によって労働組合の結成が奨励され、労働運動が盛んになった。昨年（昭和二十一年）三月には、団結権、団体交渉権、争議権などを保障した労働組合法も施行された。

川崎重工でも昭和二十年十一月に兵庫工場で労組が結成されたのを皮切りに、次々と職場（工場）ごとに組合が結成された。この頃の労働組合の大部分は産業別単一労働組合主義で、鉄鋼労働者はそうした単一組合である全日本鉄鋼産業労働組合（略称、全鉄労）を結成し、各企業の組織はすべてその分会となった。川崎重工製鉄所にできた六つの組合（本店職組、葺合労組、兵庫労組、西宮職組、西宮労組、知多労組）もそれぞれ全鉄労の分会になった。六つの分会は、連絡会議として「労職協議会」を組織した。なお、職組は職員（ホワイトカラーの事務職と技術職）の組合、労組は工員

（現場のブルーカラー）の組合である。（当時は、職員と工員という身分制度があり、職員は現場に出るときは白い軍手、工員は、職種にもよるが、分厚い鍋摑みのようなウエス手袋をはめた。）

最初の「闘争」は昨年末の「イモ、数の子闘争」だった。年越し用食料として組合側が、組合員一人当たりサツマイモ十貫（三七・五キログラム）と数の子五百匁《もんめ》（一・八七五キログラム）の要求を出した。物資不足のおり、金より食べ物だった。

組合との交渉は、各生産部門ごとに行われ、製鉄所は西山が会社側総責任者であった。両者の間で「十貫目は無理」「じゃあ六貫目」「駄目だ」「じゃあ五貫」「五貫目なんて駄目だ。二貫目だ」「そら殺生や。年が越せん。女房、子どもが可哀そうや」とやり合った末、サツマイモ二貫、数の子二百匁、越年資金として本人四百円、家族一人につき百円を支給することになった。妥結は十二月二十八日で、従業員たちは、サツマイモ二貫と数の子二百匁を手にぶら下げ、嬉々として家路についた。「闘争」といっても、素朴なものだった。

西山も、「（全社で）三千人もいる中で組合の指導者になれるような奴はおらんのか」と発破をかけて組合創設を促し、結成大会では「会社と組合は車の両輪のごときものであります」と祝辞を述べた。その後も、葺合工場総務部長らを全鉄労の大会に参加させたり、全鉄労関西支部結成に協力したりして、会社の社会的地位に相応しい組合の育成に努力した。

しかし、昭和二十二年に入った頃から、共産党系の人間や、桑江義夫（のち川崎製鉄副社長）、山本康之、佐々木藤雄といった京大出のインテリが組合に加わり、闘争が先鋭的、理論的になってきた。この頃は、共産主義が理想社会のように語られ、共産主義全盛の時代だった。

「……休日就業は、基本給の千分の八掛ける時間数。夜勤手当は二班五円、三班十円。徹夜手当十五円。以上が我々の要求です」

渡辺が要求書を読み終え、正面の西山をぐっと見据えた。

「お前らの気持ちは分かった」

きりりとした眉の下の両目を細め、西山がいった。食料不足のためにいまだ顔は痩せぎすだが、胸板の厚い堂々とした体軀には、経営者の風格が備わっていた。

「生活が苦しいのは分かる。俺だったらもっと高い要求をする」

大胆な発言に、組合側は一瞬、えっ、となった。

（所長は要求を認めるつもりなのか……？）

渡辺や桑江の視線が、訝しげに揺れた。

「お前らの気持ちは分かるので、気持ちだけは受け取る」

西山は、渡辺らを見据えていった。

「けれども会社にはまったく金がない。したがって、お前らの要求は、受け入れたくても受け入れられん」

その後、組合と西山の間で何度も交渉が繰り返された。

西山は、懐から手帖を取り出しては、進んで会社の経営内容を開示し、熱心に説明した。黒い手帖に几帳面な万年筆の文字で生産量や経理の状況などを細かく書き込むのはドリーゼン時代からの習慣で、しょっちゅうこれを開いて経営状況の細部に至るまで頭に刻み込んでいる。

「……現在の生産状況と今後の見通しは以上のとおりであり、資金繰りも非常に厳しい状況にある」

葺合の厚板工場の炉の前の広場のような場所に呼び出され、菜っ葉服や作業服の男たち二百人ほどに取り囲まれた西山は、堂々と会社の状況を説明していた。

話を聞く男たちの顔に不満や苛立ちが漂っていた。寒さで小刻みに震えている者もいた。

「生産性が上がって、会社が儲かれば、いくらでも賃金を払う。しかし、きみらが主張する一律賃金などというものは、生産意欲を刺激しない。今、きみらが要求する賃金を払ったら、会社がつぶれてしまう。会社がつぶれてしまえば、元も子もないではないか」

西山は、黒い手帖に書き込んだ数字を引きながら、微に入り細を穿《うが》って説明を続ける。

賃金と能率のことになると、西山の演説は止《とど》まるところを知らず、組合側は毎回呆気に取られて引き下がるだけだった。交渉担当者たちは、しょっちゅう組合の会合で仲間たちから吊し上げられていた。

「しかし所長。能率、能率といいなさるが、最低生活はどうなるんです？」

人垣の中から声が上がった。

「ともかく今の賃金じゃ食えやへん。だから皆アンコに行く。可哀そう思わんか？」

「アンコ」というのは、進駐軍などよそに日雇いに行くことである。

「そうや！　所長、こんなんで会社はええんですか？」

「従業員にアンコさせるなんて、恥や思いませんか？　無責任と違いますか？」

あちらこちらから声が上がり、組合員たちは険しい目つきで西山を睨みつける。

「今は、しょうがない。やむを得んのだ」

西山は忸怩たる表情でいった。

「とにかくみんな働いてくれ。働いて儲かったら、いくらでも賃金を払う」

西山自身どうしていいのか分からないのが本音のところだった。

「てめえ、それでも経営者か⁉」

共産党員で戦闘的な男が、西山の胸倉に摑みかかった。

男は両目を剝いて西山を睨み付け、どう出てくるか顔色を窺う。

「すまん。ちょっと便所に行かせてくれ」

西山が思い出したようにいった。

「西山、逃げる気か⁉」

「逃げたりするかいな。ちょっとここで待っててくれ」

胸倉を摑んでいた男が気勢を殺がれて手を離すと、西山は踵を返してトイレに向かった。

「便所の窓から逃げようとしてるんちゃうやろな？」

がっしりした菜っ葉服の後姿を見送りながら、共産党員の男がつぶやいた。

組合員たちは、寒い工場の中でじっと待った。

二十分以上たって、ようやく西山が戻ってきた。

「おっ、帰ってきたぞ！」

再び姿を現した西山を見て、一人が叫んだ。

「逃がすな！」

数人が駆け寄り、西山を取り囲んだ。

「逃げも隠れもしねえよ」

西山は苦笑いした。

「ちょっと尻の具合が悪くて、便所の時間がかかるだけだよ」

西山は、神経痛と痔が持病であった。


両者の主張は平行線のまま一ヶ月が経過し、二月二十二日から地労委（地方労働委員会）の調停が始まった。しかし、それも不首尾に終わり、葺合分会は三月十一日から無期限ストに突入した。

ところが、京都にあったGHQ（連合国総司令部）軍政部の出先から組合に呼び出しがかかった。四条烏丸下るのGHQの事務所に分会長の蟹沢梅雄、渡辺、山本らが出頭すると、現れた大佐クラスの米国人が、「命令だ。ただちにストを中止せよ」と告げた。

命令の背景には、西側陣営と東側陣営の対立が先鋭化してきたことがあった。この頃になると、英国のチャーチル元首相が「ソ連圏は鉄のカーテンに閉ざされている」と反ソ同盟を提唱する演説を行なったり、米国のトルーマン大統領が共産主義封じ込め方針を打ち出したりしていた。中国では、蒋介石率いる国民党と戦っている毛沢東の共産軍が、ソ連の支援を受けて勢いづいてきていた。

日本においてもマッカーサーが労働運動の左傾化を警戒し、ストに介入するようになった。国鉄など官公庁の労組が計画し、八百万人以上が参加する予定だった「二・一（二月一日）ゼネスト」も中止させられ、公務員の争議権が否定された。

ＧＨＱにストを中止させられた組合側は頭を抱え込んだ。

「……くそっ、西山の野郎、何であんなに頑固なんや⁉」

トタン屋根の工場内の事務所で組合幹部たちは額をつき合わせて途方に暮れた。

西山はいつも「百万人といえども我征かん」という態度で、まったく歯が立たない。

「まるでベトン・トーチカだ」

闘争副委員長兼戦術委員長の桑江義夫がぼやいた。ベトン・トーチカは、一メートル以上の分厚いコンクリートで造られた防御陣地のことだ。

くっきりとした眉に油断のない目を持つ桑江は、京都大学法学部を卒業して昭和十四年に川崎造船所に入社したが、すぐ軍隊に召集され、戦後引き揚げて葺合労組の中心人物になった。年齢は三十代前半で小柄だが、旧制松山高校時代は柔道の全国高専大会（旧制高校・大学予科・旧制専門学校の大会）で団体優勝したこともある。

「西山が俺たちの要求を通さへんなら、俺が奴を殺す！」

若い男がいきり立った。

そこへ、ベテランの職工が入ってきた。

「お前ら、そんなことばっかりやってたんじゃ、西山さんはいうこと聞いてくれへんぞ」

熱で眉毛が薄くなり、手のあちらこちらに火傷の跡がある年輩の職工は、すわっていた組合幹部たちを見下ろしていった。

「あの人は、礼節を重んじる人や。お前らみたいに、『認めろ。認めるのが当然だ』みたいないい方してたらあかん。あの人は千人がかりでもへこたれへんよ」

「……」

「西山さんは優しい人や。本音は、従業員が可愛くて仕方がないんや。でも会社だって楽やないし、内心すごく悩んでる。……そのへんのこと察してやらんと、何も解決せんで」

ベテランの職工は、戦前から西山と一緒に働き、気心を知っていた。

しかし、この頃になると、復興用鉄板需要や国鉄の仕事に対応するため、前年一月に千三百九十六人だった葺合工場の従業員数は二千二百人程度まで膨れ上がっていた。新たに採用された者たちは、西山の人柄をほとんど知らないだけでなく、前歴も怪しい者や、共産主義者も少なくなかった。

「とにかく、いっぺん西山さんに頭を下げろ。頭を下げて、よろしくお願いしますいうたら、きっと聞いてくれるよ」

ベテラン職工の言葉に、組合幹部たちは顔を見合わせた。

間もなく蟹沢や渡辺らが西山に対して丁重に頭を下げ、西山は「お前らがそういう態度なら、考えよう」と軟化した。

組合と会社側の話し合いが行われ、三月三十一日に、地労委で調停委員長立会いのもとに詰めの交渉が行われて妥結した。①賃金形態を本人給と家族給に重点を置き、能率給を加味する、②家族給は一人目百五十円、二人目から百円、③労働時間は週四十八時間、一日八時間を原則とする、④有給休暇は労働基準法案の精神に則る、⑤賃金形態の確立までの暫定措置として、一〜三月分の増給分として総額四百五十万円とその利子を三〜五月に支払う。そのほか、家族援護資金として二十五万円を支給する、といった内容だった。

西山はかなり思い切った譲歩をした。その背景には、交渉を長引かせてＧＨＱの干渉を招きたくないという思惑や、物価は今後も上昇を続けるだろうから、しばらくして元の木阿弥になっては意味がないという考えがあった。

このとき葺合工場の部課長会の幹事長を務めていた藤本一郎第一圧延部長が、最後まで組合への大幅譲歩に強硬に反対し、西山はそのことで藤本を一層高く評価するようになったといわれる。

四月――

川崎重工製鉄所本店（本社）は、間借りしていた三宮駅前の十合百貨店ビル六階から、葺合工場内に戻った。敷地北端のバラックのようなL字形の二階建てで、一階は葺合工場事務所、二階が製鉄所本店であった。西山は二階北側の部屋に、製鉄所副所長兼経理部長の嘉瀬謙次と一緒に入った。廊下はがたぴしで、採光が悪く、夏は四十度、冬は零度になる。来訪者は一様に、これが本店なのかと貧弱さに驚いたが、現場主義の西山は「鉄屋は工場が一番大事。立派な事務所をつくる金があるなら、工場に使う」と平然としていた。

五月三日、新憲法が施行された。冷雨がそぼ降る当日、皇居前広場に一万人が集まり、高松宮、吉田茂首相以下閣僚、各党代表らが列席し、記念式典が挙行された。マッカーサーはこの日から国会などで日章旗を掲揚することを許可し、子どもたちには記念の菓子が配られ、東京では憲法施行を祝う花電車が走った。

川崎重工製鉄所の生産も軌道に乗り始め、すでに前年くらいから取引が再開していた協力工場や商社、石川島重工（現ＩＨＩ）、安宅産業などに加え、東洋工業（現マツダ）など自動車メーカーとの取引も始まった。

この頃、戦争中フィリピン島で師団長を務め、モンテンルパ収容所に一年八ヶ月あまり囚《とら》われていた西山の兄福太郎（元陸軍中将）が復員した。西山は会社の寮である「静観荘」に福太郎を長い間逗留させ、夜が更けるまで語り合った。このとき、西山は公職追放になった兄に「鋼材は川崎から回すから」と、剪断工場を開くことを勧め、福太郎は翌年、高知に工場を開くことになる。


その年（昭和二十二年）の暮れ――

西山は、葺合本店の社長室の簡素なソファーで、部下の男と話していた。

「そうか。やはり石炭がどうもならんか……」

菜っ葉服の西山は、火鉢に手をかざし、思案顔でいった。火鉢はドラム缶を切ってつくったものである。

「佐分利副所長が商工省に再三頼んでおられますが、どうにも埒が明かんそうです」

燃料の調達を担当している課長がいった。

佐分利輝一は西山より一歳下で、東大工学部で鉱山学を専攻し、農商務省に入り、福岡鉱山監督局監理部長や商工勅任技師などを務めた。退官後、西山に請われて昭和十九年に川崎重工入りし、最近まで東京事務所長として、役人時代の人脈を生かして商工省に日参し、電力と石炭の確保に奔走してきた。

「スクラップが山ほどあっても、平炉を動かす石炭がなけりゃ、話にならんのう」

戦争で焼け出された工場や町にはスクラップがふんだんにあり、それを「寄せ屋」と呼ばれる業者が買い集め、問屋をつうじて川崎重工に納めていた。一方、石炭は商工省が厳重に統制して鉄鋼各社に割り当てており、割当だけでは足りないのが現状である。

「国鉄からもらう分も、もうないか？」

「はい。年末には使い果たして、正月からの作業の分がありません」

「そうか。どうしたもんか……」

西山は思案顔で宙を見上げる。

天井には、川崎重工の電機部門が国鉄に納入できなかった格落ち品のプロペラ型扇風機が取り付けてあり、夏になると回るが、あまり涼しくはならない。

「おい、こうなったらもう、実力行使あるのみだぞ」

西山が意を決した顔つきでいった。

数日後――

製鉄所で燃料の調達を担当している課長は、エンジン付きの小舟に乗って、明石海峡へ漕ぎ出すところであった。

師走にしては暖かく、陽射しは明るかった。岸辺に似たような小舟が舫《もや》ってあり、波がじゃぶじゃぶ音を立てて打ち寄せていた。

神戸市西部と接する明石市は、徳川幕府第二代将軍秀忠が明石藩主小笠原忠真に命じて築城させた明石城の城下町として発展した。川崎航空機の軍需工場があったため、米軍の徹底的な空襲を受け、建物の八割以上が焼失した。しかし、終戦後二年あまりがたった今、徐々に復興し始めている。

「……よし。準備万端や」

課長の男は、船の後部に視線をやってうなずいた。日本酒を詰めた数十本の一升瓶が縄で結わえられ、積み込まれていた。燃料調達部門の若い男が、そばで見守っていた。

前方正面には、淡路島の濃い灰色の島影が横たわっている。島影は右手（西の方角）に延び、遠くになればなるほど、色が薄く見える。海峡は一番狭いところで幅約四キロメートルである。

燃料調達担当課長は甲板に立ち、双眼鏡で西の方角に視線を凝らした。

二つの丸いレンズの中で、二、三艘の小さな漁船が動いていた。明石海峡は、鳴門海峡や友ヶ島水道とともに兵庫県の内海三大漁場の一つで、真鯛と真蛸が有名である。

そのほか、イカナゴ、鰺、鰆《さわら》、鱸《すずき》、黒鯛、イイダコなど、多くの魚種が獲れる。

漁船の先の水平線上に、中型の灰色の船影が浮かんでいた。船は、停止しているのか、ゆっくり動いているのかよく分からない。

「ありゃあ、違うな……客船だな」

双眼鏡を覗きながら、課長はつぶやいた。

探しているのは、北九州から石炭を運んでくる貨物船である。瀬戸内海だけを運航しているものや、途中阪神地方に寄航したあと、東京や北海道まで行くものがある。後者は、北九州の石炭を阪神・東京に運び、そこから北海道などへ木材・農水産物・洋紙類などを運び、北海道から石炭などを積んで本州に戻って来る。

課長は、一般にはなかなか手に入らない日本酒を手土産に、石炭を積んだ貨物船を止め、石炭を分けてくれるよう交渉する腹づもりだった。

時刻は正午を少し回ったところである。

太陽は淡路島上空の中天から淡い光を放ち、それを受けた海面が、無数の夜光虫でもいるかのように銀色に燦《きら》めいていた。海はくすんだ青緑色で、波は比較的静かである。波間に七、八羽のカモメが浮かんでいた。

「むっ、あれは……」

課長は双眼鏡の視線を凝らす。水平線上に新たな船影が姿を現した。

舳先が尖り、甲板上にマストを持った細長い船体で、後方に船尾楼がある。

「おい。あれ、そうじゃないか？」

そばにやって来た部下の男に双眼鏡を渡す。

「ああ、あれは機帆船《きはんせん》ですね。石炭積んでますよ」

機帆船は、推進用動力としてエンジンを搭載した帆船である。昭和に入る前後から、沿岸用貨物船として多用されるようになった。

「よし」

燃料調達担当課長はうなずいて、甲板のほぼ中央にある操舵室に入って行く。

「おやっさん、あっちに見える、あの船んところまでやってくれ」

男がいうと、手ぬぐいでねじり鉢巻をし、舵を握っていた老人がうなずいた。

ブロオオン、ブロオオンとエンジンが震え、小舟は銀色に燦めく播磨灘に乗り出して行く。

「おお、結構寒いなあ」

甲板に戻った課長が部下のほうを見て顔をしかめた。ひとたび海上に出ると、風は思いのほか冷たい。

空は薄青色で、刷毛で掃いたような雲があちらこちらに浮かんでいた。トンビが数羽、翼を広げて悠々と舞っている。

小舟はエンジン音に包まれ、船べりと船尾に白い浪を立てながら、豊かに水を湛えた海峡を進んで行く。

淡路島の島影が徐々に大きくなり、小舟は西の方角へと進路を取る。進行方向右手に、明石の町が見え、街並みの向こうに明石城の白壁の櫓《やぐら》が聳えていた。

やがて目指す機帆船が近づいて来た。

全長二〇メートルあまりの木製の船は、黒い石炭を小山のように積んでいた。

「おーい！」

甲板後方にいた若い男のほうが、竹ざおにくくりつけた布を振る。

「酒だー！　酒があるぞー！」

課長のほうは、赤と白の手旗を出し、それをパッパパッパと振って、止まってくれるよう合図を送る。軍隊時代に習った手旗信号だった。

「止まってくれー！」

「石炭くれー！」

二人を乗せた小舟の前方に、機帆船が迫って来た。

翌年（昭和二十三年）一月――

葺合工場の敷地内にある川崎重工製鉄所本店の会議室で、労組対策を担っている会社の幹部たち十人ほどが、西山を囲んで真剣な面持ちで話し合いをしていた。

前年の争議で思い切った賃上げを認めたが、その後の物価上昇率が予想を上回ったため、半年ほど前に組合との話し合いで、職員平均二千六百七十円、ただし二割増産すれば三千十一円、工員平均二千七百八十一円、二割増産で三千十四円という賃上げを認めた。西山は従来同様、能率さえ上げて増産してくれるなら、いくら金を出してもよいという態度で、二割増産すれば組合の要求水準に達する賃上げを受け入れた。

その後、製鉄所の各労組、とりわけ葺合工場の製鈑分会が左傾化し、組合青年部は過去の闘争の勝利で勢いづいた。その結果、単なる経済要求ではない労務問題の根幹に関わる要求を持ち出してくるようになった。

去る十二月一日、労職協議会は、①最低生活保障賃金制、②非常補償規定（結婚・出産・業務疾病による休暇の規定）、③退職金規定改訂を骨子とする「三大要求」を西山所長に提出した。賃金（税込み月収）要求額は、職員平均一万二千円、工員平均一万一千円という大幅なもので、当時の年率二〇〇～三〇〇パーセントというインフレ率をも上回っていた。

会社側がどう出るのか、日本じゅうが固唾を飲んで見守る状況になった。

「……全鉄労（全日本鉄鋼産業労働組合）の本部から五人くらいが神戸に来て常駐しております。それらが葺合分会に相当な影響力を与えています」

浅黒い顔でよく動く目の桑江義夫がいった。眉はくっきりと黒く、鼻の左横にほくろがある。

昨年の争議で闘争宣言を読み上げ、闘争副委員長として西山を吊し上げた桑江は、昨年十二月に労職協議会委員長として「三大要求」を会社に突きつけた。しかしその直後、突如として葺合工場労働課長に異動を命じられ、会社側の人間として組合対策を担うことになった。「餅は餅屋」と考えた西山による人事で、桑江は当初当惑し、悩み、組合側からは裏切り者として罵られたが、社命に従った。組合の内部事情に詳しいので、現在は、組合内外の共産党系人物の動向を探り、対策を立案している。

「共産党員も相当入っているのかね？」

製鉄所副所長で労務問題を担当している佐分利輝一が訊いた。薄くなりかけた頭髪にきちんと櫛を入れた、役人出身らしい落ち着きのある人物である。

「共産党員はかなりいます。彼らが指導的立場にあって、非常に先鋭的です。尼鋼《あまこう》で組合の指導者をやった男がいて、それがオルグ（組織づくり）をしています」

尼崎鋼業は組合の強い製鋼会社である。

「今回は、全面対決不可避やな」

西山が重苦しい表情でいった。従業員たちを家族のように可愛がっているが、会社の存立を脅かす左傾化した組合活動はさすがに容認できない。

「組合との争議に敗れるようなことがあれば、もはや会社は再建不可能になる。ここは一大決意をもって、乾坤一擲の戦いをしなくてはならん」

西山の言葉に、一同はうなずいた。

「それで桑江、お前の戦略はどんなんや?」

「はい。まず第一に、今回の三大要求は、労職協議会からのものではありますが、中心になって引っ張っているのは製鈑分会なので、ここに対する対策を強化すべきと考えます」

桑江が手元のメモを見ながらいった。

「第二に、部課長の結束を強化する。第三に、生産活動に意欲を持つ者は擁護する。第四に、不法行為があれば、断固としてこれを処断する」

「よし、分かった。それでいくことにしよう」

「ところで佐分利さん、労働省はどういう態度なんです? 我々を支援してくれるんですか?」

原田慶司葺合工場労働部長が訊いた。青森県の出身で、昭和九年に東大法学部を卒業し、久慈工場で総務部副部長を務めていた。昨年五月に西山から神戸に呼び出され、葺合工場で労務対策をやるよう命じられた。鼈甲色のロイド眼鏡をかけた朴訥で温厚な人物である。

「賀来局長は、『このたびの川重の争議は、日本の鉄鋼業の重大なヤマ場である。もし会社が負ければ、鉄鋼各社は全部負けてしまうであろう。だから絶対勝て』といっている」

賀来才二郎は労働省で労働組合問題を管轄している労政局の局長で、佐分利は組合対策について相談していた。

「会社をつぶしてでも争議に勝て、ということや」

西山が色白の顔に苦笑を浮かべていった。過去の反省から、今回は矢面に立たず、佐分利、原田、桑江の三人を中心に戦いに臨むことにした。

二月十日——

会社側は、組合の要求に対する回答を行い、賃金を職員五千三百二十円、工員五千二百三十円に引き上げるとした。しかし、組合側はこれを拒否。西山は「現実を無視した無謀な要求は、いかに声を大にしても実現の見込みはない」と批判した。

三月十七日、会社側は第二次回答を提示。

同二十四日には、第三次回答を提示した。その内容は、給与審議会を設けて給与制度の合理化を図るが、退職金規定は現行どおりとし、先の三大要求は拒否した。

西山は、現行賃金を同業他社と比較して組合の要求が過大であることを指摘し、

「組合員は組合の悪質な宣伝に乗ぜられないよう希望する。会社としては、現在赤字を押して賃金を支払っている。破局に陥ることを打開するには、従業員の努力による増産あるのみ」と述べた。

これに対して、製鉄所労職協議会傘下の六つの分会のうち、本店職組、兵庫労組、西宮職組の三分会は三月二十九日に会社案の受諾を決定。西宮労組と知多労組は、渋々ながら会社側提案を受け入れる方向で話し合いを続けることにした（その後、五月に会社側提案を受諾）。

しかし、約三千人の従業員（うち約二千八百人が組合員）を擁する最大の製鈑分会（葺合工場）だけが、会社側提案を拒否。新たに「民主的企業再建整備」（完全雇用と最低生活の保障を前提とした川崎重工の再編）を加えた四大要求を会社に突きつけ、同日、闘争宣言を発表した。同分会は、「会社の拒否回答に対し、実力をもって立ち上がらざるを得ない。今後いかなる事態が起きても、責任は会社側にある」と通告した。

四月――

仕事を早めに終えた西山は、最近越して来た西芦屋の社宅の縁側で、所長専用車の藤原公司運転手と将棋を指していた。

「……おい、藤原、ちょっと待てよ。王手飛車とはひどいなあ」

背広の上着を脱ぎ、ミツ夫人手製のワイシャツ姿になってあぐらをかいた西山は、将棋盤を見ながら顔をしかめた。

茜色がかった夕方の光が縁側に差していた。

「所長、待ったは駄目ですよ」

藤原運転手が、にやにや笑った。西山より少し年下で、細かいことにこだわらない、朗らかな人物である。

「藤原なあ、碁だってあたりのときは注意するんだ。予告くらいせえよ。とにかく元へ戻せ」

負けず嫌いの西山は、将棋でも碁でもしょっちゅう待ったをかける。

藤原は苦笑いしながら、駒を元へ戻す。

「ようし、それでいい。俺は考えるからなあ。ちょっと待ってろよ」

そういって真剣な表情で将棋を見詰める。

仕事でも将棋・囲碁でも、粘りに粘り抜くのが身上である。

藤原運転手は、いつものことといった涼しい表情で茶をすする。

とととと、と廊下を小走りにやって来る子どもの足音がした。

「ただいまー」

小学校六年になったばかりの次男の武夫が遊びから帰って来た。

「おお、武夫、お帰り。今日はどうだった？」

将棋盤から顔を上げて、西山が訊いた。

「お父さん、またビラがたくさん貼ってあったよ」

組合との争いが始まって以来、阪急芦屋川駅から社宅まで徒歩で十分ほどの道の塀や電柱に、会社や西山を非難するビラがべたべたと貼られるようになった。

「ほお、そうか。何て書いてあった？」

「鬼畜西山って書いてあったよ」

「ほほっ、今度は鬼畜と来たか」

西山は藤原と顔を見合わせて苦笑した。

「武夫、いじめられたりはしてないか？」

「うん。大丈夫だよ。ときどき『お前の父ちゃんは悪い奴じゃないか』っていわれるけど、そんなことはないっていってるよ」

そういって武夫は、子ども部屋のほうに小走りで去って行った。

「所長、なかなか逞しいお子さんですな」

そういって藤原は、ぱちりと駒を置く。

「むっ、そう来たか……」

西山が真剣な表情で、盤を見詰める。

「まあ、うちの子どもらは、親父に似たせいか、なかなか神経が太いよ」

鉄屋の経営者は神経が太くないと駄目だというのが西山の持論である。藤本一郎を採用したときも、同じ東大冶金学科でもっと成績がいい学生がいたが、神経の太い藤本のほうを選んだ。

「ところで所長、組合のほうは大丈夫なんですか？」

製鈑分会との争いは、関西の各労組や左派諸団体が総力を挙げて組合を支援している。他方、最近創設された日本経営者団体連盟（日経連）は、最初の仕事として西山支援を打ち出した。ちょうど東京では東宝のストが激化し、「東の東宝、西の川崎」と呼ばれている。

「うん。今、桑江が第二組合設立工作をやっているからなあ。組合内部にも、製鋼課の大久保とか、行き過ぎた活動に批判的な者がだいぶ増えている。きっと上手くいくだろうよ」

大久保薫は製鋼課の伍長（班長）で、戦前からの組合運動の経験者である。最近は、組合の闘争方針に批判的で、組合大会や闘争委員会で公然と異を唱えている。

「確かに桑江さんは、よう動いておられますなあ」

自ら三大要求の提出責任者だった桑江は、当初立場が微妙で、交渉の席で組合側から皮肉をいわれたり、からかわれたりした。しかし西山から「葺合をつぶしてもいいから、思い切ってやれ。株主には、俺が責任を持つ」と発破をかけられ、猛然と切り崩し工作を開始した。所長専用車は昼間は西山が使い、夜は工作のために奔走する桑江が使っている。

「四月の七日には、組合の闘争委員会で、二人の組合員が闘争方針を批判して、大激論になったそうだ」

その二人はともに古くからの従業員であった。

「結局、投票で二人は除名処分になったそうだが、そういう連中が第二組合をつくるはずだ」

そういって西山はぱちりと駒を置く。

「たぶん、そうなるんでしょうなあ」

藤原は、盤を見ながら相槌を打つ。

「俺は若い頃から職員や工員と一緒に働いて来た。葺合工場には、俺と生死をともにしようとする連中が千人や二千人、必ずいる。近いうちに、彼らは分会から脱会するはずだよ」

「わたしもそう思います。今は、外から入ってきたアジテーターたちに引っかき回されていますが、従業員たちは、みんな会社のことを思っていますよ」

そういって藤原は、ぱちりと角を置いた。

「えっ⁉ ……藤原、それはちょっと待て！」

「詰み」の一歩手前の「詰めろ」の形ができていた。

「俺が今考えてるところじゃないか。騙し討ちはいかんぞ、騙し討ちは」

むきになって怒る西山の顔を見ながら、藤原は愉快そうに笑った。


会社と組合の対立はますます激化していった。

製鈑分会側は、更新が予定されていた「時間外・休日労働協定」を破棄し、四月一日以降の残業や休日出勤を拒否した。

一方、桑田賢二葺合工場長は、四月七日付で社内における政治活動を禁止。全逓（全国逓信労組）、国鉄、電産（電気産業労組）、川崎車両などの組合員数十人が、激励に葺合工場を訪れた際に共産党への入党勧誘が行われたとして、責任者の追及に乗り出した。

四月十二日に、地労委の斡旋が開始されたが、交渉要領について主張が対立し、交渉再開に至らなかった。二日後、会社側は、組合専従者の給与は五月から組合の負担にすると通告した。

組合側は職場ごとの突き上げを激化させ、青年行動隊は一触即発の過激な行動をとるようになった。

一方、藤本一郎が幹事長を務める部課長会はビラをつくって撒き、桑江らと連携して左翼的な組合つぶしに乗り出した。

四月十七日――

製鉄所本店の所長室に、葺合工場の製鋼部の工員たち約二百人が押しかけ、労働部長の原田慶司を監禁して吊し上げた。

「給料を払わんて、どういうことや⁉　会社は労働者の給料を泥棒する気ぃか⁉」

作業帽の男が、顎を突き出して怒鳴った。

会社側は新戦術として、争議によって計算事務が停滞しているため、二十三日（職員）と二十八日（工員）に予定されていた給料を払わないとした。

「組合が残業を拒否しているから、生産が三割も落ちてるんだ。資金繰りも苦しくなって、給料を払えなくなるのは当たり前だ！」

鼈甲色のロイド眼鏡をかけた、普段は温厚そうな原田の顔に、一歩も退かぬ決意がみなぎっていた。争議が始まって以来、原田は葺合工場事務所一階の土間と電気工場内で、それぞれ約三百人に取り囲まれて吊し上げられたが、屈しなかった。

「会社の宴会費用は払えても、従業員の給料は払えんとぬかすか⁉」

作業帽の男は、ますます激昂し、唾を飛ばしながら怒鳴る。

宴会とは、会社幹部と所轄労働基準監督署員の会食のことだ。去る四月八日、組合の青年行動隊が三宮駅近くの料理店「雪月花」で話し合いをしていた両者を襲撃した。

「そうや！　おかしいぞ！」

「労働基準法違反だ！」

「面倒くせえ。やってまえ！」

二人を十重二十重に取り囲んだ組合員たちが口々に声を上げた。全員が作業服姿で、険しい目つきをしていた。

「給料を払ってほしければ、職場に戻れ」

背広姿でネクタイをきちんと締めた原田がいった。大柄で、身長は一八〇センチほどある。

「おとといだって、どれだけの損害を会社に与えたと思ってるんだ。製品ができないだけじゃない。電気や石炭まで浪費するんだぞ」

一昨日（四月十五日）、組合は最初の二十四時間ストを打った。

「やかましい！　ストの原因をつくったのは会社だろうが！」

作業帽の男がやにわにはいていた「やつわり」を脱いで振り上げた。厚い鉄板を踏んで押さえるときに使う草履である。

次の瞬間、「やつわり」が原田の頭に打ち下ろされた。

「ぐわあっ！」

悲鳴とともに原田がよろめき、鮮血が飛び散った。吹き飛んだ眼鏡が乾いた音を立てて床に転がった。「やつわり」は草履の下に下駄の歯のような四角い木がいくつも付いており、凶器になる。

「な、何をするんだ⁉　止《ゃ》めろ！」

人垣の中から悲鳴のような叫びが上がり、小柄な男が飛び出して来た。

二月の執行部改選で製鈑分会長に選ばれた渡辺一正であった。

「暴力はいかん！」

色の浅黒い肥後もっこすは、なおも原田を殴りつけようとする作業帽の男を背後から押さえにかかる。

「やかましい！　こいつが悪いんじゃ！」

「止めろ！　止めるんだ！　暴力をふるったら負けだぞ！」

二人は揉み合いになり、作業帽の男は、今度はやつわりで渡辺を殴る。

「いてえーっ！」

「暴力は止めろ！」

「やっちまえ！」

「悪いのは会社や！」

怒号と悲鳴が飛び交い、所長室は大混乱に陥った。

渡辺は小柄な身体で「やっわり」を振り回す男に懸命にしがみつき、五、六人が寄ってたかって、二人を引き離そうとする。

原田は血が流れる頭をハンカチで押さえ、呆然と騒ぎを見詰めた。


同じ頃、階下の一室で、会社側に近い立場をとる職員二百四十四人が緊急会合を開いていた。彼らは、現在の分会は外部から来た人間たちのやり方に毒されているという声明文を発表。「自由・健全な組合の結成、至誠団結明朗、健全で民主的な組合、独裁的支配反対、共産フラク（組合内党員組織）の断固排撃」といったスローガンを掲げ、分会脱会を決議した。

西山が待ち望んでいた組合の崩壊が始まった。


四月二十日、会社は三日前に起きた原田労働部長監禁・殴打事件に関し、三人の組合員を就業規則違反で懲戒解雇した。二十二日には、共産党入党勧誘事件に関し、分会闘争委員を含む四人の組合員を懲戒解雇した。

分会側は、入党勧誘事件については陳謝したが、監禁・殴打事件はそもそもの責任は会社側にあると抗議。また、懲戒解雇を承服せず、解雇された七名とともに地位の保全を求めた。

この間、会社は、分会を脱会した二百四十名による職員組合結成を承認し、製鈑分会を唯一の従業員団体であるとする労働協約の条項を破棄すると通告した。分会側は、「通告は一方的で、認められない。職員組合は御用組合なので解散されるべき」と地労委に申し立てた。

兵庫県地労委は、川崎重工製鈑小委員会を設け、委員総がかりで問題に対処する体制を組んだ。

五月六日――

西山弥太郎は、所長室の簡素なソファーで、法律顧問の石田文次郎博士と真剣な面持ちで話し合っていた。

石田は西山より一歳年上で、この年、五十六歳になる。東北大と京大の法学部で教授を務めた民法の専門家で、京大を退官して弁護士になったところだった。出身は奈良県である。

「石田先生、こう何度も波状的に二十四時間ストをやられては、炉を保温するための石炭の消費が馬鹿になりません。貴重な燃料をかくのごとく浪費されては、会社は保ちません。これを防ぐ手だてはありませんか？」

背広姿の西山が、白皙の顔に苦悩を滲ませていった。家族や人前では強気をとおしていたが、長引く争いで心身ともに疲弊してきていた。

分会側は、明日から再び二十四時間ストを行うと通告してきていた。

「西山さん、工場をロックアウト（一時閉鎖）しましょう」

白髪まじりの頭髪をオールバックにした細面の石田がいった。地味な背広にネクタイ姿で、学者的な雰囲気を漂わせている。

「ロックアウト？　やっても大丈夫なんですか？」

ロックアウトは日本の労働運動史上ではまだ事例がない。

「大丈夫です」

石田は、西山の目を見ていった。

「ロックアウトが組合のストに対する会社側の正当な争議行為であることは、学説で認められています。その間の賃金も払う必要はありません」

西山がうなずく。

「賃金に関しては、後日、裁判所なり地労委なりで訴訟や議論になるかもしれませんが、まず間違いなく勝てるはずです」

「そうですか。先生にそういっていただければ、百人力です」

西山は、愁眉を開いた面持ち。

「西山さん、分会は次の手段として、必ず生産管理に出てくるはずです」

労働者が工場などの生産設備を経営者から奪取して、自ら生産を行うことだ。一九一七年のロシア二月革命や、第一次大戦後のイタリアやフランスの工場における事例が起源である。

「生産管理に対抗するには、会社の味方になってくれる従業員を増やすしかありません。今のうちにできるだけ多くの組合員を分会から脱会させ、再建同志会のようなものをつくらせるべきです」

「分かりました。……よしっ！」

西山は自分の胸を一つ叩いて、立ち上がった。

石田は、所長室から出て行く逞しい後ろ姿を見送った。

その日、製鈑分会の第二次分裂が起きた。

分会が、退会した二百四十四人の職員に圧力をかけようとして、職員への給食の停止を決定したところ、給食所の従業員の大多数である九十九人が、平和的解決の必要を主張して分会を脱退し、給食所従業員組合を結成したのだ。

五月七日、分会は、午前六時半から二十四時間ストに入った。これに対して会社側は、スト中の賃金を支払わないだけでなく、給食の停止と、生産低下による能率給の最低ベースの保障廃止を通告。また五月八日を臨時休業とし、十日以降も定時退社・休日出勤拒否・ストライキを行う場合は、福利厚生費の会社負担分撤廃、労働直配用をのぞく一切の配給品の停止、労働協約の全面破棄、長期にわたる臨時休業（賃金は支給せず）を行う用意があるとした。

分会側は、労働協約の破棄に抗議し、十二日から再び二十四時間ストを行うと通告。十三日からは無期限ストに突入した。桑田賢二葺合工場長は、組合が会議の開催場所に使っていた診療所二階の使用を禁止した。

無期限スト二日目の十四日、地労委は、両者の交渉を斡旋しようとしたが、会社側が拒否。桑田工場長名で「本人の意思にもとづいて出勤する者の身辺を警護するから、安心して就業せよ」と、全従業員に出勤勧告の文書を郵送した。

この頃になると、長引く争議で収入が低下し、生活が苦しくなってきた従業員たちの間に厭戦気分が濃厚になってきた。会社側は、各家庭を訪問し、「早くストを止めたほうが得策だ。ほかの分会は皆条件に同意しているではないか」と切り崩し工作を進めた。分会側もこれに対抗し、各家庭に行動隊員を派遣。ストへの協力を求めるとともに、組合員の生活を助けるため、闘争本部内に生活援護部を設けた。

五月十五日――

無期限ストが三日目に入った。

分会側は、会社側の出勤勧告に対抗するため、午前四時から約三百人の組合員を葺合工場正門、西南、貯炭場など五ヶ所に配置して、ピケットライン（スト破り防止のための監視線）を張った。

午前七時半――

「なんやこれ？　工場に入られへんやないか」

職工ら数人と一緒に出勤してきた厚板課の役付工員、細川角平が、むっとした表情で、正門付近を固めていた組合員たちを睨みつけた。細川は、昭和二十年十二月に葺合労組ができたときの初代組合長だったが、今は闘争方針を批判して脱退している。

「今、ストをやってるんで、入らんで下さい」

組合員の一人がいった。

「何やと？　わしゃ働きにきたんや。入れろ」

「駄目です」

「ストなんて関係あるか。お前らが勝手にやってることやろうが。働かんことには俺ら、一家そろってメシの食い上げや」

細川は、肩をいからせてぐいと身体を前に出し、組合員たちの間を強引に進もうとする。

「おいこら、ちょっと待て！　何をする⁉」

組合員が二人で細川を押し戻そうとする。

「このガキ、何さらす⁉　離さんか！」

細川が怒鳴り、一緒に出勤してきた職工たちも「入れろ！」「勝手なことすんな！」と叫ぶ。

どやどやと足音がして、別の場所を監視していた組合員たち二、三十人が駆けつけて来た。バットや釘の付いた板を手にしている者もいる。

男たちは、前後左右から細川らを取り巻いた。

「おい、絶対入れたらあかんぞ！」

骨ばった顔のリーダー格の男がいい、組合員たちは互いの腕を組み、人間の壁をつくる。

「てめえら、ふざけるな！」

出勤してきた職工らが激昂した。

「この工場は俺たちのもんじゃ！　お前らどういう了見や！」

そういって目の前の組合員に摑みかかった。

職工たちは、戦前から川崎重工で働いている男たちで、自分たちが工場を守り立ててきたという自負がある。

「やめろ、この野郎!」

「阿呆んだらが!」

「仕事しにきたゆうとるやろ!」

あとから出勤して来た工員たちも加わり、もみ合いが始まった。彼らの中にも、バットを持って来ている者がいた。

「野郎、死ね!」

組合員の一人が、釘の付いた板を振り上げ、取っ組み合いをしている職工の頭に振り下ろした。

「い、いてえーっ! 何さらす⁉」

頭を殴られた職工が振り返り、板を手にした男に摑みかかる。

「ぐわあっ!」

土埃《つちぼこり》を巻き上げて乱闘する男たちの中で、バットで腰を殴られた若い工員が地面に転がった。

鼻血を流している者や、腕で釘の付いた板をよけようとして、血を流している者もいる。

ぴぴぴぴーっ、と警笛が鳴った。

「こらっ、やめんか！」

「やめろー！」

通報を受けて駆けつけて来た葺合署の警官数人が乱闘を止めにかかった。


翌日、第三次の分会分裂が起きた。

役付工員有志が分会を脱退し、再建同志会を結成したのだ。彼らは声明を発表し、「実現不可能なる要求を掲げ、手段を選ばざる闘争方式は、荒唐無稽に類する宣伝も交え、いたずらに全従業員を使嗾《しそう》（そそのかし）し、特に家庭的責任軽き青年層を扇動し、（中略）混乱状態に陥し、階級闘争なりと主張する等、まったく政治闘争に堕したる無意味なスト突入と断ぜざるを得ない」と批判した。

次の日（五月十七日）には、製鈑分会を脱退して同志会に加盟した者が一挙に千人を超えた。先に分会を脱退した職員組合の二百四十四名と給食所従業員組合の九十九人と合わせ、分会の半分以上が脱退したことになる。

五月十八日――
正午過ぎ、葺合工場の正門前で、数百人の男たちが乱闘を繰り広げた。ピケットラインを張っている組合員と、分会を脱退した職員・工員たちだった。

この日の朝、追い込まれた製鈑分会側の約千人が工場に押しかけて占拠し、生産管理に入ると宣言した。組合員たちは会社に対し、生産管理に必要な鍵、帳簿、金庫など一切の物品の引渡しを要求し、出入り口を固めた。

これに対して会社側は、生産管理の通告は工場に押し入ったあとになされた違法なもので、認められないとした。

「ほほっ、勇ましいことだ」

製鉄所本店の二階の廊下の窓から正門前で乱闘する男たちを見下ろしていた西山弥太郎が微笑んだ。作業服姿の男たちに混じって、上半身裸になって乱闘している者もいた。

「同志会のほうが優勢のようですな」

かたわらに立った石田文次郎弁護士がいった。

石田の住まいは京都だが、情勢が緊迫してきたため、前夜、明石市内の旅館に泊まり、早朝に西山から連絡を受けて駆けつけた。

うわーっという喚声が上がり、正門が倒され、再建同志会側の男たちが工場内に雪崩《なだれ》込んだ。

「おお、やったか！　同志会には鹿児島県人が多い。やはり九州男児は強いですなあ」

西山は石田のほうを見て、満足そうにいった。

そのとき、一階から受付の女性事務員が上がって来た。

「所長、住吉の給食課長さんが来られてます」


西山と石田が所長室に戻ると、葺合工場住吉給食所の課長が、「製鈑分会の連中に、特配米（白米）六十四俵を奪われました」と報告した。

この日の午前中、約三百人の分会員がトラックで、葺合工場から東に五キロほど行ったところにある給食所に乗りつけ、入り口四ヶ所にピケットラインを張り、生産管理を行うと宣言したという。ただでさえ食糧が不足している時世に、工場を占拠して立てこもっている分会は、給食所にある食べ物に目をつけたのだ。

これに対し、十二日前（五月六日）に九十九人が分会を脱退し、給食所従業員組合を結成していた給食所側は、「我々は独立組合だ。あなたがたの指示は受けない」と反論したが、分会側は「理由など、どうでもええ。この米は、我々の特配米だからもらって行く」と、倉庫の入り口を破壊して持ち出した。折悪しく阪神電車がストを行っていたため、普段よりも数が少なかった給食所側従業員たちは、軽傷者を二人出す小競り合いの末に監禁され、米を奪われた。

分会側が立ち去ったあと、給食所側は警察に通報し、甲南署の署員十数名が現場に駆けつけ、証拠品として、倉庫の破壊に使われたハンマーなどを押収した。

「石田先生、首謀者を切る（解雇する）ことはできますか？」

話を聞き終えた西山が、かたわらの石田弁護士に訊いた。分会側の非合法な行為に、膠着状態を打ち破る勝機を見出していた。

「切りましょう」

痩身を地味な背広で包んだ石田がいった。

ただちに労働部長の原田と課長の桑江が呼ばれ、石田が、給食所襲撃の共謀者として二十七名に上る分会執行委員全員を、就業規則にもとづき懲戒解雇する旨の通告書を口述筆記した。

桑江が通告書を正式文書に作成し、製鉄所の労働問題の総責任者である佐分利副所長に提出した。

書類を一瞥した佐分利の顔が青ざめた。

「これは、本当に……二十七人全員を懲戒解雇するんですか？」

書類から顔を上げ、自分の席の前に立っている西山らを見上げた。

「そうだ。不法侵入と強盗傷害は立派な犯罪だ。犯罪者を雇っておくことはできん」

西山が佐分利を見下ろし、厳しい顔つきでいった。

かたわらに大柄な原田と、小柄だが柔道家らしいがっしりした身体つきの桑江が立っていた。二人とも連日の組合対策の疲労で頬がこけて、目つきが険しかった。

「ただ……組合側の弁護士は、生産管理は合法的な争議手段で、労務加給米の管理権は組合側にあるとしているのでは？」

「佐分利副所長、生産管理の通告は工場占拠後になされています。これは、労働協約違反、すなわち違法な侵入・占拠です。また、暴力をふるっての米の持出しは、強盗傷害です」

原田がいった。

「しかし……」

佐分利は不安な面持ちで、なおも躊躇う。

「これはもう決めたことだ」

西山が大声で一喝した。

「ぐずぐずしないで、書類を完成させるのだ」

「はっ、はい」

佐分利は震える手で書類に署名した。

会社側は、二十七名（うち女性一名）を懲戒解雇し、不法侵入と強盗傷害事件として関係者を神戸地検に告訴した。

一方、分会側の生産管理の目論見は、会社側の強い抵抗に遭って失敗に終わった。最も強力に抵抗したのが、工場の変電所の電力課長だった。鍵その他を渡せと迫る組合員たちに対し、「変電は極めて危険な業務であり、資格のない者は操作できない」と頑として譲らなかった。

工場を占拠した翌日の五月十九日夜、分会は最高闘争委員会を開き、自ら生産を行えない以上、生産管理の解除やむなしと決定した。

翌二十日、午前十時から分会側代表者三人が原田労働部長と会見し、即刻生産管理を解き、翌日午前六時から平常業務に復すると申し入れた。会社側は、今後は争議行為を行わないことを条件とすると提案した。分会側は回答をいったん保留し、午後一時から幹部らが集まって協議した結果、会社側提案を受け入れた。

翌五月二十一日未明、製鈑分会長兼闘争委員長の渡辺一正ら六人が給食所襲撃事件に関し、警察に検挙された。当初、神戸地検は、会社側の強盗事件の告訴を受理しなかった。しかし、会社側顧問弁護士の一人が県庁でGHQ当局者に経緯を話したところ、状況が一転して検挙することになった。翌二十二日は、さらに十八人が検挙され、分会は大打撃を受けた。

五月二十一日までに、約三千人の葺合工場従業員のうち、製鈑分会を脱退した人数が二千五百人に達した。同日、再建同志会を中心に葺合工場労働組合が結成され、全組合員による選挙の結果、初代執行部として、組合長に佐桑石雄、副組合長に与原太平と岩崎福之丞、書記長に大久保薫を選出した。なお、投票総数千八百六十二票のうち、相当数が無効票だった。これらは、御用組合反対四十七、裏切り者四十七、馬鹿野郎六十四、西山弥太郎三十四、佐分利輝一十三、渡辺一正二十四、工場長三、適任者なし二十、蟹沢梅雄一、旧組合支持四、徳田球一十三、野坂参三三十三、スターリン四、マッカーサー四、昔の人の名前五十二、無駄書き六十六、桑江義夫一、不明百七などであった。

五月二十三日——

葺合工場は、新組合の手によって生産を再開した。前年十二月一日の「三大要求」以来、実に半年近くが経過していた。

その晩、西山弥太郎は上機嫌で西芦屋の家に帰宅した。

「おーい、帰ったぞお」

ガラガラと玄関の引き戸を開ける音がして、大きな声がした。

「お帰りなさい。お風呂にしますか？」

妻のミツが出迎えた。

「うん、風呂にしよう」

西山は背広の上着をミツに預け、風呂場に向かった。

ミツは、西山を風呂に入れると、夕餉の膳の準備を始めた。長い争議を戦い抜いた夫を慰労するため、普段より豪華な夕食が用意されていた。

ミツがお手伝いさんや次女礼子（十八歳）、三女敦子（十六歳）らと膳を整えていると、突然風呂場から大きな唸《うな》り声が聞こえてきた。

女たちは驚き、長い間争議の心労に晒されてきた西山に、何か異変でも起きたのかと思った。

しかし次の瞬間、そうではないと分かった。

「べんせいーいいいぃー、しゅくぅしゅくぅぅーううぅ（鞭声粛々）、よるーかわをーおおぉ、わたるぅーううぅー（夜河を渡る）……」

西山が風呂に浸かりながら、詩吟を吟じているのだった。武田信玄と上杉謙信の戦を詠んだ頼山陽の漢詩「川中島」である。

ミツらは顔を見合わせて微笑した。

「あかつきにぃーみるぅーううぅー（暁に見る）せんぺいのぉーおおぉー（千兵の）……」

西山は心底嬉しかった。一時は、葺合工場を閉鎖することも考え、夜、悲痛な面持ちで帝国銀行甲子園寮に同行神戸支店長の大森尚則《しょうそく》を訪ね、一人当たり一万円、総額三千万円の退職金を支払うための借金の相談をしたこともあった。

「川中島」を二度吟じると、今度は一高寮歌「嗚呼玉杯」を歌い始めた。

「ああ、ぎょーくはーい（玉杯）に、はーな（花）受ぅけてー……」

風呂場から流れてくるがなり声を聞きながら、ミツらは賑やかに膳の支度を続けた。


七月六日――

深夜、西山弥太郎は、神戸市西寄りの丘陵地帯にある平野町の川崎重工湊山荘の一室で、石田文次郎弁護士とビールを酌み交わしていた。

湊山荘は、幹部の会合や宿泊に使われる古い木造家屋の施設である。

戸外は静かで、物音一つしない。

「まだ連絡がありませんな」

畳の上であぐらをかいた西山が、腕時計に視線を落とした。

時刻は、真夜中の十二時を過ぎていた。

「協定書の字句の問題か何かで引っかかっているのかもしれませんな」

ワイシャツ姿の石田がいい、西山がうなずいた。

五月下旬以来、五百人ほどになった製鈑分会と会社側の交渉が続けられ、八次にわたる地労委の斡旋を経て、今日、合意が成立する見通しである。

合意の主な内容は次のとおりである。
①会社は起訴者六名を除く分会員全員を就業させる。先の懲戒解雇者は、円満退職扱いにする。
②就業者に対し、労組員に支給した生産準備金と同様のものを支払う。
③出勤停止期間中の生活補助金として、一人当たり七百円程度を支給する。
④分会は、三月二十五日付会社側回答（三月二十四日の第三次回答と同じ内容）を受諾し、闘争体制を解除する。

「いずれにせよ、合意できるのは間違いないでしょう」

扇子で蚊を追いながら、石田がいった。

協定成立後、製鈑分会の組合員は葺合労組に吸収され、分会は消滅する見通しである。

「生産も復調して来たようですし、雨降って地固まるといったところですな」

「先生には、お世話になりました」

ビールの入ったコップを手にした西山が、あぐらをかいたまま頭を下げた。

「ただ、わたしはこのままでいいとは思っていません」

胸に決意を秘めた表情で西山がいった。

「というと？」

「今のままでいくと、葺合工場は町工場になってしまいます。ここは一番、銑鋼一貫メーカーに飛躍しなくてはなりません」

「なるほど」

「そのためには海沿いに広い土地が要ります。先生は、どこかに心当たりがないでしょうか？」

そういって西山は、石田のコップにビールを注ぐ。

「そうですなあ……」

石田は、コップの中で泡立つビールを見ながら、思案顔になる。

「光工廠か、徳山の燃料廠あたりはどうですかねえ」

前者は山口県光市の海軍工廠（軍需工場）跡地、後者は山口県徳山市の燃料関係の軍需工場跡地である。

「光工廠か徳山の燃料廠ですか。……なるほど」

西山は、二つの名前を脳裏に刻み付けるような表情でビールを口に運んだ。

翌朝（七月七日）、二人のもとに、地労委ですべての点について合意が成立し、一切の争議が終了したと連絡があった。

西山と石田は、晴れやかな表情で手を握り合った。

第五章　川崎製鉄誕生

昭和二十三年夏――

争議が解決して間もなく、三宮の十合百貨店ビルにある川崎重工本社役員用会議室で、西山ら五人の取締役が話し合いをしていた。

天井が高く、西洋の城の一室のような堂々とした造りの部屋であった。窓はアーチ形で、床にはかなり擦り切れているが、植物模様入りの分厚い絨毯が敷き詰められていた。

「……わたしが当社が分離すべきと考えるのには、二つの理由があります。一つは労組対策、もう一つは多角経営に対する疑問です」

背広姿の西山の顔に、断固たる決意が滲み出ていた。

「すなわち、造船部門と製鉄部門の業績が違うと、それぞれの労組の要求が違ってきます。造船がよいからといって、鉄がそのお付き合いをしていたんでは、鉄が成り立たない。逆の場合もまたしかりです」

西山の言葉を、ほかの取締役たちがじっと聞いていた。手塚（艦船工場）、児玉（総務）、小田（経理）、神馬（GHQと持株会社整理委員会）の四人であった。

そのほか、監査役や顧問弁護士の山田作之助が同席していた。山田は裁判官出身の弁護士で、のちに最高裁判事になる人物である。

「景気の波を乗り切るため、種々の業種を抱えて多角的にやろうという安定経営の思想は一理あるとは思います。しかしながら、一方の業績がよくて他方が悪いとき、前者の稼いだ金が、後者のほうに流れてしまいます。そうすると、前者は伸びたくても伸びられない。これでは、経営責任の所在も分からなくなり、お互いに相手に頼る傾向まで出てきてしまう」

「西山さん、そうはおっしゃるが……」

太い脚の付いた楕円形の重厚なテーブルの向かい側にすわった手塚敏雄が弱った顔で切り出した。五十五歳の西山より三歳年長だが、取締役になったのは西山のほうが三年以上早い。

「日本の製鉄業で、今まで民間で成り立ったものはないではないですか」

額が禿げ上がった顔に、鼈甲縁のまん丸な眼鏡をかけ、トンボを思わせる風貌の手塚がいった。

「日鉄だって、官営なればこそ、あそこまで来たわけでしょう？　元々儲かるんなら、三井なんかの財閥が手を出してるはずじゃないですか。彼らがやらないのは、全産業中、鉄だけですよ」

「西山さん、わたしもそう思います」

西山より四歳年長の児玉がいった。

「帝国銀行も造船と製鉄は分離しないほうがいいという意見と聞いてます。せっかく分離する必要がなくなってきたんですから、ここは川崎重工の大なる伝統と業容を守って、総合協力体制でいくのが、川崎家や松方家への恩に報いることになるんと違いますか」

西山の義理堅い性格に訴えようと、川崎家と松方家を引き合いに出した。

川崎重工は昭和二十年十月、ＧＨＱによって解体対象の財閥として指定され、昭和二十二年初めに、製鉄部門を分離する試案作成を命じられた。西山を中心に複数回にわたって試案がつくられたが、その後、神馬らが「川崎家は今や会社に対する影響力はほとんどない」と熱心に働きかけた結果、ＧＨＱも納得し、解体の必要はほぼなくなった。冷戦が始まる中で、米国が、財閥解体を中心とする日本の経済改革にブレーキをかけ、経済復興へ舵を切り始めていたことも幸いした。

一方、政府が企業に与えていた戦時補償が打ち切られ、軍需品の代金や補給金の支払い、戦争保険の支払いなどが停止されたため、多くの会社が損失を抱えることになった。そうした損失を減資や債務免除で処理するため、昭和二十一年十月に企業再建整備法が成立し、各社は再建整備計画を提出すべきこととされた。川崎重工でも、同計画作成のため、今後会社をどうするかが話し合われていた。

「お言葉ですが、わたしはあくまで船と鉄は分離すべきであると思います」

西山が梃子《てこ》でも動かぬ口調でいった。「手塚さん、昔の日本の製鉄業は軍需と官に守られていたかもしれません。万能の財閥が製鉄業に手を出さなかったかもしれません。しかし、近代科学や知識を持っている我々が、そういう昔話に囚われるのはおかしい」

トンボのような丸眼鏡の顔をひたと見据えていった。

「敗戦後の日本は軍需がないといわれますが、世界全体で鉄の需要が減るわけではありません。世界的水準の製鉄所をつくれば、やってゆけるんです。それは可能なんです」

西山は、高炉を持つ銑鋼一貫メーカーになるという目標に向かって、断固邁進の構えだった。

会議が終わったあと、西山は、葺合の製鉄所本店に戻るため、藤原運転手の所長車に乗った。

「……西山さん、大川重の社長になれるとしても、船と鉄の分離にこだわられますか？」

西山の隣りにすわった経理担当取締役の小田茂樹が訊いた。帝国銀行出身で、今年五十歳。切れ長の目をした映画俳優のような風貌で、生え抜き社員たちにはご法度のゴルフが趣味である。大学は東大法学部卒である。

小田は、製鉄所が復興金融金庫の融資を受けるための折衝の責任者を務めており、西山と話す機会が多い。

「帝国銀行の首脳部は、統率力のある西山さんを社長に据えて、船と鉄の両輪で会社を経営してほしいと考えているようですけどねえ」

帝国銀行は、昭和十八年に第一銀行と三井銀行が合併してできた銀行で、川崎重工のメーンバンクである。

「そういっていただけるのは光栄だが、僕は鉄のことしか知らんから」

西山は白皙の顔に苦笑いを浮かべた。

「そんなことはないでしょう。西山さんなら、鉄であろうが船であろうが、立派に経営できますよ」

小田は確信をこめていった。昭和二十一年の暮れに、帝国銀行四日市支店長から川崎重工の役員に迎えられて以来、西山の人柄と経営力を目の当たりにしてきた。

「やればできるかもしれない。けれども、溶鉱炉を持つには莫大な金がかかる。造船と高炉が一緒では難しいんです」

西山には、戦前、製鉄部門が儲けた六百五十億円を全部造船部門に吸い上げられ、わずか五万円の設備投資も先輩役員の川崎芳熊に反対されてままならなかった苦い思い出がある。

「このままでは川崎は単なる平炉メーカーで終わってしまう。よそから材料をもらって製品をつくっていたのでは、紡績でいうプリント屋と同じです。日鉄は製銑と圧延がまだアンバランスだから銑鉄を売ってくれるが、圧延部門が整備されてくれば、供給がどうなるか分からない。我々がいくら知恵と工夫で『板の川崎』だと頑張っても、国策会社に原料を押さえられていては、どうにもなりません」

悔しさを滲ませていい、車の窓の外に視線をやった。

（この人は、やはり鉄一筋か……）

何かを考えるような顔つきで外の景色を眺めている西山の横顔を一瞥し、小田は嘆息した。

終戦から三年がたった神戸の街は、徐々に息を吹き返してきていた。道行く女性はまだ着物姿が多いが、建物の壁面には「ラジオはナショナル」、「疥癬と水虫にヨムコ軟膏」といった新しい看板が取り付けられ、東宝が公開した黒澤明監督・三船敏郎主演の映画『酔いどれ天使』のポスターが街角に貼られていた。

「ところで、小田さん……」

西山が窓から視線を戻していった。

西山は、銀行出身で金融機関とのパイプ役になっている小田に対しては、さんづけをしていた。

「もし、わたしが製鉄所の所長を辞めるとしたら、後任は誰がいいと思いますか？」

「え、ええっ⁉」

驚いて西山の顔を見ると、苦渋を滲ませた表情で、顔色が心なしか青ざめていた。

「辞めるって……。いったいどういうことなんですか？」

小田は、突然頭を殴られたような気分だった。

「追放が、あるかもしれんですから」

「追放？　追放というのは……」

いいかけて小田ははっとなった。

公職追放のことだった。

「伊藤忠兵衛さんも、小林一三《いちぞう》さんも辞任されましたし」

昭和二十一年二月二十七日に公布・施行された公職追放令は、昨年（昭和二十二年）一月に改訂され、経済界、言論界、地方指導者層にも拡大された。それにより、伊藤忠商事の二代伊藤忠兵衛、阪急電鉄創業者小林一三、東京急行電鉄社長五島慶太、王子製紙社長足立正らが軒並み職を追われた。

西山についても、追放が取り沙汰されることがあった。しかしそれはあくまで噂で、現実問題にはなっていなかった。

「わたしも、いつあの人たちと一緒の運命になるか分からないから」

「いや、そんなことはありません。西山さんはもっぱら鉄をつくってきたエンジニアです。追放なんか、あり得ませんよ」

強く否定してみたものの、小田にも確信はなかった。西山がどうなるかは、GHQの胸一つである。

「仕事に没頭したり、組合とやり合っているときはいいんだが、ふっと時間ができたりすると、この頃は、いつも追放のことが脳裏をよぎりますよ」

西山が、寂しさを滲ませた口調でいった。

(この人は、こんなことを考えていたのか……)

西山はいつも意気軒昂で、苦労や苦心をけっして他人に見せない。組合との争議にも勝利を収め、生産も順調に拡大しているので、てっきり悩みらしい悩みはないものと思っていた。

(脇目もふらず、鉄一筋・川崎一筋に人生を歩んできた西山さんにとって、会社を追われることは、死にも等しいということだなあ)

西山の胸中を知って、小田も胸が潰れそうだった。

「自分がいなくなったら、製鉄所のことは誰が引き継ぐのか。この頃は、そのことばかり考えていましてね。……瓦礫の中から立ち上がって、やっとここまで来たというのに。今、自分が退陣を余儀なくされたら、いったい製鉄所の将来はどうなるのか」

西山が遠くを見るような眼差しでいった。その姿は、心の中で泣いているようだった。

「桑田（葺合工場長）か守屋（西宮工場長）を社長に据えて、小田さんと佐分利さんに後見人になってもらうか。それとももう少し若いほうがいいのか」

「……」

「小田さんは、誰がいいと思われますか？」

「いや……」

小田はショックのあまり、返す言葉がなかった。

それから間もなく――

西山弥太郎は、岐阜県南部の各務原《かがみがはら》にある川崎産業（旧川崎航空機工業）岐阜製作所の事務所で所長の永野喜美代と話し合いをしていた。

川崎航空機は、戦時中、95式戦闘機、2式複座戦闘機「屠竜《とりゅう》」、3式戦闘機「飛《ひ》

燕《えん》」などを生産していた軍需会社だ。岐阜工場は、約二〇万平方メートルの敷地を持ち、床面積四万六〇〇〇平方メートルの大きな工場だった。外から見えないように高い木の塀で囲まれ、三万人以上の従業員が働いていた。昭和二十年六月、米軍による徹底的な爆撃を受け、今は西側地区の一部を残し、ひん曲がった鉄骨の廃墟と化している。残った従業員たちはほそぼそと機械の修理や残務整理をしていた。

西山は、知多工場の建屋に使うための鉄骨などを買い付けにやって来た。

川崎産業側は、比較的被害の少なかった幅五〇メートル、奥行き一五〇メートルの建屋を譲り渡すことにした。

「西山さん、この値段では、あまりに安すぎます。これでは屑鉄同然じゃないですか」

菜っ葉服を着た所長の永野が、悩ましげな顔でいった。卵型の顔に、黒いフレームの眼鏡をかけた真面目そうな風貌の四十一歳の男である。昭和五年に東京大学航空科を卒業し、川崎造船所に入社。同十二年に川崎航空機工業の分離とともに同社に移った。

「永野君、そういうなよ。うちだって苦しいんだ。分かってくれよ」

がっしりした身体を菜っ葉服で包んだ西山が、猫撫で声でいう。

「西山さん、この工場は『ダイヤモンドトラス』を使った新型工場です。いくら傷んでいるからといって、屑鉄に毛の生えたような値段でお譲りしたのでは、こちらは立つ瀬がありません」

「ダイヤモンドトラス」というのは山形鋼・CT鋼などを三角形に組み合わせた梁を使い、大空間をつくり出す建築方法である。

「そういわずに、頼むよ。同じ川崎グループじゃないか。おたくは今のところこの建屋を必要としていない。俺を助けてくれよ」

「いや、そのようにおっしゃられても……」

　永野が主張する値段は、建物の推定価格から解体移築費と屋根の修理費を差し引いたものだ。これに対し西山は、屑鉄としての値段を提示していた。

「今はこういう建物は、スクラップとして取引されるのが普通だろう？　それにちょっとは上乗せしてるんだから、これで手を打てよ」

「スクラップとして売るなら、何も川重に売りません。誰でも買ってくれます。建屋として評価していただけると思って、お話に応じたんです」

　永野は十四歳年長の相手に懸命に反論する。

　西山の強烈な値引き交渉は有名で、「お前んとこの機械はいいから買ってやるが、四割まけろ」といった調子で単刀直入に叩く。清水建設や東芝は「西山さんは全然儲けさせてくれない。お湯でいうとぬるま湯で、入っている間はまあまあ我慢できるが、湯から出ると風邪をひく」とぼやいたり、苦笑いしたりしている。

長い議論の末に、ようやく西山と永野が折り合ったのは、夕方だった。

結局、譲渡価格は、西山が当初提示した値段に、多少上乗せしたものになった。

「……それじゃあ、解体と運搬の日取りは、担当者のほうからあらためて連絡させてもらおう」

「分かりました」

永野は、長時間の交渉でぐったり疲れていた。

「じゃあ、わしはこれで帰るから」

西山は来たとき同様、意気軒昂に立ち上がった。

永野は西山を事務所の玄関まで見送る。

三キロメートルほど離れたところにある愛宕山（標高二六一メートル）のゆるやかな緑色の曲線の上に、茜色の夕陽が降り注いでいた。付近は広大な平坦地で、工場の南側に名古屋鉄道の線路を挟んで、旧陸軍の各務原飛行場がある。

「ところで永野君……」

玄関を出たところで西山が振り返った。

「もうこれ以上、ここの鉄骨を売るなよ」

「え……」

永野は、一瞬どういうことかと思って、茜色の光を背にして黒い影のようになった西山を見た。

「いつか工場を再開する日が来る。そのときのために、鉄骨は残しておけよ」

弟をいたわる兄のような口調であった。

この年、川崎重工は、戦前戦後をつうじて、日本初の鋼材輸出を行なった。日本製鉄、日本鋼管、川崎重工の三社が神戸に事務所を持つ米国系商社・ヤラス商会をつうじて亜鉛メッキ鋼板などを二万五〇〇〇トン輸出し（川崎重工のシェアは約四割）、その生産に必要な石炭を受け取る取引だった。

亜鉛メッキ鋼板は、板全体に大きな花が咲いたような美しい模様のある製品に人気があり、花を咲かせる技術は川崎重工葺合工場の十八番だった。輸出された亜鉛鉄板には「MADE IN OCCUPIED JAPAN」の判が押された。

翌年（昭和二十四年）正月――

オレンジ色の電灯が点る一室で、ぱちぱちと低い算盤《そろばん》の音がしていた。時おり、紙のページをめくる音や、鉛筆を紙の上に走らせる音もする。

細面に眼鏡をかけた几帳面そうな風貌の三十代の男が机に向かい、帳簿や資料を見つめながら仕事をしていた。机の前にある窓の外はすでに陽が落ち、真っ暗だった。地上の通りは歩く人も少ない。

室内には、ベッドや肘掛け椅子が置かれ、小さな丸テーブルの上に、停電のときに使う蠟燭や、自炊のために持ち込んだ電気コンロや闇で調達した食料などが載っていた。

日本橋交差点のそばに建つ八洲《やしま》ホテルの一室であった。軽井沢の老舗、万平ホテルが昭和七年に開いた赤煉瓦造りの十階建てで、日本のビジネスホテルの草分けである。終戦後進駐軍に接収され、将校用宿舎として使われていたが、昨年、接収を解除された。

ドアをノックする音がした。

「はい、どうぞー」

男が返事をすると、ドアががちゃりと開き、書類を手にした若い男が入って来た。

「おお、どうや？　分かったか？」

男が椅子にすわったまま、若い男を見ていった。

「すんません、桁チ（桁違い）してました」

セーター姿の若い男は、恐縮しながら書類を差し出した。

「やっぱりそうか。そんな気がしたんや」

男は苦笑しながら書類を受け取る。

書類は、川崎重工の財務資料で、損失をどう処理し、新たな資本構成をどのようにするかの説明に使うためのものだった。

「ＧＨＱの担当官は、ちょっとでも矛盾点があると、書類全部を疑ってかかってくるから、気をつけんとな」

若い男は、神妙に頭を下げた。川崎重工本社整理部（ＧＨＱや会社再編の担当部門）の社員だった。

机に向かっている男のほうは、同部副部長の高田宗一（のち川崎製鉄副社長）である。兵庫県出身で、昭和九年に神戸高商（現神戸大学）を卒業し、川崎造船所に入社した。

「神馬さんは、まだ起きてるんか？」

「はい。部屋で仕事をされてます」

神馬新七郎は整理部担当の取締役である。千葉県の出身で、明治大学商学部を卒業して川崎造船所に入社した。年齢は六十一歳である。

高田が腕時計に視線を落とすと、時刻は夜十一時を回っていた。

「神馬さんの真面目さには、頭が下がるよな。俺らも、頑張らんとあかんなあ」

「そうですね」

神馬以下整理部の面々は、GHQに会社の再建整備計画を説明したり、日銀、商工省、大蔵省、持株会社整理委員会等の意見を聴くため、頻繁に上京していた。まず汽車の切符を手に入れるのが最初の難関で、首尾よく乗れてもいつも満員のため、便所の前やデッキに立ち通しである。GHQに出頭の日時を指定され、それを守るために牛馬用貨車に乗って上京したこともある。

出頭しても、米国人担当官が国情を理解しておらず、持参した資料や書類の説明に苦労させられることもしばしばだ。そもそもGHQの命令や次々と公布・施行される新しい法律自体が実情にそぐわない代物であることも多く、しかもGHQの占領政策がその時々で変わったりする。とはいえ、不信を買ったりすると大変なので、川崎グループの関係十五社と協議をしながら対応を続けていた。

「幸い今日は、停電はないようですね」

「そやな。……蠟燭の火で仕事をしてると、気が滅入ってくるよ。戦争に負けるゆうのは、こんなに惨めなもんかってな」

高田が切なそうな表情でいった。

「ところで、西山さんは、依然として製鉄部門の分離を主張してるんですか？」

「うむ。役員会の大勢は、今のまま一つの会社で存続すべしという意見やけど、西山さんが、一歩も譲らんそうだ」

「はあ、そうですか」

「根本さんなんかも、独立はやめたほうがいいと忠告してるそうやけど、梃子でも動かん構えらしい」

根本荘行《まさゆき》は、公職追放令で昭和二十一年十二月に川崎重工の社外取締役を辞任した人物だ。茨城県の出身で、西山の錦城中学の四年先輩にあたる。陸軍士官学校を出ており、川崎重工では主に航空機畑を歩んだ。

「『これからの日本に一番必要なのは安くて品質のよい鉄だ。鉄は平和産業に欠くべからざる素材だ。スクラップ製鋼を溶鉱炉からの銑鋼一貫に変えれば、どこの国にも負けない鉄をつくれる。だからわしは鉄をやる』と、いい続けてるそうや」

若い男はうなずく。

「今は製鉄のほうが圧倒的に業績がええから、西山さんは、造船のほうに金を吸い上げられるのを恐れてるんやろ。金がなけりゃ、一貫製鉄所をつくれんからなあ」

「やっぱり、そこなんですねえ」

「あの人にとって一貫製鉄所建設は、信念をとおり越して執念やから」

高田は苦笑した。

「ただ、この夏ぐらいには再建整備計画を出さなあかんから、そろそろ決着をつけてもらわんとなあ」

それから約一ヶ月後の二月一日、デトロイト銀行頭取でドイツの占領行政でも手腕を発揮したジョセフ・ドッジが、トルーマン米大統領の公使兼GHQ財政顧問として来日した。額が広く眼鏡をかけた重厚な風貌の五十八歳で、徹底した自由経済論者だった。

ドッジの来日は、前年十月の米国NSC（国家安全保障会議）の決定（NSC13／2）が背景にあった。①日本の占領はしばらく継続し、軍事的必要性から沖縄その他の基地は保有するが、占領軍の権限を日本側に委譲し、日本政府の地位を高めていく、②日本の経済復興を早めるため、制約をできるだけ排除する、という内容だった。日本を経済的に復興させて占領に伴う米国の負担を減らし、同時に、共産主義の防波堤にしようという目論みだった。この政策転換には、日本に利権を持つ米財界の意向、共和党の発言力の増大、吉田茂首相や吉田の岳父牧野伸顕元外相らの働きかけなども寄与していた。

約一ヶ月の調査のあとドッジは記者会見で「日本経済は両足を地につけておらず、米国の援助と国内の補助金という二本の竹馬に乗っている」と断じ、①財政の均衡とあらゆる補助金の削減、②復興金融金庫の債券発行と貸出しの禁止、③一ドル三百六十円の単一為替レートの設定、という三本柱の改革案「ドッジ・ライン」を打ち出した。

同時に、西山の愁眉を開かせる出来事があった。米国の対日政策の変更に伴い、翌年、公職を追われることになる共産党関係者を除き、これ以上追放者が出ないのが確実になったのだ。二月八日に、公職追放覚書該当者特免令が公布され、追放問題は、新たな追放者を出す方向から追放措置の解除へと逆方向の流れになった。同特免令により昭和二十六年八月までに約二万四千人が追放を解除され、西山を脅かし続けた魔手は去った。


その頃（昭和二十四年春）——

川崎重工の顧問弁護士を務める山田作之助は、葺合の製鉄所本店を訪れ、西山と面談した。

公職追放になった役員たちは、会社に近づくことを禁じられていたため、山田は鋳谷正輔ら旧首脳陣と現経営陣との橋渡し役を務めていた。また、役員間の意見の調整をすることもあった。

「……西山さんを社長に、手塚さんを副社長にして、会社を一つのまま存続させるという考えもあると思いますが、それでいかがですか？」

白髪まじりの頭髪をきちんとオールバックにした山田が訊いた。年齢は五十三歳。

恬淡とした雰囲気を漂わせる痩身の石田文次郎弁護士とは対照的に、恰幅がよく、精力的な感じである。

再建整備計画案の提出期限が迫ってきているため、山田は打開策として、西山を社長、手塚を副社長とし、一社のまま存続するという案を考え出した。

「その案について、手塚さんは、どうおっしゃってるんですか？」

西山が訊いた。

「手塚さんは、『それで成り立っていくのなら、わたしとしては異存ありません』とおっしゃいました」

「手塚さんが、そんなことを……」

手塚は西山より三歳年長であり、自ら社長になると主張してもおかしくない。

「手塚さんは、ご自身の利害より、川崎重工の将来を優先されています。わたしも手塚さんの返事を聞いたとき、本当に嬉しかったです」

「そうですか……」

西山は俯き、山田の言葉を反芻するような顔つきになった。

「手塚さんの愛社精神には……打たれました」

西山の顔は紅潮し、感極まった様子だった。

それを見て山田は、脈ありと直感した。

しかし次の瞬間、山田の期待は、あっさり裏切られた。

「しかし、わたしは、造船と製鉄を分離すべきという考えに変わりありません」

一転して、強い決意を表情に漲らせた。造船部門と一緒のままでは一貫製鉄所建設は夢で終わる。強い危機感が西山をつき動かしていた。

「造船業と製鉄業は、本質的に両立しないものです。手塚さんに造船の社長をやってもらって、わたしはあくまで製鉄をやります」

「いや、しかし……」

「山田先生、鉄はいずれ木材より安くなりますよ。いや、わたしが安くしてみせます。材木をつくるには何十年もかかるけれど、鉄はいつでもできます。一〇〇メートルの材木はできませんが、鉄ならそんなものは簡単にできる。今に木造の家より、鉄の家のほうが安くなりますよ」

憑かれたように想いを語る西山を前にして、山田はもはや製鉄部門の分離已むなしと覚悟した。

八月十七日――

川崎重工は、企業再建整備法にもとづき、再建整備計画を政府に提出した。

造船部門（三工場、資本金五億六千万円）は、手塚を社長として川崎重工業として存続し、製鉄部門は西山を社長として分離独立する（社名・川崎製鉄、五工場、資本金五億円）。取締役のうち、神馬と児玉は川崎重工に残り、小田は西山とともに川崎製鉄に移る。

その年（昭和二十四年）は、国鉄がらみの怪事件が立て続けに起き、一種騒然とした世情だった。七月六日に下山定則国鉄総裁が常磐線の北千住駅と綾瀬駅の間で謎の轢死を遂げ、同十五日に国鉄の列車が三鷹駅で暴走して死者六人と二十人あまりの怪我人を出し（三鷹事件）、八月十七日には東北本線松川駅手前で列車が脱線転覆して機関士ら三人が即死、十人近くが負傷した（松川事件）。

こうした中、「ドッジ・ライン」にしたがって、吉田茂内閣が、国鉄や電電公社の大規模な人員整理、減税案の撤回、公共事業の半減、鉄道運賃や郵便料金の大幅値上げといった極端な引き締め策を行なった。それにより、深刻な不況が引き起こされ、中小企業の倒産が相次いだ。

こうした状況を一挙に変えたのが、翌昭和二十五年六月に勃発した朝鮮戦争だった。六月二十五日、金日成率いる北朝鮮軍が北緯三十八度線を数ヶ所で越えて進撃を開始。兵力で勝る敵の奇襲に韓国軍は潰走を続け、朝鮮半島南部の釜山にまで追い込まれ、国家消滅の危機に瀕した。しかしマッカーサーを最高司令官とする国連軍（米軍主体）が九月十五日に仁川上陸作戦を敢行し、十一日後にはソウルを奪還。北緯三十八度線を越えて、追撃を開始した。ここに前年独立した中華人民共和国が北朝鮮を支援して参戦した。

マッカーサーは、在日米軍の朝鮮出兵で日本の治安維持が手薄になるとして、吉田茂首相に警察予備隊（七万五千人）の創設を指示。同予備隊は、やがて昭和二十七年に保安隊、同二十九年に自衛隊へと改組されていく。また、GHQの指示で徳田球一ら共産党幹部二十五人が昭和二十五年六月に公職追放されたのに続き、官公庁や民間企業でも共産党員や同調者と見なされた人々一万人以上が職を追われる「レッド・パージ」が行われた。

米軍の兵站基地となった日本では、軍需物資の需要が増大し、経済が一気に活況を呈した。「朝鮮戦争特需」は最初の一年間で三億千五百十万ドル（約千百三十億円）に達し、ドッジ・ラインによる恐慌状態を吹き飛ばした。スクラップや鋼材価格も跳ね上がり、川崎重工製鉄所の業績もうなぎ上りとなった。特に、酸素製鋼でつくった川崎の薄板は、非常に「絞り」（柔軟性）がよく、焼夷弾の材料として米軍から重宝された。

朝鮮戦争が勃発する前日の六月二十四日、松方幸次郎が、鎌倉市の寓居で八十四年の生涯を閉じた。昭和三年に川崎造船所社長を退いたあとは、ソ連原油の輸入を手がけたり、衆議院議員を三期務め、米国との開戦に猛反対した。戦後は公職追放になり、この前年（昭和二十四年）に脳溢血で倒れていた。川崎造船所時代に松方が欧州で収集した一万点以上の美術品、通称「松方コレクション」のうち浮世絵約八千点は、のちに東京国立博物館（東京都上野公園内）に収められ、西洋絵画や彫刻の一部、三百七十一点は戦後フランス政府から返還され、国立西洋美術館（同）開設のもとになった。

その年（昭和二十五年）の夏——

二ヶ月ほど前に千葉市長に当選した宮内三朗は、千葉県の商工課長高沢勇をともなって、大阪・船場に本社を構える大手紡績会社を訪れた。

昭和初期に建てられた西洋風の煉瓦造り・三階建てのビルは、朝鮮戦争特需の「糸へん景気」で活気に満ちていた。営業マンや取引先、業者などが忙しく出入りし、電話がひっきりなしに鳴り、社員たちは、算盤をかちゃかちゃいわせたり、帳簿やカタログを見たりしながら、「まいど、おおきにー」「そら、あきまへんわ」「今品物がないんでねえ」と威勢のいい大阪弁で仕事をしていた。

「……へえ、千葉からねえ。そら遠くからご苦労さんなこってすなあ」

事務所の片隅にあるソファーで、三十代の課長が、宮内と高沢の名刺を珍しそうに見た。

「実は、千葉市に日立航空機さんが使っていた六十万坪の埋立地がありまして。そこに工場を建てることにご興味がないかと思って、伺った次第です」

黒縁眼鏡をかけた宮内三朗がいった。

高等小学校卒業後、地元の海上《うなかみ》郡役所に入り、千葉県庁などで働いたあと千葉市助役を十二年間務め、昭和二十二年に県会議員に当選。任期半ばで自由党の要請を受け、千葉市長選に出馬して当選した。

戦後五年近くたっても、これといった産業もない千葉市の復興は一向に進まず、九十九里のイワシも不漁で、栄えているのはハマグリ屋と市内中心部にある蓮池という花街だけだった。宮内は、埋立地に企業を誘致し、農村の次男、三男の働き口をつくりたいと思っていた。誘致対象企業に、当時最も景気がよく、「ガチャマン」（織機をガチャンとやれば一万円儲かる）と呼ばれた紡績業に望みをかけた。

「土地は無償で提供します。水も労働力も豊富です。条件は極力満たしますから、是非、ご検討下さい」

四十歳の高沢がいい、資料を差し出した。

「ああ、それはそれは、ご丁寧に」

課長はガリ版刷りの資料を受け取り、ぱらぱらめくる。

「なるほどね。千葉いうのは、このどんづまりのところですか。不便な場所や」

資料の地図を見ながら、遠慮のない口調でいった。

「確かに大阪からは遠いですが、東京や神奈川といった大消費地がそばにあります。千葉に工場を建てれば、関東の市場開拓に有利じゃないでしょうか」

宮内がいった。

「そんなややこしいことせんかて、関西の近辺で製品をつくって、関東に運べばよろしいやないですか」

「はあ……」

「確かにうちとこは、新しい工場を建てる気ぃはあります。せやけど、砂漠みたいな埋立地にわざわざ出てって、ゼロからやる気はおまへん。愛知県の豊橋市をはじめ、交通の便とか、設備が整ったところから、是非来てくれいうてきてますしな」

一方的にいわれ、宮内と高沢は返す言葉がなかった。

「ああ、もうこんな時間になりましたか」

課長はわざとらしく腕時計に視線をやった。

「はるばるお見えになったのに申し訳ないんですが、お客さんと昼メシの約束がありましてな。またいつか機会がありましたら、お話聞かせてもらいますわ」

課長は二人の返事も聞かずに立ち上がった。

宮内と高沢は、追いたてられたような気分で、ビルの外に出た。

東西南北に碁盤の目のように走る道の両側に、店の名前や「コート」、「子供服」といった文字を大書した幟《のぼり》や看板がずらりと並び、大きな袋を背負った商店員や荷台に商品を積んだ自転車が往き交っていた。戦災で大きな被害を受けたのが嘘のような活況である。

「ここも駄目か……」

背広を片手に抱えた宮内が、ハンカチで顔や首筋の汗をぬぐって、ため息をついた。

夏の太陽が頭上から容赦なく照りつけてきていた。

「商人の町はせちがらいですね」

ワイシャツはすでに汗でびっしょりで、土埃《つちぼこり》にまみれた靴は破れかけている。

昨日から、大阪にある紡績会社を訪ね歩いていたが、芳しい反応は皆無で、返ってくるのは嘲笑と遠慮のない関西弁だけだった。

「残るは、二社か……」

宮内がポケットから紙を取り出し、視線を落とす。次の約束は、船場の北寄りに本社を構えている会社だった。

「市長、弁当です」

高沢が書類鞄の中から、宿でつくってもらった握り飯を差し出した。

「ああ、そうか。もらおうか」

二人は、繊維問屋が建ち並ぶ通りを歩きながら、握り飯を食べた。

八月五日——

神戸のメリケン波止場に近い生田区（現中央区）海岸通り三番地にある海岸ビルに人々が集まっていた。旧三井物産神戸支店として大正七年に建てられた四階建ての洋風建築は、和風の破風を持ち、外壁には幾何学模様が施されている。

午後一時、三階にある神戸船舶倶楽部の一室で、川崎重工の四年ぶりの株主総会が開かれた。

室内の正面に、西山、手塚、児玉、小田ら取締役が着席し、整理担当取締役神馬新七郎の司会で、総会が始まった。

最初に決算が承認され、続いて、企業再建整備計画の立案・認可申請・決定通知受領・減資・鉄鋼部門の分離について経過報告がなされ、承認された。また、手塚社長以下、六人の取締役と二人の監査役が選出された。

その後、議事は川崎製鉄創立総会に移り、神馬が発起人代表兼議長として一号議案（川崎製鉄株式会社創立）、二号議案（取締役と監査役の選任）、三号議案（株式の引受けと払込み）、四号議案（役員報酬）と、必要な決議がなされた。

創立時の株主総数は一万千二百九十四人、従業員数は一万七百九十二人。社長は西山弥太郎、小田が経理担当専務、佐分利が総務・労務担当専務、西宮工場長の守屋と葺合工場長の桑田が常務、東京支店長の大原や営業部長の乗添ら五人が取締役、GHQとの交渉で通訳を務めていた須々木が監査役になった。

この日はちょうど西山弥太郎の五十七歳の誕生日であった。

二日後（八月七日）――

川崎製鉄の設立登記がされ、葺合工場で創立記念式典が催された。

工場の一角に、大きな日の丸と川の字を丸くデザインした社旗が掲げられ、その下に松と金屏風が置かれ、周囲がぐるりと二色の幕で囲まれていた。

「我が社が大正六年、葺合工場として呱々《ここ》の声を上げて以来、ここに新会社として誕生しますまで、実に三十三年の日時が存するのであります。その間、必ずしも一貫して平坦な道を歩んで来たのではないのでありまして……」

夏らしい明るい色の背広を着た西山弥太郎は、和紙に記した挨拶文を目の前に広げ、読み上げてゆく。

「……これを克服して、今日まず相当の発展を遂げるに至りましたのは、先輩経営者・従業員諸氏の不屈、不撓の奮闘にもとづくことはいうまでもありませんが、特に、本日、新会社発足の日を迎え、喜びをともにすることのできた現従業員諸氏の努力によるところ大なるものと思うのであります」

背広姿で勢揃いした来賓や幹部社員たちが、水を打ったように静まり返り、西山の言葉を聞いていた。工場内はうだるような暑さだったが、分離独立の思いを遂げた西山の表情は晴れ晴れと涼しげだった。

「大正六年、葺合工場の開業に当たっては、年間六万トンの厚板を製造するにすぎなかったものが、今日我が国において五指の中に数えらるる有数の製鉄所となったのでありまして、葺合工場をはじめ、兵庫、西宮、知多、久慈各工場ともそれぞれ近代的設備を充実しつつあり、近くはドラム缶工場、ワイヤーロープ工場等も新設される等、日一日と社運は発展の一途を辿りつつあるのであります」

その後、今日《こんにち》の発展は先輩諸氏から伝わる誠実と敢闘の精神が結実したものであること、今後も国内外の情勢は予断を許さず、克服すべき幾多の難関が横たわっていると述べる。

「……我々は川崎の伝統である誠実と敢闘の精神をもって、来るべき難局を克服するともに、いよいよ社運の発展を図るべき覚悟を新たにしなければならないと思うのであります」

挨拶を終えて一礼した西山を、厳《おごそ》かで盛大な拍手が包んだ。

朝鮮戦争特需もあって、川崎製鉄の製品はつくる端から飛ぶように売れ、この頃には、ほぼ戦前の生産水準を回復した。日本の粗鋼生産はまだやっと戦前の三分の一だったが、平炉の技術にものをいわせた川崎製鉄の躍進は目覚しかった。

主力の葺合工場は、平炉十基の稼働体制を整え、厚板、薄板のほか、輸出用亜鉛鉄板を製造し、昭和二十四年の鋼板輸出は月間五〇〇〇トンで国内一位だった。販路も、オーストラリア、フィリピン、タイ、エジプト、南アフリカへと拡大した。

兵庫工場は昭和二十四年六月から大型鋳鍛鋼品《ちゅうたんこう》（鉄道用分岐器や船舶スクリュー等）の仕上加工を開始。生産規模の拡大を図り、平炉と電気炉の改造を行なった。

西宮工場は、昭和二十四年十月に、新しい冷間薄板圧延工場を稼働させたほか、ポット式焼鈍炉六基が完成し、磨帯鋼《みがきおびこう》（帯状に冷間圧延した鋼）の生産を開始した。

知多工場は、圧延用ロール、鋼塊用鋳型の鋳造工場を新設した。

久慈工場は、昭和二十四年七月に、ルッペ（粒鉄）の生産を再開した。

昭和二十五年八月には、神戸市兵庫区にドラム缶工場を新設した。

儲けた金でスクラップを買いまくったので、葺合工場の周囲に巨大な屑鉄の山がいくつもできた。供給源は焼け跡や東南アジアに日本軍が置いてきた兵器などの残骸である。買い付けた量は三十数万トンに達し、葺合だけでは置き場が足りず、東京にまで運んだ。当初トン当たり二千〜三千円だったスクラップは、のちに二万四千〜五千円にもなり、資金繰りに大いに貢献した。西山は、従業員の手を取ってスクラップの山を示し、「これは会社が買ったのではない。みんなで稼いで買ってくれたのだ」と喜び、従業員たちを感激させた。

西山は引き続き技術革新に力を注ぎ、西山の提案にもとづいて日本鉄鋼連盟が八社の共同参加で酸素製鋼法の実験を行なった。

なお伊保工場（兵庫県）は、もともと軍需用で、土質、水利、面積等が製鉄所用地としては不向きだったため、昭和二十三年七月に閉鎖された。

西山は、会社設立と同時に、待ちかねたように銑鋼一貫製鉄所の用地探しに着手した。

かつて一貫製鉄所を計画した知多は、行政側が用水路を引いて工業用水を確保する予定だったが、戦後、それがいつ実現するのかまったく分からない状況になってしまったため、候補地から外した。

用地の条件は、①広くて地盤がしっかりした土地（最低六十万坪）、②鉄鉱石や石炭を運んで来る船のための港湾、③ストリップミルなどで大量に消費する水、④電力、である。

最初に、山口県光市の海軍工廠跡に密かに出かけて調査した。このとき敷地の海側に小さな港湾があったので、西山と取締役東京支店長の大原久之は、割れた煉瓦を拾って縄に縛り、水の中に何度も投げ入れて水深を調べた。その一部始終を見ていた守衛が田中龍夫知事に報告し、知事から電話がかかってきて「来ているんなら、寄ってくれ」といわれた。二人は已むなく挨拶に出向き、製鉄所建設計画を打ち明けた。

その後、光市の海軍工廠跡は、水深が深すぎて埋め立てや防波堤建設が難しいという判断になった。

次に、田中知事から見てくれといわれた徳山市の燃料廠跡を調査したが、土地が三十万坪と狭く、海も深くて埋め立てられないことが判明した。

三番目に山口県防府市の塩田跡を調べた。百万坪くらいの広さがあり、水も地盤もよく、よい港もできそうだったので、西山は、ほぼここに決めた。ただ、電力事情が悪い点が気になった。

十月一日、日曜日——

世田谷区下馬の自宅にいた川崎製鉄取締役東京支店長の大原久之に、電話がかかってきた。

この年四十九歳になる大原は大阪府の出身で、昭和二年に東北大学工学部金属学科を卒業し、商工省に入った。一時期、官営八幡製鉄所に勤務し、東京通産局鉱山部長を経て、昭和二十三年六月に川崎重工に入社した。えらの張った面長の顔に実直さを漂わせた男である。

「大原君、西山だが。すぐ来てくれないか」

電話をかけてきたのは、世田谷区若林の「松陰邸」にいる西山弥太郎だった。

「松陰邸」は、個人の邸宅を借りて幹部の出張用の寮にしている建物で、松陰神社のそばにあることにちなんで名づけられた。

大原が自宅から歩いて松陰邸に出向くと、西山が座敷の畳の上に裸足であぐらをかき、日本地図を広げて見入っていた。

「大原君、瀬戸内海だけじゃなく、東京湾も調べてみようじゃないか」

地図から視線を上げ、西山がいった。

「防府もいいんだが、電力の供給に若干不安がある。東京湾沿いに工場を建設すれば、市場にも近いし、将来、世界的な規模の会社になるためのワン・ステップになる」

西山の言葉に、大原はうなずいた。

「ただ、神奈川県側は工業地帯として満員です。六十万坪の土地は確保できないでしょう」

東京通産局時代、関東各地についての知見を深めた大原がいった。

「考えられるとしたら、ほとんど処女地の千葉県側じゃないでしょうか」

それから間もなく――

大原は、国鉄千駄ヶ谷駅近くにある通産省（昭和二十四年五月に商工省から改称）の東京通産局を訪れた。東京通産局は、本省と外局の事務などを行う地方支分部局で、東京、茨城、群馬、栃木、埼玉、千葉、神奈川、山梨、新潟、長野、静岡の一都十県を管轄している。

庁舎は、木造バラック建ての粗末なものだった。扇風機すらないため、夏になると窓を開けっぱなしにし、男性職員の一部はステテコ姿で仕事をしていた。

「……千葉県の東京湾岸に、五、六十万坪の工業用地はないもんかねえ」

事務用の椅子に腰掛けた大原がいった。

周囲で局員たちが書類を書いたり、電話で話したりしていた。

「色々手を回して探しているんだが、なかなかこれといったのがなくてねえ」

「何に使うんですか？」

金属課長の絵野沢喜之助が訊いた。

「いやまあ、ちょっと」

面長の大原は、言葉を濁す。

西山から、用地探しは極秘だぞと厳命されていた。こうと決めたら断固突き進む西山の性格は織田信長に似ているが、調査・計画にあたっての細心さは、徳川家康並みである。

「ふーん、そうですか……」

電話や書類で雑然とした席にすわった絵野沢は、思案顔になる。

「おい、山崎君。そういえばきみ、こないだ千葉の飛行機工場の跡地がどうとかいってたなあ」

絵野沢が、近くの席にすわっている山崎恭という若い課員に声をかけた。

千葉県職員から通産局に出向してきている三十歳の小柄な男で、常々県内の動向に関心を払っていた。

「あっ、はい」

山崎は、机の上に積み上げてあった書類の束をがさごそとひっくり返す。

「この記事です」

一枚の新聞の切抜きを二人に見せた。

九月上旬の記事で、千葉市南部の国鉄蘇我駅の海寄りに日立航空機が使っていた六十万坪の埋立地があり、千葉市がそこに大日本紡績（本社・大阪市）を誘致しようとしていたが、断られたという内容だった。

「うーむ、これはよさそうだ……」

記事を一読し、大原がつぶやいた。

「この土地を調べてみたいので、ちょっと助けてもらえないかね」

「それはまあ、もちろん」

相槌を打ちながら絵野沢は、相当でかい製鉄所をつくるつもりだなと思った。

数日後、東京通産局職員の山崎恭は、一人の男を案内して、千葉市南部の埋立地を訪れた。

山崎は、県の商工課で賠償指定工場（機械類を戦勝国や戦争被害国に賠償金代わりに引き渡すようGHQから指定された工場）の管理の仕事をしたことがあり、賠償指定工場になった日立航空機には何度も訪れていた。

「まるで中近東かどこかの遺跡みたいですねえ」

背広姿で長靴をはいた男がいった。

川崎製鉄東京支店総務課に勤務する清水政治であった。東京支店長の大原と同じ東北大学工学部金属学科出身で、のちに千葉製鉄所銑鉄部長などを務める男だ。年齢は三十代半ば。上司の大原久之が防府の土地の交渉に出張しているため、千葉のほうの調査を命じられた。

二人の目の前に、砂が地表を舞う土漠のような光景が広がっていた。吹き寄せられた砂でできた砂丘や、雑草が生えた場所もある。ざっと見て、南北二・五キロメートル、東西八〇〇メートルほどの矩形《くけい》の土地で、その先に、青い東京湾が茫洋と広がっていた。

「あれが日立航空機の工場ですか?」

清水が遠くのほうを指差す。

土漠の彼方に蜃気楼のような廃墟が建っていた。ハーモニカのような横長の建物である。

「そうです。元々は鉄骨建て二棟で、合計一万五千坪でした」

日立製作所の子会社である日立航空機は、戦時中にここで三百五十機の零戦練習機や航空機エンジンを製造したが、終戦後、会社は解散した。

「人がいるようですねえ」

大きな廃屋を人が出入りしているのが見えた。

「一万坪の工場のほうは、七割がた屋根が抜け落ちて、残った部分で日立航空機の元従業員たち三百人ほどが農機具づくりをやっています」

山崎の言葉に清水がうなずく。

「五千坪の工場のほうは、賠償機械の倉庫になっています」

二人に同行した加藤復男がいった。賠償機械を担当している千葉県商工課の技師であった。

「あちらのほうは？」

清水が旧飛行機工場の近くの三角屋根の建物群を指差した。煙突から煙が出ている建物もあった。

「製粉工場やパン工場、製材所、それから市営の製塩工場なんかですね」

それ以外に、国鉄房総線の線路に近い東北の角に、人が住み着いた家が十戸ほどあった。日立航空機などの飯場だった古い木造家屋だった。

「じゃあ、一通りぐるっと歩いてみましょう」

三人の男たちは苔のような雑草や石ころが地表をおおっている埋立地を海（西側）のほうへ向かって歩き出す。

「これは、井戸の跡ですか」

清水が地面にコンクリート製の丸い穴が開いているのに気づいた。穴は四角い台座が付いており、かなり深そうだ。

「これは県の水道用の井戸です。深さは八〇メートルくらいあるはずです」

大きな河川のない千葉県は、千葉市内を流れる二級河川、都川の両岸などに井戸を掘って飲み水を供給している。

「コアは、どこかに残ってますかね？」

コアは、井戸を掘るときに採取した深度別の土質のサンプルである。これがあれば、地盤がどういう具合かよく分かる。

「たぶん、県か通産省の地質研究所で保管しているはずです。あとで市役所で訊いてみましょう」

三人は、風と砂埃《すなぼこり》の中を、時おり目に入ってくる砂粒に顔をしかめながら黙々と歩いた。

埋立地の西南端近くまで来ると、地面に幅の広いコンクリート製の一帯が現れた。

「これは日立航空機の滑走路跡です。建設途中で終戦になって、そのまま打ち捨てられたものです」

加藤復男技師がいった。

左手（南側）は生浜《おいはま》地区で、前面には遠浅の海苔の漁場が広がっている。小舟が二、三艘出ており、潮干狩りをしている人々がいた。

「ところで水は、やはり井戸から取ることになるんですかね？」

ストリップミルの操業には大量の水を必要とする。

「そうですね。もし足りなければ、印旛沼あたりから引くという手もあるでしょう」

印旛沼は千葉市の北東二〇キロ弱に位置する県最大の湖沼で、農林省がそこから農業用放水路を引く計画を立てている。

間もなく三人は、埋立地の西の端に出た。

じゃぶじゃぶと音を立てて、波が岸に打ち寄せていた。戦時中につくられた岸は、護岸がされていないため、波で洗われ、浸食されていた。かつて八十万坪あった埋立地は、六十万坪ほどに減っている。

「あれは、水が湧いているんですかねえ?」

海面のところどころが、海中から押し上げられて来る水流で盛り上がり、うねるクラゲのような形になっていた。

「地下水が自噴しているんだと思います」

山崎の言葉に、清水はうなずいた。どうやら、水については心配なさそうだ。

(広さは十分ある……)

清水は振り返り、埋立地の端から端までを眺めた。

砂が地表を舐めるように舞う土漠の中に、溶鉱炉や製鋼工場、圧延工場、貯炭場、貯鉱場、発電所などが蜃気楼のように建ち並ぶ光景が脳裏に浮かび上がった。

（すべてこの土地に収まる。……あとは港か）

鉄鉱石や石炭を運んで来る一万トン級の船が接岸できる港が必要だ。しかし、目の前の海は遠浅で、そのままでは使えない。

（果たして上手く浚渫《しゅんせつ》できるだろうか？）


埋立地を視察したあと、清水らは千葉市役所を訪問した。

市役所は、三つの破風《はふ》を持つ二階建ての和風建築だった。明治三十二年に千代田区内幸町の日本勧業銀行本店として建てられ、その後、京成電気軌道（現京成電鉄）が譲り受けて谷津《やつ》遊園内の「楽天府」という娯楽施設として使用した。十年前に、千葉市が無償で譲り受け、庁舎として使っている。

三人は、宮内三朗市長に迎えられた。

「……こちらは、わたしの部下の者です」

市長室のソファーで、東京通産局の山崎がさりげなく清水を紹介した。

西山から調査は極秘だと厳命されていた清水は、名前も名乗らず、控えめに頭を下げた。

「実は、工業用地を探してほしいという依頼が通産省のほうに五、六件来ておりまして」

「ああ、そうでしたか」

黒縁眼鏡をかけた宮内がうなずいた。

「今しがた、例の蘇我駅のそばの埋立地を見てきたところです」

「それはそれは！　いかがでしたか？」

宮内の両目に期待がこもる。大阪で「糸へん」に散々にあしらわれ、大日本紡績からも断られて意気消沈していたところだった。

「いや、結構な広さがあって、いいんじゃないでしょうか。それでまあ、何か資料があれば、いただいて帰りたいんですが」

「そうですか。ちょっと待って下さい」

宮内は立ち上がり、自分の執務机から書類をいくつか持ってきた。

「ところで、工業用地を探しているのは、どういった会社さんなんですか？」

ガリ版刷りの資料を差し出しながら、宮内が訊いた。

「いや、それはまだ、今の段階ではちょっと……」

「山崎さん、一社だけでもいいですから、こっちに回して下さいよ」

六十一歳の市長は、眼差しに熱い期待をこめた。

「土地はタダで差し上げるし、固定資産税なんかも五年間免除します。必要な電力や工業用水も市が責任をもって確保します。それ以外に要望があれば、極力受け入れます。是非とも、よろしくお願いします」

清水政治は、視察の結果をただちに西山に報告した。

「……そんなうめえ話があるのかよ？　ほんとかね？」

世田谷区若林の「松陰邸」の座敷で、ズボンに裸足であぐらをかいた西山が、悪戯っぽい表情でいった。

西山の前に、千葉県の地図や千葉市役所からもらって来た資料が広げられていた。

「確かに、話を聞く限りは、申し分ないねえ」

西山の隣りであぐらをかいた老人がいった。

西山の一高の同級生で、終戦直後まで川崎重工製鉄所の営繕部門長を務めた古茂田《こもた》甲午郎《こうごろう》だった。久慈工場の建設や、知多の一貫製鉄所計画に関わった人物で、今は川崎製鉄を離れ、全国建設業協会の事務局長を務めながら、西山の相談に乗っている。

「残っているのは六十万坪ですが、埋め立てれば百万坪の確保は容易です。海も遠浅ですから、埋め立てやすいと思います」

清水がいった。

「わたしも防府より、千葉のほうがいいと思います。消費地に直結している点が、非常に魅力的です」

防府での交渉から戻った取締役東京支店長の大原久之がいった。地元と調印寸前まで いっていたが、千葉の話が浮上したので、いったん交渉を延期して帰京した。

「お前ら二人とも、千葉に工場つくって、ずっと花の東京にいようって胆《はら》じゃねえのか?」

西山がからかうようにいった。

「そんなことありませんよ」

大原と清水は苦笑いした。しかし二人とも、新工場はできれば東京のほうにつくってもらいたいなあと以前から話し合っていた。

「港がちょっと心配だが、この点はどうなんや?」

「はい。ご存じのとおり、浚渫機械の進歩で海底の掘削が容易になって、むしろ遠浅であるほうが良港に仕上げやすいといわれております。掘った土砂はそのまま埋立てに使えますから、一石二鳥です」

「浚渫したあとに、また砂が流れ込んで埋まっちまわないか?」

「その点は、ちょっと分かりません。専門家の意見を聞いてみる必要があると思います」

その後、いくつかの点について議論されたあと、西山がおもむろに目の前の地図を取り上げ、窓から差し込む秋の陽にかざすようにして、目を細めた。

「千葉のここは、いいところだなあ」

十月十三日、川崎製鉄取締役東京支店長の大原久之は、千葉市長宮内三朗を訪れた。東京通産局の山崎恭が宮内に大原を紹介した。

「先日は隠していて申し訳ありませんでしたが、進出を検討しているのは川崎製鉄さんです。今日は、東京支店長の大原さんをお連れしました」

宮内市長は黒縁眼鏡をかけた両目を大きく見開いた。

「本当に川崎製鉄が来てくれるんですか⁉」

「あの土地を全部ほしいとおっしゃってます」

「信じられん！　まったく信じられん！」

宮内は喜びのあまり、小柄な山崎に抱きついた。

その日、大原は、埋立地の無償提供、固定資産税等の五年間免除、電力・工業用水・港湾の確保、社宅などの用地の斡旋といった基本条件について宮内に再確認を求め、快諾を得た。

面談のあと、大原が埋立地を訪れ、敷地の西側の渚に立つと、真っ赤な夕焼けの中に富士山が見えた。大原はのちにこの日の風景を油絵に描いた。

六日後（十月十九日、木曜日）——

黒い中折れ帽に黒っぽいコートで「変装」した西山弥太郎が、大原の案内で千葉市の埋立地を密かに視察した。

「おい、大原君、あれを見てみろ」

埋立地のそばの遠浅の砂浜を眺めていたとき、西山が潮が引いたあとの砂浜を指差した。

年輩の婦人がハマグリを積んだリヤカーを引いて通りすぎたところだった。

「リヤカーの車輪がほとんど地面に食い込んでいない。これは相当地盤がしっかりしてるぞ」

岩手県の久慈工場では地盤の緩さに泣かされていた。大型キルンの台座が沈下して傾き、キルン内の煉瓦が崩れて何度も巻き直しをしなくてはならない状態が続いていた。

「うむ。水もよう出とる」

西山が、埋立地付近の井戸を覗いていった。

井戸の中の水面が波立っていて、地下水が自然湧出しているのが分かる。

「敷地の中にあと何ヶ所か井戸を掘れば、当面は十分だろう」

西山は千葉市内や付近を流れている都川、村田川、養老川などを、水源まで遡って調べた。結論としては、ストリップミルを操業する段階になると、三つの川だけでは水量が足りないので、印旛沼から水を引く必要がありそうだった。

「電力は東電に頼むしかないが、県と市が責任を持つといってるし、何とかなるだろう」

西山は、ほぼここに決めたという顔でいった。


川崎製鉄東京支店は、東京駅に近い呉服橋交差点そばの丸善の焼け残りの倉庫を改装した建物だった。裏の路地の向かい側には「はし本」といううなぎ屋があった。

千葉を訪れた翌日——

西山は東京支店の会議室に、古茂田、大原、清水ら主だった幹部たちを集めた。

西山の一高の一年後輩で、満州の昭和製鋼所で銑鉄部長を務め、終戦後は郷里の諏訪市の商工会議所の専務理事などをしていた高炉技術者、浅輪三郎も出席していた。浅輪は西山に請われて入社し、出勤二日目だった。

また、東亜港湾工業（現東亜建設工業）社長で工学博士の岡部三郎も招かれていた。戦前に東京湾の埋立てに関わり、千葉市の埋立地についてもよく知っている人物だった。

「上野さん、あんたは山口と千葉のどっちがいいと思う？」

スチール製の長テーブルを並べた会議室で西山が訊いた。

西山の向かい側に、額が禿げ上がり、分厚いレンズの眼鏡をかけた男がすわっていた。

「わたしには鉄のマーケットのことは分かりませんが、防府は泥が多いです。徳山は深すぎます。二〇メートルもあります。あんなところに防波堤をつくるのは帝国海軍ならばこそで、一私企業には無理です」

マグロのお頭《かしら》を連想させる風貌の男は忌憚のない口調でいった。

大正十三年に京大土木科を卒業した土木の専門家、上野長三郎（のち川崎製鉄常務）であった。古茂田甲午郎らとともに東京市の港湾局で技師として働き、その後、海軍に転じて台湾の高雄にある海軍施設部長（海軍大佐）などを務めた。戦後は自営で土建会社をやっていたが、古茂田の誘いで川崎製鉄に入社した。年齢は五十歳になる。この日初めて出社し、西山に挨拶すると「何分よろしく。ではさっそく会議に出てくれ」と、いきなり会議室に連れて来られた。

「東京湾のほうはどうですかね？」

大原が訊いた。

「千葉はいいです。船橋はよくないです」

分厚いレンズの目を細めて上野がいった。

「羽田は？」

「いや、羽田はやめとこう」

西山が遮った。「鋼管に近すぎる」

日本鋼管の製鉄所が川崎市の臨海部にあり労働市場などで競合する可能性があった。

「千葉がいいというのは、どういう理由なんです？　あそこは浅くて、船が入らないと思いますが」

白髪まじりで端正な面立ちの浅輪が訊いた。

「千葉は天然の良港です」

上野がいうと、西山らは意外そうな表情になった。

「浅いからいいんです。三メートルくらいだから、掘って一〇メートルくらいにして、その砂で防波堤をつくれば、深いところより二重に安上がりです。東亜港湾さんがいい浚渫船をお持ちですから、それで掘ればいいです」

上野の言葉を西山らは熱心にメモする。

「船橋は泥が多くてよくない。千葉は近くに大きな川がないから、砂を運ぶものがなく、掘ったらなかなか埋まりません。ここの土はシルト（泥）混じりですけれど、細砂質です。これは海流が静かな証拠です。つまり人工港をつくりやすい。天然の良港とは、そのことです」

上野の説明に、一同は感心した表情でうなずいた。

「水についてはどうです？」

西山が訊いた。

「製鉄所はいったいどれくらい水を使うもんなんですか？」

「うっ、ええと……」

上野の問いに即答できる者がおらず、この問題はいったん棚上げになった。


二日後（十月二十二日、日曜日）――

川崎製鉄葺合工場は明るい朝日を浴びていた。

清々《すがすが》しい空気の中、守衛が正門の内側を箒《ほうき》で掃いていた。

工場は、阪神電鉄の春日野道駅を降り、南の方角に下ってすぐの場所である。高さ二メートル弱の鉄枠のような柵が左右に延び、内側に二階建ての本社事務所、その背後が食堂、向かって右手に研究所や材料試験室などの建物がある。

「よお、お早うさん」

柵の間から、西山の顔がにゅっと出てきた。

「うわっ！　しゃ、社長！　お、お早うございます。……あー、びっくりしたぁ」

箒を手にした初老の守衛が目を丸くする。

「ご苦労さん。今日も頑張ろうぜ」

そういって西山は柵の間から頭を引っ込め、正門から敷地内に入って来た。

西山は、日曜や祝日でも出勤して来る。工場は週七日、二十四時間体制で稼働し、社長も出てくるため、他の重役や社員たちも、休日出勤する者が少なくない。

西山はバラックのような本社事務所に入り、みしみし音を立てる古い廊下と階段を歩き、二階の北側の社長室に入ると、自分の席で書類に目をとおし始めた。


この日、浅黒い顔をした背広姿の中年男が西山を訪ねて来た。がらがら声で商人ふうの物腰の人物は、川崎機械工業で取締役総務部長を務める宮本伯夫（のち川崎製鉄常務）だった。西山に「ちょっと来てくれ」と呼び出されたのだ。

広島県尾道市出身の宮本は、昭和九年に神戸商業大学（神戸大学の前身）を卒業し、川崎造船所に入社。戦時中、西山が社長を兼務していた川崎造機（砲弾や魚雷部品の製作、大砲の仕上げなどをしていた軍需会社）の総務部長を務め、戦後は、川崎航空機から分離した川崎機械工業（旧川崎航空機明石工場）に転じた。仕事ぶりはがむしゃらで「バッファロー（野牛）」のあだ名がある。

「宮本、俺は今度、大製鉄所をつくる。ついてはお前、事務の親方になって、一つ面倒を見てくれ」

専務の佐分利と相部屋の簡素な社長室で、菜っ葉服姿の西山が宮本にいった。

「は、はいっ」

西山の迫力に気圧《けお》され、宮本は思わず即答した。

「よし。では、今晩、俺と一緒に来い」

その晩、宮本は神戸から東京行きの列車に西山や経理担当専務の小田茂樹らとともに乗り込んだ。

翌朝、西山は宮本を東京支店に連れてゆき、支店長の大原に紹介した。

「大原君、これは今度うちに入社することになった宮本君だ。今日付けで東京支店次長にするから、よろしく頼む」

このときから宮本は、新工場建設のための総務部門の責任者として、地元との折衝の最前線で奮闘することになった。

千葉の埋立地の調査は、急ピッチで進められた。

製鉄所に必要な水の量は、鋼塊一トン当たり三五、六トンである。ちょうど印旛沼周辺の灌漑のため、農林省が沼から放水路をつくる計画を進めており、千葉市の埋立地から北に約一一キロメートルの犢橋《こてはし》村に防潮水門（東京湾の海水が逆流するのを防ぐ水門）が設けられる予定になっていた。新製鉄所の土木・建設工事の責任者になった上野長三郎が調べてみると、防潮水門の少し上流で取水すれば、毎秒四トンが埋立地まで引けることが分かり、西山に進言した。

「印旛沼から毎秒三トンは取れます。実際は四トンの水量がありますが、四トン取ると一滴も残らず、泥鰌《どじょう》も死んでしまいます。ですからまあ三トンです。毎秒三トンだと、日量二五万トンです。一方、千葉市の海岸は地下水が豊富で、いい井戸がたくさんあり、一〇万トンから一五万トンは取れます。両方合わせると三五万トンから四〇万トンで、製鉄所には十分です。一つ、犢橋取水の水利権を建設省に申請しましょう」

地盤については、清水政治が入手した井戸のコア（深度別土質サンプル）や、そのほかのデータでしっかりしていることが確認できた。

港湾については、コアを通産省の地質研究所に持ち込んで調べてもらったところ、浚渫しても流砂で水路が埋まることはないとの回答を得た。長年東京湾の水流を調べている同研究所によると、東京湾の西のほうは漂砂が移動するが、東のほうは移動しないという。

慎重を期す西山は、旧知の大久保賢治郎の事務所にも足を運び、港湾に関する調査を依頼した。西山と同年配の大久保は、大正八年に川崎汽船に入社し、川崎グループの会合で西山とよく顔を合わせていた。戦後、一時公職追放になり、その後、五洋水産や星光商事といった会社をつくり、丸ビル内に事務所をかまえていた。

西山は、①浚渫したあと、潮流の関係でまた浅くなるのではないか、②台風の通路で、何年かに一度大きな台風に見舞われるのではないか、③高潮や津波が起こる危険はないか、の三点について調べてほしいと頼んだ。

大久保は直ちに川崎汽船の京浜港における総合代理店の港湾運送業者、大東運輸の芦沢社長に調査を依頼し、調書を西山に届けた。

十月三十一日、西山は、新製鉄所の建設地を千葉の埋立地とすることを決断し、この前後から、川崎製鉄関係者の千葉詣でが始まった。

西山は、県知事公舎や市役所の古い別館を訪れ、県会議員や市会議員を相手に、建設計画を説明した。千葉県側は話の内容すべてを理解できたわけではなかったが、渋茶や茶碗酒を飲みながら、製鉄や日本経済のことを熱意をこめて何時間も説明する西山の姿に接し、西山ほどの地位のある人物があれだけ頭を下げて頼むのだから間違いはなかろうと納得した。

切り込み隊長に任命された「バッファロー」宮本伯夫も、連日千葉を訪れ、調査や買収の準備を進めた。埋立地にある各工場や機械類の価値を評価するために六、七人の技術者たちを連れて行ったりもした。西山からは「言動に気をつけろ。料理屋に行ったり、関西弁を使ったりするな。やむなく料理屋に行くときは、黙って食え」と厳命された。川崎製鉄が詳しく調べに来ていることが知られると、埋立地で働いている人々や地元の人々に不安や不信感を与えるからだ。宮本たちは、地元の食堂で食事をするときは誰も口をきかず、黙々と箸を運んだ。

十一月七日――

霞が関の通産省で、企業局長の石原武夫が、書類を手に愕然とした表情をしていた。

「あ、あいつら、本気で溶鉱炉をつくる気なのか⁉」

広い額に眼鏡の石原の顔から、驚きと怒りで血の気が引いていた。

手にした縦書きの書面には「川崎本二五第三八号　昭和二十五年十一月　川崎製鉄株式会社取締役社長西山弥太郎」と記され、四角い社印と丸い代表取締役印が朱肉で押されていた。

文章は、技術屋の清水政治が四苦八苦して書いたのを宮本伯夫が直したぎこちないものだった。

「通商産業大臣横尾龍殿

弊社は今回千葉市に銑鋼一貫製鉄所を新設したいので別紙計画書を相添え提出しま

すから見返資金の御貸与に関して何卒宜敷御取計方御願申上げます。
別紙内容
一、銑鋼一貫作業工場を新設せんとする理由書
二、工場敷地の位置及工場の立地条件
三、設備の概要及生産計画
四、工事工程表」

計画は、五〇〇トン高炉二基、一〇〇トン平炉六基ならびに分塊圧延機、ホット・ストリップミルとコールド・ストリップミル各一基で、銑鉄年産三五万トン、粗鋼生産五〇万トンというものだった。

建設理由は次のように書かれていた。

「当社はその創業以来、技術の向上と品質の改良に鋭意努力をしてきた結果、きわめて優秀なる成績をあげ、その製品は輸出品として歓迎されている。（中略）

しかしながら、欧米における最近の薄鉄板製造方法は、きわめて高能率に機械化された連続式帯鋼圧延機〈ストリップミル〉で、当社現在の設備の到底比肩し得るところではない。

しかも、当社は創業当時そのままの手動式二段ロールを三十数年使用しているしだいであって、その設備はすでに甚だしく旧式となり、非能率的で、現在の設備方式を存続する限り、もはやこれ以上の合理化はとうてい望み得ない。（中略）

かかるがゆえに、当社は世界最高水準の最新式連続式帯鋼圧延機を設置し、薄鉄板の大量生産を図り、輸出に重点を置き、従来の海外における当社製品の声価を維持し、もってわが国経済自立におおいに貢献せんとするものである。

しかしながら、この生産方法には多量かつ連続的に鋼塊の供給を必要とするのであるが、近い将来、くず鉄の枯渇、銑鉄の不足は必至であり、このためには万難を排して原料の獲得ならびに自給方法を講じなければならない。（中略）

かかる意味において、当社はぜひとも溶鉱炉の新設をも必要とするものである。」

必要資金総額は百六十三億円（うち港湾設備十五億円、製銑部門二十九億円、骸炭〈コークス〉部門十五億円、化成部門十一億円、製鋼部門二十五億円、圧延部門四十一億円、動力部門十億円、共通部門十七億円）で、これを見返《みかえり》資金八十億円、自己資金十七億円、増資二十五億円、社債三十一億円、市中銀行借入十億円で調達するというものだった。

見返資金は、戦後米国から送られてきた援助物資を政府が売却して得た金で、去る十月三十一日に、公使兼GHQ財政顧問のジョセフ・ドッジが、電力・石炭等の開発や、鉄鋼・機械など重要産業の合理化のために使うことを認めたところだった。貸出金利が社債の発行利回り（一一パーセント）や銀行の貸出金利（平均一〇・一パーセント）より低い七・五パーセントで、返済期間も五年から三十年の長期という利点がある。

「西山の野郎、通産省の産業基本計画など、端《はな》から眼中にないとでもいいたいのか⁉」

企業局長の石原武夫は、川崎製鉄の申請書を摑んだ手を、わなわなと震わせた。

一方、鉄鋼局では、局長の中村辰五郎が頭を抱えていた。鉄鋼業界では遊休設備が多いので、合理化や近代化のための投資は必要なものに限って認めることを方針にしていた。しかし、川崎製鉄の千葉製鉄所は、資本金五億円の会社が百六十三億円の新製鉄所をつくるという超弩級《どきゅう》の計画だった。

局長室の外の廊下や大部屋の執務室では「えっ、川鉄が千葉に溶鉱炉をつくるって⁉」「ほんとですかねえ?」「気でも狂ったんじゃないの?」といった囁きが交わされていた。

川崎製鉄が満州帰りの技術者たちを集めて一貫製鉄所の研究をしているらしいという噂は少し前からあり、業界紙にもぼつぼつ観測記事が出始めていたが、本気にしていた者はいなかった。

しかし通産省の中には、川崎製鉄の見返資金申請の報に、上気した顔を見合わせている男たちもいた。

「いよいよですね」

「これからが大変だぞ」

「『世界最高水準』……いいですねえ、これ」

嬉しさを隠せない男の一人は、鉄鋼局製鉄課長の田畑新太郎だった。広い額の下に眼鏡をかけた理知的な風貌の人物で、今年三十七歳。東大冶金学科時代の実習や陸軍中尉時代に西山と接点があった。通産省が業界最大手の八幡製鉄（去る四月に日本製鉄から富士製鉄とともに分離）のいいなりで、八幡、富士、鋼管三社の既存高炉を復旧すれば十分というマンネリズムに飽き足らず、川崎製鉄の高炉建設計画を歓迎した。西山に対し「西山さん、一貫製鉄所賛成です。でも旧式の真似では駄目です。最新式の高能率で良質の鉄をつくる素晴らしいものなら大賛成。それなら支持しますよ」と励ました。見返資金が使えることを教えたのも田畑だった。

もう一人は、まだ三十歳の若手、赤澤璋一だった。東大法学部の出身で、戦争中は戦艦「比叡」や駆逐艦「雪風」に搭乗し、のちに航空機武器課課長として、戦後初の国産旅客機ＹＳ11の開発に力を尽くす男である。赤澤は、西山の計画は、長期的に見て日本の産業復興に役立つと考えた。

そして東京通産局の山地八郎局長、絵野沢の後任の橘恭一同金属課長、山崎恭同課員らも、密かに川崎製鉄の計画を後押ししていた。山地らは、かねがね関東に高炉が一つ（日本鋼管川崎工場）しかないのを不満に思い、京葉地区の工業化のためにも川崎製鉄の工場を誘致したいと考えていた。現在、川崎製鉄と千葉県側の合意を成立させるべく、仲介の労をとっているところである。

十一月十三日――

国鉄千駄ヶ谷駅近くにある東京通産局の会議室に白いクロスがかけられたテーブルが並べられ、一定間隔で花器に活けられた色とりどりの花が飾られていた。

テーブルを挟んで、三十人ほどの男たちが向き合っていた。

川崎製鉄から西山、小田（専務）、大原（東京支店長）、浅輪（千葉製鉄所建設委員長）、宮本（同副委員長）らが出席。千葉県側は、川口為之助知事が辞任し、石橋・柴田の両副知事が知事選を戦っている最中のため、知事職務代理者の佐藤秀雄総務部長、横内克巳経済部長、宮内三朗千葉市長、古荘《ふるしょう》四郎彦《しろひこ》千葉銀行頭取、片岡伊三郎代議士（地元選出）、篠崎長次県会議員兼千葉漁業組合長など。

川崎製鉄と千葉県側の詰めの話し合いであった。立会人は東京通産局長山地八郎で、同通産局の小池総務課長、橘金属課長も出席した。

最初に川崎製鉄側から事業計画が説明された。

すなわち、①敷地は百万坪を要するので、現在の六十万坪をさらに埋め立てる、②主要な設備は五〇〇トン溶鉱炉二基、平炉六基、連続圧延機二基。完成すれば八幡製鉄に匹敵する大工場になる。③港には三日に二回、一万トン級の貨物船が入港する、④建設費用は百六十三億円。

醤油工場くらいしかない千葉県側にとって、すべてが度肝を抜くような話で、呆気にとられて拝聴するだけだった。

続いて川崎製鉄側は、宮内市長から聞かされていた誘致条件を要望事項として提案した。

一、工場敷地の件

（イ）現在の埋立地中、市所有地四十三万四千六百六十三坪、及び官有地十五万七千坪、計五十九万千六百六十三坪は、市より無償にて当社に譲渡願いたきこと。

（ロ）市営市場向かい側、都川尻突出部の土地を当社が建設工事中使用し度きにつき、市においてこれがご斡旋を願うこと。

（ハ）上記埋立地に接続して当社は約四十万坪の埋立をなすにつき、水利権その他埋立に障礙となるべき事項を予めすべて処理しおかれたきこと。

以下、全部で二十三項目からなる要望で、要約すると、①工場敷地の無償譲渡とその他の斡旋、②港湾・水路・防波堤の築造・強化、③電力供給の確保、④工場用水の水利権確保と送水設備用地の斡旋、⑤社宅等福利厚生施設の用地斡旋（約五万坪）、⑥地方税（固定資産税と付加価値税）の免除（工場・施設完成後五年間）、⑦鉄道引込線の利用斡旋、⑧工事材料（砂利、砂等）採取の便宜供与、であった。

説明のあと、質疑応答に入った。

「わたしら漁業関係者としては、海苔の柵に油が流れて行かないかとか、いわゆる海水の汚濁問題が心配なんですが、この点はどうでしょう？」

県会議員で千葉漁業組合長の篠崎長次が訊いた。

「もちろん海を汚さないよう、あらゆる手段を講じるつもりです。万が一、被害が発生した場合は、責任をもって補償します」

西山がきっぱりと答えた。

それ以外にいくつか質問があったが、川崎製鉄側の回答が明快であったため、県側は「すべてごもっとも」という感じであった。

大日本紡績をはじめとする関西の「糸へん」誘致に失敗した千葉県側は、川崎製鉄を何としてでも捕まえようと懸命だった。ライバルの山口県の姿もちらついていた。

「宮内さんがもう約束したんなら、俺らが今さら何かいうこともないべ」

「しかし、千葉県には大工場は育たんていうが、本当に川鉄は来てくれるんかな？」

「まあ、駄目でもともとだでや」

「そうじゃな。この要求を呑んだら来てくれるっちゅうなら、これでよかっぺ」

県側の一人が発言を求めた。

「わたしどもとしては、川鉄さんの要望を一つ一つここで審議するより、とにかく来てくれるのかどうなのか、この点をまずはっきりさせてほしいと思っとるんですが」

その言葉に、千葉県側の面々がうなずいた。

「これらの要望事項を公式に県議会と市議会で承認していただければ、必ず参ります」

西山がごつい顔に微笑を湛えて答えた。

「うーん……」

千葉県側は顔を見合わせ、囁きを交わす。

黒縁眼鏡の宮内三朗も、県会議員らと真剣な表情で言葉を交わす。

川崎製鉄側は、何か問題でもあるのかと訝った。

「あのう、まあその、議会の承認を得るための一つのテクニックとしてですなあ、『川鉄さんが来ることが決定した』といってよろしいですかなあ？」

一人が訊き、千葉県側の視線が一斉に西山に注がれた。

西山は一瞬考えを巡らせる表情をして口を開いた。

「よろしいでしょう。テクニックとしてならば已むを得ません。必ず承認されるよう、ご努力をお願い致します」

千葉県側は安堵の表情になった。

「県と市のほうはわたしが引き受けました。かならず承認させます」

東金市の呉服・洋品店経営者で、宮内三朗市長と懇意の片岡伊三郎代議士が、話し合いを締めくくった。それに続いて合意書の調印式が執り行われた。

川崎製鉄と千葉県側が笑顔で合意書に調印している頃、都内の別の場所で天を仰いで悔しさを嚙みしめている男たちがいた。両者の話し合いがまとまらなければ、防府への誘致を一気に決めてしまおうと上京して来た田中龍夫知事以下山口県の関係者たちであった。

二日後（十一月十五日）――

『千葉新聞』の朝刊第一面のトップに、賑々しい見出しが躍った。

『川崎製鉄誘致に成功』
蘇我埋立に百六十億円の大工場
港には一万トンの船
千葉の人口二倍に
全国三大製鋼出現せん
きょう市会提案へ

同日、千葉市議会は満場一致で誘致を可決し、川崎製鉄の要望事項二十三項目を確認した。

県のほうは知事選の最中のため、十一月二十日に県会議員全員協議会を開催し、こちらも誘致と要望事項を満場一致で承認した。


翌週――

神戸に戻った西山弥太郎は、葺合にある事務所の社長室で伝票に判をついていた。

新製鉄所の準備で多忙だが、「番茶一袋の経費まで自分で判をつく」といわれる習慣は変えていない。権限委譲すべきではないかという批判に対しては、「川崎というところは、そういう小さなことをいい加減にしていたところに問題があるのだ」と答えている。

「社長さん、どうぞ」

女性秘書がお茶を持って来た。

「おお、有難う。あんたの淹れるお茶はいつも美味いのう」

役員たちの中には部下に対して無愛想な者も少なからずいるが、西山は秘書や事務の女性たちにも「今日は暑いのお」「今日は寒いのお」「お子さんは元気か?」などと親しく声をかけるので慕われている。

お茶を一服したあと、再び伝票に判をつき始めた。

(む、これは……)

印鑑を持った手が止まった。

伸鉄材(再生用丸棒等に使用される中古鋼材)や薄板屑のバーター取引に関する伝票だった。買い入れたスクラップの中には様々な金属や不純物(ボロ切れ、非鉄、メッキ物等)が混じっており、そのまま平炉に入れることはできない。そのため小さな爆薬などで分解し、業者がほしがる伸鉄材や薄板屑などは仕分けして、スクラップとのバーター取引に用いる。

西山は営業の担当者を呼んだ。

「お前らなあ、伸鉄材をやって一・三倍(のスクラップと交換する)というのが、俺にはどうも分からん。一・五倍くらいの値打ちがあるんと違うか？」

「お前らなあ」というのが、部下に話しかけるときの西山の口癖だ。

机の前に立った中年の担当者は、神妙な顔つきで話を聴く。

「第一、伸鉄のときスケール（圧延時に表面が酸化し、剝離した小片）が出るだろう？　あれは紅ガラ（酸化鉄）の材料で売れるんだ。どこにも計算しとらんじゃないか」

「はぁ……すんません」

「薄板屑だってリロール（再圧延）すれば立派なもんだ。その上、薄板屑はバッグにびっしり入るぞ。そう簡単に業者のいいなりでバーターできるもんか。もうちょっとよく考えてみろ」

西山は未決のまま伝票を返した。

「それからなあ、こないだ米軍から払い下げがあった水葬用の棺桶だがなあ、もしかしたら腐蝕に強い金物かもしれんぞ」

目の前の男を見上げ、西山がいった。

「いちど研究所に頼んで分析してみろや」

男が部屋から退出すると、西山は再び伝票に判をつき始める。

やがて一段落すると立ち上がり、つばの付いた作業帽をかぶった。

西山は、日に数回工場に足を運ぶ。夏はカンカン帽に開襟シャツ、タオル一枚を首に巻いて行く。それ以外の季節は作業帽に菜っ葉服姿である。同じ二階にある営業部からは楽しげな表情でぶらぶらと廊下を歩いていく西山の姿が見え、部員たちは「ああ、社長が、また工場に行かはる」と微笑した。

西山が工場から戻って来ると、思いつめた顔の二十代半ばから四十代の社員たち十人ほどが社長室の外の廊下で待っていた。

「おう、お前ら、どうしたんや？」

西山は訊きながら、自分の席にすわった。

「社長、お願いがあります」

厚板掛長の高木文雄が意を決した顔つきでいった。

「ちゃんと家族と住める家を持てるようにして下さい」

「家？」

「僕ら家が高くて買えません。みんな借家や間借り暮らしです」

三井田逸郎（のち専務）がいい、住宅事情が非常に悪く、社宅もないので苦労していると話した。

戦災被害を受けた神戸にまともな家は少なく、人々の多くは焼け残ったトタンで葺いた仮小屋のような家に住んでいる。

「ここにいる三輪なんか、間借りしてた家から立ち退かされて、家族を田舎に帰して甲南荘（独身寮）に住んでるんです」

後ろのほうに立っていた三輪親光《ちかみつ》（のち専務）を指差した。三十歳過ぎの三輪は、困ったような顔でお辞儀をした。そばに二十代半ばの濤崎忍《とうさきしのぶ》（のち五代目社長）が、その他大勢の一人で突っ立っていた。

当時、焼け残った病院などを改装した独身寮が四つほどあり、甲南荘はその一つである。

「ふーむ……」

一同は困り果てて、当たって砕けろで直談判にやって来たのだった。

「普通の家は高くて、僕らには手が出ません。これじゃあ一生、放浪生活です」

西山はじっと耳を傾け、話を聴き終えると、途中からそばで聞いていた第一銀行（昭和二十三年十月に帝国銀行から分離）出身の専務、小田茂樹のほうを向いた。

「小田さん、こいつら、こんな無心をいいやがって」

西山は苦笑しながらいった。

「何とか面倒を見てやってもらえませんか」

その言葉に、社員たちは目を輝かせた。

その後、社員たちは第一銀行から金を借りることができ、ささやかなマイホームを持った。また、芦屋近辺に社宅の建設も始まった。

世間では、川崎製鉄の千葉製鉄所建設計画発表に対して、囂々《ごうごう》たる反響が巻き起こった。その多くは、計画を批判ないしは疑問視するものだった。

当時の鉄鋼業界は、八幡・富士・日本鋼管の高炉三社が大きな力を持ち、川崎製鉄、住友金属、神戸製鋼の平炉三社を見下していた。粗鋼生産シェアで見ると、昭和十五年の時点で日本製鉄が七三・五パーセントだったのに対し、川崎製鉄は五・四パーセントだった。戦後、川崎製鉄が頑張って、この年（昭和二十五年）までにシェアを九・〇パーセントまで上昇させたが、八幡製鉄（三〇・三パーセント）、富士製鉄（二七・九パーセント）、日本鋼管（一三・六パーセント）とはまだかなりの差がある。

千葉製鉄所建設計画に対する批判の急先鋒は高炉メーカー三社とそれに連なる通産官僚だった。また、ドッジ・ライン（引締め政策）の影響下にある金融界も否定的だった。

「西山は白昼夢を見ている」

「既存の溶鉱炉（三十七基）の三分の二が休止中なのに、新たな設備をつくるのは二重投資だ」

「わざわざ一貫メーカーにならなくとも、銑鉄の配分を統制すれば済む」

「ストリップミルは、既存のハンドミル・メーカーを圧迫する」

一高の同学年で、第一銀行の常務を務めていた西園寺実は、何枚もの図表を持って銀行にやって来た西山に対し、「あなたの計画は夢だ。銀行は夢に金を貸すわけにはいかない」と告げた。

こうした批判に対し、西山は敢然と反論した。「動いている三分の一の溶鉱炉は、戦争で破壊されたのをやっと修理して使っている旧式で非効率的なものだ。いわんや残りの三分の二にいたっては、とうてい経済的操業はおぼつかない。そういう高炉でつくった高い銑鉄をいつまでも売ろうというのはおかしい」

「欧米ではストリップミルが当たり前の時代だ。鉄鋼業界の人間なら、誰でもその威力を知っている。いつまでもハンドミルでやっていたのでは、世界の競争から取り残される」

第一銀行の西園寺に対しては、「この計画は夢ではない」と断固といい、鉄鋼業の将来のあるべき姿や世界情勢について長時間にわたって信ずるところを述べた。

十二月七日付け『東京新聞』は、西山の千葉製鉄所計画について、次のように報じた。

〈西山弥太郎は鉄鋼業界の爆弾男である。もと〳〵鉄鋼界では一貫メーカーと平炉メーカーは犬猿の間柄だが、富士（製鉄）の永野重雄が東の一貫メーカーの代弁者なら、西山はその好敵手として関西平炉メーカーを代表して永野に食い下がるのはいつも彼だ。この爆弾男が遂に巨弾をブッ放し、業界を驚かせた。千葉郊外に五百トン溶鉱炉二基を建設して、一大一貫工場を興し、関東一円に製品を流す計画を天下に公表したのである。一貫メーカーから頭を下げて銑鉄を売ってもらうという屈辱を脱して、富士、八幡を相手に一戦争やろうというのである。『空に聳える溶鉱炉は、決して八幡、富士、鋼管だけの占有物ではない』という。（中略）『無謀なことかもしれぬ。しかしやらねばならんのだ』とは西山が最後に結んだ言葉である。西山はいま（数え）五十八。東大冶金を出て以来川重で製鋼一本に生きた技術屋社長。はたして目的貫徹してみせるかどうか。〉

記事には、腕組みをした西山の猛牛を思わせる写真が添えられていた。

千葉製鉄所の建設計画に、いち早く賛成し、西山を感激させたのが、川崎製鉄の労働組合だった。葺合労組は機関紙『新製鈑』十一月三十日号で、「川鉄が世界的競争に太刀打ちするためには、この計画は絶対に支持しなければならない。そうすることが、我々も会社に対する強い力を示せる大切な機会である」と、執行部の考えを全組合員にアピールし、代議員大会の議案書をつくり、それに向けて職場討議を真剣に行なった。

戦前から西山が職工たちとタバコを吸ったりしながら「よそからスクラップを譲ってもらったり、頭を下げて銑鉄をもらってやっていたんではどうもならん」と繰り返し話していたので、新製鉄所の話は、砂に滲みこむ水のように、すんなり受け入れられ、代議員大会で計画に全面的に協力することが決議された。

組合代表者たち数人は、神戸から上京して千葉県庁と千葉市役所を訪れ、「我々労組も、この建設に全面的に賛成し、協力する決意です」と表明した。新たに千葉県知事になった柴田等と宮内三朗千葉市長はこれに感激した。

西山は、政界や金融界に対して積極的に働きかけを始めた。これまで政界工作的なことはせずに来たが、今回はそうもいっていられない。

最初に、国電四ツ谷駅前の大蔵省の木造庁舎に、大蔵大臣の池田勇人を訪ねた。最初、「どこの田舎者が来たのか」という面持ちで、足を投げ出していた池田は、西山が諄々と説明をするうちに、じっと耳を傾けるようになった。貿易立国や国際競争力を強調し、鉄鋼業の雄大な将来図を描く西山の話は、のちに高度経済成長を開花させる池田好みであった。池田は「話は分かった。これは一万田《いちまだ》さんにも説明しておきなさい」と、国内の資金配分に関して絶大な権限を持ち、「法王」と呼ばれる日銀総裁、一万田尚登《ひさと》に会って了解をとるよう助言した。当時、銀行や産業界は資金不足に喘ぎ、日銀に頭を下げて何とかしのいでいる状態だった。

自由党の党人派（非官僚出身）有力政治家、三木武吉に面会を申し込むと、忙しいので夜中の二時に来いといわれた。三木は「わしは八幡製鉄から金をもらっているから、川崎の支援をするわけにはいかん。その代わり、将来大物になる若手がいるから、その男を紹介する」といい、同じ党人派で衆議院議員一期目の河野一郎を紹介した。小田原出身で選挙区が西山の故郷でもある河野は、これ以降、長く西山の協力者になる。

通産大臣の横尾龍《よこおしげみ》は、相手のいうことをろくに聞かず、自分のいいたいことだけをいう人物だった。佐賀県出身の参議院議員で、明治四十年に東大の造船科を出て三菱長崎造船所に入社し、戦時中、播磨造船所（現ＩＨＩ）の社長を務めた。横尾は、千葉製鉄所の直談判に来ている西山に対し、「造船所に安い鉄板をやってくれ」などといい、手こずらせた。

西山は東京支店長の大原を伴って、日本橋本石町の日銀本店を訪れ、総裁の一万田尚登に会った。

一万田は大分県出身で、東京大学法学部を卒業して日銀に入り、ロンドンやベルリン駐在、秘書室、営業局などのほか、京都・名古屋・大阪の各支店長を経て、昭和二十一年六月に第十八代の総裁に就任した。

二階西翼つき当たりの総裁室はおそろしく天井が高く、ちょっとした講堂くらいの広さがあった。奥に総裁の執務机があり、部屋の一角に十人くらいがすわれる円卓が置かれていた。

大きな茶色の革張りの椅子に痩身を沈めた一万田は、突き出た頬骨の上に眼鏡を光らせ、一種独特の妖気を漂わせていた。

「……きみのいうことは、分かった」

植物模様の刺繍が入った織布《しょくふ》で覆われた丸テーブルで、西山の話を聴き終えると、一万田はいった。

「しかし、金額がずいぶん大きいな。ふたつ返事というわけにはいかんよ」

西山より一週間あとの明治二十六年八月十二日に生まれた五十七歳の一万田は、西山のことを完全に年下だと思っていた。

「日本経済の現状は、まだどうして、なかなか大変なんだ。朝鮮戦争で一時的に景気はよくなったが、これはいわば天から降ってきた特需だ。戦争が終われば、また具合が悪くなる」

六月に勃発した朝鮮戦争は、韓国軍が一時中朝国境の鴨緑江まで達し、統一間近と騒がれた。しかし、十月二十日頃に参戦した中華人民共和国が、武器弾薬や防寒具が足りない国連軍（米軍主体）と韓国軍を、神出鬼没の攻撃や人海戦術で圧倒。十二月五日に平壌を奪回し、戦線をソウル近くまで押し戻した。

「きみも知ってのとおり、今は景気の過熱によるインフレを心配して金融を引き締めたばかりだ。きみの大計画を全部実行したら、日銀の貸出しが激増して、インフレを招く」

「いえ、総裁、計画は全部一度に実行するわけではありません」

西山がいった。

「百六十三億円という費用は、建設工事の進捗に応じて、四年間にわたって発生するものです」

「なるほど……。まあ、仮にやるとしても、一つ一つ仕上げていくのが肝要だろう」

一万田の口調は、どちらかといえば好意的だった。

「先々、景気が悪くなっても、投下した資金をできるだけ生かすようにしてもらいたいもんだな」

世間の批判や不安をよそに、西山は必要な人材を採用し、千葉製鉄所建設のための布陣を着々と整えていった。新たに採用されたのは、主として川崎製鉄が持たない高炉やコークスの技術者と建設技術者で、その多くが、戦後、内地へ引き揚げてきた人々だった。

この年十月から翌昭和二十六年一月にかけて、旧満州の旧昭和製鋼所から黒田幸二（のち千葉製鉄所工機部長）、原田静夫（同製銑部長）、塩博（のち本社原料部長）、永石六雄（のち千葉製鉄所企画室副部長）、軽部孝治（同設計部長）、北京の石景山《せっけいざん》製鉄所から岡村琢三（同骸炭部長）、旧日本製鉄から藤井栄次郎（同動力部長）、中村春三（同製銑部長）、岡田源蔵（建設技術者）らが入社した。給与水準で折り合わない者には、特別手当金（スカウト料）を払って引っ張った。

彼らに続いて、建設省出身の土木技術者歌代吉高、国鉄出身の鉄道配線技術者宮田勇、元陸軍技師の建築技術者浅川秀雄、建設省出身の陸運専門家野村芳次郎、海運の専門家野村丈夫、元東京市の水道技師小笠原らも入って来た。

こうした人々が続々と千葉入りして来るのを目の当たりにし、宮内三朗千葉市長は、製鉄所の成功を祈って昭和二十六年正月から禁煙した。

昭和二十六年一月三日――

葺合工場の中堅職工、佐藤貞晴（のち組合中央執行委員長）は、翌日からの仕事始めに備えて、休日出勤した。忙しく作業の準備をしていると、安全帽をかぶって工場内を巡回していた西山弥太郎にばったり遇った。

「明けましておめでとうございます」

三十八歳の佐藤は安全帽を脱いで挨拶した。

「やあ、おめでとう。正月早々ご苦労さん。しっかり頑張って下さいよ」

西山も帽子をとって、深々と頭を下げた。

佐藤が顔をあげたとき、西山はまだ頭を下げたままであった。その姿を見て、佐藤の身体に電流が走り、目に涙が溢れた。

二月一日――

川崎製鉄は千葉製鉄所の開所式を執り行なった。

大原、浅輪、塩らが出席（宮本は神戸に出張中）し、宮内千葉市長、組合幹部三名、旧日立航空機社員代表四名を招いた。それぞれが簡単な挨拶をし、宮内と浅輪がかたわらで見守る中、大原が、旧日立航空機の正門に「川崎製鐵株式會社千葉製鐵所」という長さ二メートル弱の看板を掛けた。

それから間もなく——

作業服姿の西山弥太郎は、旧日立航空機の工場の中にいた。

目の前で神戸から長期出張で送りこまれた従業員たちが、片付けをしたり、建屋の修理をしたりしていた。

すでに昨年中に工場の建屋、敷地、一部の機械類を買い取る交渉はまとまった。

製粉工場を操業している千葉製粉とは、同社が持っている鉄道引込み線や荷揚場（千四百八十八坪）の使用（ないしは譲渡）について交渉中で、飯場跡に住み着いた十戸ほどの民家の人々や製材所とは立ち退き交渉を行なっている。

「まったく、大変なところじゃのう。まずは天井が必要だなあ」

西山が、上を見上げていった。

細い山形鋼を巧みにリベットで組み立てた自然採光の建物は、天井の七割がたが抜け落ちて、青空が覗いていた。川崎製鉄は建屋を修理して、資材倉庫や構内用バスターミナルとして使う予定である。

「ほかの建物も、ほとんどつぶれかかってて、雨が漏り放題です。キツネが棲みついているものもありますよ」

建設委員長（のちに初代千葉製鉄所長）の浅輪三郎がいった。

「キツネもおるか！　さすがは千葉やのぅ」

工場の一角では、旧日立航空機工場の従業員三百人ほどが、農機具をつくっていた。旧式の機械による非効率な作業は、戦争に負けた惨めさをあらためて感じさせる。現在、彼らを川崎製鉄で受け入れるための話し合いが行われていた。

「埋立ては四月の終わりくらいからやろうと思ってるが、どうや？」

「それでいいと思います。ただ、早いところ電力を確保しないと、埋立て用の機械類が動かせません」

「そうやなあ……。分かった。いっぺん東電の新木《あらき》さんに頼んでみよう」

新木栄吉は東京電力の会長である。

「ところで、どうや？　洋行の準備は進んどるか？」

「はい。今、日程の調整を進めています」

浅輪を団長とし、岡村琢三（コークス）、植山義久（製鋼）、藤本一郎（圧延）、中村春三（製銑）、原田静夫（同）、宗田太郎（設計）の計七人が、五月から三ヶ月間欧米を視察に行く。目的は、新製鉄所建設に必要な最先端技術を吸収することだ。

同じ頃、土木部門の責任者の上野長三郎と総務部門の責任者の宮本伯夫が、敷地の南側に立って、話をしていた。

「……宮本さんなあ、ほんとにあれ、撤去してもらえるんか？」

がっしりした身体で、作業着の袖を腕まくりし、長靴をはいた上野の姿は、いかにも土建屋の親父である。分厚いレンズの眼鏡をかけた大きな顔は、マグロのお頭《かしら》を連想させる。

埋立予定地である浅瀬の一面に、無数の竹の棒が立っていた。海苔を養殖するための「海苔しび」である。

「大丈夫です。心配いりません。今、弁護士を立てて漁協と交渉してますから」

浅黒い顔の「バッファロー」宮本がいった。鼻がちんまりとして、愛想はよいが、人を食ったような雰囲気を漂わせている。

「しかし、どうやって撤去してもらうんや？　簡単にはいかんやろ？」

「金です、金。今、補償金の額を交渉しているところです」

「ほーう」

上野は半信半疑で相槌を打つ。漁民が生活の糧である養殖場所を簡単に諦めるとは思えない。また、宮本はどこか調子のいい男という感じがしていた。上野が最初に埋立地の波打ち際をコンクリート矢板で護岸したところ、宮本が来訪者があるたびにそこへ連れていき、「我が社はこのように新機軸を打ち出してやっています」と宣伝するので、はらはらしながら見ていた。

「ところで上野さん、陸地というのは、どこからどこまでをいうんですかね？」

「何でそんなこと訊くんや？」

「実はですね……」

背広姿に長靴の宮本は、敷地の地図を取り出し、地図上の一角を指で示した。

「この部分が、だいたい十五万七千坪あるんですが、これが旧海軍、すなわち国の持ち物になっておりまして、国から払い下げてもらわんといかんのです」

「ほう、そうなんか」

「ところがですね、干潮時だと確かに十五万七千坪くらいあるんですが、満潮時には水に浸かって半分の七万坪ちょっとしかないんです」

「まあ、そんなとこやろなあ」

「で、結局のところ、こういう場合、陸地はどこからどこまでなんでしょうか？」

「それはやなあ、干潮のときと満潮のときの中間のところや」

「はあ、そういうものなんですか？」

「そうや」

「分かりました。大変参考になりました」

宮本は商人のような動作で頭を下げた。

その後、払い下げを担当する国税庁の役人が敷地を訪れたとき、宮本や東京通産局長の山地八郎は、「ほら、ここまでゴミが流れてきています。ですから、ここからが陸地です」と説明して納得させ、七万坪強の値段で十五万七千坪の土地を手に入れた。

四月二十八日——

千葉製鉄所建設予定地で、浚渫・海面埋立修祓《しゅばつ》式が執り行われた。浚渫する海岸に面した式場にテントが設営され、注連《しめ》縄が張られていた。

出席者は約六十人で、西山弥太郎、大原久之東京支店長、植山義久葺合工場副工場長（のち副社長）、去る四月一日に千葉製鉄所工場長の発令を受けた浅輪三郎、同総務部長宮本伯夫、同土建部長上野長三郎、同動力部長中島清、同建築課長浅川秀雄、その他の千葉製鉄所職員、柴田等千葉県知事、宮内三朗千葉市長、山地八郎東京通産局長などである。

風の強い日で、敷地内では砂が舞い、浚渫船が浮かんだ海面一帯に波頭が白い歯を見せていた。

（漁民いうのは、素直なもんやなあ……）

上野長三郎は、波立つ海面を見ながら感心していた。海苔しびは、三十万円の補償金できれいに撤去されていた。

式は、白装束の神官による修祓に始まり、献饌《けんせん》、清祓《きよはらい》と進み、柴田、宮内、山地らがすぐそばで見守る中、恰幅のよい身体を背広で包んだ西山が「えいやっ」と鍬を振り下ろし、鍬入れを行なった。続いて柴田らが鍬入れを行う。

時おり飛んでくる砂埃に目をしかめながら「バッファロー」宮本は、先日、千葉を訪れた砂野仁《いさのまさし》との会話を思い出していた。

「おい、宮本、川鉄が千葉工場つくるいうて西山さんがえらい張り切っておられるが、お前、大丈夫か？　世間では『あんなものはできやしない。あれは西山の妄想だ』ゆうてるぞ。俺は心配なんだが、どうなんや？」

かつて西山と同じ神戸の奥田松方に下宿した砂野は、繊維機械、酸素呼吸器、タイプライターなどを製造する川崎機械工業の社長になっていた。

「砂野さん、世間が何といおうと、これはもう建設その他の話し合いはできておりますし、通産省にも必要な文書を出してやっていることです。できないなんてことは、絶対にありません」

「そうか……。しかし、川重内部でも悲観論が支配的で、『虎は死して皮を留める。千葉は、せめて土地だけつくったところで止めたらどうや《や》』いう人もいるんやがなあ」

砂野の憂い顔を宮本が思い出していたとき、鍬入れが終わった。

午前十一時四十分、機械音とともに浚渫船から埋立予定地の海面に土砂が吐き出され、ここに本格的な建設工事が始まった。

この月、日本の絶対的支配者として君臨してきたGHQ最高司令官ダグラス・マッカーサー元帥がトルーマン大統領によって更迭され、日本を去った。前年六月に勃発した朝鮮戦争に関し、中国東北部を爆撃して中国との全面戦争に踏み切るべきであると主張し、戦争を限定的なものに止《とど》めたいトルーマンと対立したためだった。愛機「バターン号」で羽田空港を飛び立って帰国したマッカーサーは、ワシントンの上下院合同会議で演説を行い、「老兵は死なず、ただ消え去るのみ」という言葉を残して退任した。その後、一九五二年（昭和二十七年）の大統領選挙出馬へ野心を燃やしたが、支持が集まらず、事務機器メーカー、レミントンランド社（本社コネチカット州）の会長として晩年を送り、一九六四年に八十四歳で没した。

初夏――

千葉製鉄所建設予定地で、西山弥太郎は、第一銀行の西園寺実と大森尚則《しょうそく》の二人の常務を案内して歩いていた。

一高で西山と同学年だった西園寺は、帝国銀行の神戸支店長を務めたときからの付き合いである。西山に対して「銀行は夢に金を貸すわけにはいかない」と反対したが、何度かの押し問答の末、押し切られて視察にやって来た。

大森は西園寺の次の神戸支店長で、昭和二十三年の大争議のときに、西山から葺合工場を閉鎖するための資金の相談を受けたことがある。

夏の接近を感じさせる陽差しは強く、背広に長靴姿の三人は、じっとり汗をかきながら、敷地の中を歩き回っていた。

「西園寺さん、ほら、見て下さい。あそこです。あそこに溶鉱炉が建ちます」

大きな手で西園寺の腕を引っ張り、西山が、海のほうを指差した。

銀行家らしい怜悧そうな風貌の西園寺が眼鏡の視線を転じると、沖合いの海面に赤い旗がぽつんと立ち、風の中ではためいていた。

「あそこに……溶鉱炉が建つんですか？」

そこは見渡す限りの茫洋たる大海原だった。

オールバックの黒々とした頭髪の大森もかたわらにやって来て、呆然とした表情で、波間にはためく赤旗を見詰める。

「そうです。五〇〇トン溶鉱炉（一日の出銑能力）があそこに建つんです。その手前に、第二溶鉱炉が建ちます。これも五〇〇トンです」

沖合いを小さな漁船が走っていた。

「それから、その少し右手が、貯炭場になります。見て下さい、あそこです」

第一銀行の二人が西山が指差したほうを見ると、やはり海であった。

(夢でも見ているんじゃないか?)

二人の銀行家は、自分の頰をつねりたい気分だった。

三人のかたわらを轟音を立ててトラックが走り去った。敷地内に、葺合工場から運び込まれた三〇〇〇トンの厚板が敷かれ、資材運搬のトラック用道路になっていた。厚板は、あとで建設用に使う予定である。あちらこちらに資材が積み上げられ、平屋の建設事務所も建ち、ブルドーザーやクレーンが動いていた。従業員や作業員たちは、自転車で敷地内を移動している。古い鉄骨を手直ししながら、薄板工場の建屋の建設も始まっていた。

「大森さん、ここに溶鉱炉を建てると、どれくらい銑鉄が安くなると思いますか?」

西山が訊いた。

「い、いや、わたしは専門家じゃないんで……」

「高炉一基で、銑鉄がよそから買うより二割がた安くなるんです。これで年間十二億円の節約になります。その上、ガスをはじめとして色々な副産物も利用できます」

製鉄の過程で発生するガスは、発電などに利用できる。

「分塊工場はあっちです。さあ、行ってみましょう」

西山は強い力で大森を引っ張るようにして、敷地の北の方角へと歩いて行く。

分塊工場は、ホット・ストリップミルなどの圧延機にかける鋼片をつくる工場である。

「この頃は、造船用鋼板は品質が難しくて、溶接に適する特殊な製品が必要になってきています。それには今までより大きな鋼塊を強力な分塊機にかけ、良質の鋼片をつくらなくてはなりません。千葉製鉄所の鋼塊は一つが一五トンです。一五トンの鋼塊になると、歩留まりもよく、コストも下がります。しかも、どんな大きな板でもできるんです」

西山は、まるでそこに工場があるかのように熱意をこめて説明する。恰幅のよい身体を少し俯き加減にして歩く姿は、熊か大きな狸のように見える。

(俺たちは、大狸に化かされているんじゃないのか……?)

西園寺と大森は、訝りながら西山のあとをついて歩く。

世論は相変わらず千葉製鉄所建設計画に対して否定的ないしは懐疑的で、八幡、富士など既存高炉メーカー三社は政界や官界に対して反対運動を行っている。特に、川崎製鉄に対する主要な銑鉄供給者である富士製鉄の反対は執拗だった。同社社長の永野重雄は高炉メーカーの論客で、平炉メーカーを代表する西山としばしば議論の火花を散らしてきた。

六月——

東京電力会長の新木栄吉《あらき》が千葉製鉄所にひょっこりやって来た。自社の社債募集の宣伝を千葉県でやるついでに立ち寄ったのだった。

建設予定地では電力が不足しており、埋立用の機械を動かすと他の作業が停まってしまうため、西山は新木に対し、電線を引いてくれるよう何度か陳情していた。

「ここが製鉄所にねえ」

ヘルメットをかぶった背広姿の新木は、廃屋のような建屋の中を物珍しげに見回す。

「なかなか大変そうなところだねえ」

大雨の日で、天井のあちらこちらから水がじゃーじゃー漏れていた。

「あれは、何のための材料なの?」

新木が建屋の一角に置いてある資材を指差して訊いた。

「あれはワイヤーロープの機械の資材です」

ヘルメットに作業着姿の西山がいった。新木から突然「おたくの工場を見にいくから」と連絡があったので、慌てて神戸から駆けつけて来た。

「ワイヤーロープ?」

セルロイドのウェリントン眼鏡をかけた新木が、怪訝そうな顔をする。

西山より二歳年上の新木は石川県の出身で、東京帝国大学を出て日銀に就職した人物である。昭和二十年十月に、一万田の前任の第十七代総裁に就任したが、在任七ヶ月で公職追放に遭った。今年になって追放が解除され、東京電力会長になった。

「ワイヤーロープといいますのは、クレーンで重い物を持ち上げたりするときに使う鉄のロープで、鋼のワイヤーを何十本も撚《よ》ったものです」

西山は説明しながら、新木が「電線を引こうか」というのを、今か今かと待っていた。

「それが工場の建設と何か関係があるの？」

「直接は関係していませんが、千葉の建設費はなるべく千葉の収入で賄おうと考えております。ワイヤーロープ以外にも、メタルラスをもうつくっておりますし、手動式圧延機で薄板もつくる予定をしております」

建築用の金網であるメタルラスは、二ヶ月前から生産していた。

「まだ砂っぱらと海しかないような状態ですから、『川鉄の千葉製鉄所建設は怪しい話だ』などと思われては困るので、宣伝効果も考えております」

「なるほど」

新木はうなずいて、再びぶらぶらと歩き出す。

西山は、眼差しに期待を込め、丁寧に案内しながら歩く。

新木は、工場内を三十分ほど見て引き揚げた。しかし、「電線を引こうか」という言葉はついに聞かれず、西山は落胆した。

ところがその晩、西山は、新木と千葉県、千葉市側との夕食の席に招かれた。席には千葉県庁や千葉市の役人たちがずらりと揃っていた。東京電力が県や市に社債を売ろうとしていたからだ。

四方山話のあと、西山が、電気が不足している話を持ち出すと、役所の人々も口々に「それは西山さんのおっしゃるとおりだ」と援護射撃をした。

新木は、その席では何もいわなかったが、間もなく東京電力から六万ボルトの電線が引かれた。まだ千葉製鉄所について世間が喧《かまびす》しい中での支援に対し、西山は深く感謝した。

この頃、五月十日に日本を出発した「川鉄ミッション」の七人が、欧米の製鉄所を視察していた。

メンバーは、浅輪三郎（千葉製鉄所工場長）、宗田太郎（本社技術部長）、植山義久（葺合工場副工場長）、藤本一郎（同）、岡村琢三（千葉製鉄所化成部長）、中村春三（同銑鉄部副部長）、原田静夫（同技術部副部長）である。

羽田空港を飛び立ったパンナム機は、沖縄、香港、カルカッタ（現コルカタ）、ニューデリー、ベイルートで燃料を補給。七人は各空港で二、三時間待たされたが、どこにも冷房の部屋はなく、焼けつくような暑さだった。機が早朝のミュンヘンに到着したのは、羽田を発ってから六十時間後だった。

一行は、ドイツを振り出しに、オーストリア、スイス、フランス、英国、米国で製鉄所を視察し、工場レイアウト、原料の事前処理、溶鉱炉、コークス炉、ガスホルダー、製鋼設備、酸素製鋼法、ストリップミル、熱管理方式などについて最新の技術を吸収した。

溶鉱炉については、西ドイツのエンジニアリング会社社長パウル・ウォルフが設計した「フリースタンディング方式」を採用することにした。従来の溶鉱炉は、炉内の煉瓦が化学的・熱的影響で熔損するのを計算に入れ、一・五メートルもの厚さの煉瓦壁を築き、熔鉱炉を十本前後の支柱で支えていた。しかし、ウォルフは、外からの冷却と熱の放散がバランスすれば、煉瓦の熔損は一定のところで止まるので、煉瓦は少なくて済み、炉の外側の鉄の筒だけで炉は自立（フリースタンディング）できると考えた。これにより、建設費が安く、炉の周囲に支柱がないので作業がしやすく、炉の寿命も長くなる。

浅輪らは、ウォルフから設計図を買い入れた。ただし炉頂の原料挿入装置については、自社で設計することにした。これが操業開始後、大きな問題を引き起こすことになった。

原料の事前処理にも新機軸が打ち出された。色々な産地の鉱石を無秩序に使うと、成分の変動が激しく、いい銑鉄をつくれない。そこで、数種類の鉱石を原料ヤードで何層にも積み重ね、均質にブレンドする「オア・ベッディング方式」を採用することにした。これは、のちに日本の製鉄所のほとんどすべてが取り入れることになったやり方である。また、満遍なくブレンドするためには、鉱石を細かい粉鉱にする必要があり、この処理に関して、粉鉱をふるって球形に丸めてから焼成する「ペレタイジング方式」を取り入れた。これは米国の一部で行われていたほかは、世界のどこにも例がない技術で、のちに「大河内記念生産賞」を受賞することになる。

「川鉄ミッション」の七人が、最新の技術を吸収して帰国したのは、焼けつくような暑さの八月八日だった。揃いのパナマ帽もスーツも汚れ放題の七人は、その晩、世田谷の「松陰邸」で長旅の疲れを癒した。

九月八日——

米国サンフランシスコで、日本の独立を回復させる講和条約が調印された。

市内のオペラハウスで午前十時から始まった調印式では、アルファベット順に四十八ヶ国の代表が署名したあと、「Ｊａｐａｎ」と呼ばれた。モーニング姿の吉田茂（首相）、池田勇人（蔵相）、苫米地義三《とまべちぎぞう》（国民民主党最高委員長）、星島二郎《にろう》（自由党常任総務）、徳川宗敬《むねよし》（参議院緑風会議員総会長）、一万田尚登（日銀総裁）の六人の全権委員が会場正面の署名台に進み、最初に吉田が署名し、続いて残りの五人が署名した。

条約は、日本と連合国との戦争状態の終了、日本国民の主権回復、日本の領土の確定、日本の賠償支払い義務などを定めたものだった。

また、同日の夕方、吉田茂首相は、市内北部のプレシディオにある米第六軍司令部で、日米安全保障条約に署名した。

この会議の際、のちに川崎製鉄向け世銀融資の仲介役を務める日系三世の川本稔が中部日本新聞（現中日新聞）の取材記者として活躍した。

この頃になると、戦争中、食糧生産優先政策で、人や資本を農業と軍に取り上げられ、壊滅状態になった商業、サービス業、軽工業が復活してきた。工業生産・実質国民総生産、実質設備投資、実質就業者一人当たり生産性などは、この年、戦前の水準を回復した。軽工業復活の原動力は、繊維製品や雑貨など輸出向けの品目や、畳、下駄、味噌、醬油といった伝統的消費財だった。

政府は、経済成長を加速させるため、いまだ計画停電を余儀なくされている電力業、生産が不足している鉄鋼業と石炭産業、戦争中に商船隊がほとんど壊滅した海運業の四業種の強化に政策の重点を置いた。

鉄鋼業においては、通産省と業界の話し合いで「第一次合理化計画」(ここでいう合理化はリストラではなく、設備改善・投資計画)が策定され、圧延設備の近代化を中心に業界全体で、昭和二十六年からの三年間にわたって四百二十億円の設備投資を行うことになった(のちに六百二十八億円に増額)。資金の一部には、政府の見返資金や、政府系金融機関である日本開発銀行の融資が使われる。

しかし、川崎製鉄千葉製鉄所は、この「第一次合理化計画」とは関係なく、独自に打ち出された「鬼っ子」だった。

十月――

菜っ葉服姿の西山弥太郎は、千葉製鉄所の事務所で、書類に目をとおしていた。

事務所は木造平屋建てで、外から砂が吹き込むため、夏でも窓を開けられない。扇風機はあるが、暑い空気をかき回すだけで何の役にも立たない。しかし、金を産まない物にはなるべく金をかけない主義の西山は、どんなに暑い日でも我慢していた。

事務所のドアが開けられ、製鉄所長の浅輪三郎や本社技術部長の宗田太郎ら、千葉製鉄所建設に関わる幹部数人が入ってきた。

「おお、できたか？」

西山の問いに、白髪まじりで細面の浅輪がうなずき、一枚の図面を差し出した。

製鉄所のレイアウトの設計図であった。すでに数十回の描き直しをしたものである。

西山は常々「配置図（レイアウト）は百枚でも二百枚でも描けよ。こういう大計画はできたあとで『しまった』といっても、やり直すことはできないからなあ。図面ならいくら描き直してもいいぞ」といっている。

「ふーむ、なるほど……」

西山はスチール椅子の上であぐらをかき、タバコをくゆらせながら、図面に見入る。その視線には、我が子を見るような嬉しそうな光が宿っていた。

配置図は、千葉製鉄所の基本四原則、すなわち、単純化、集約化、一貫化、連続化に則《のっと》っている。東西約一・二キロ、南北約二・五キロという地形を利用し、敷地中央の南北一直線上に製鋼と圧延設備を配置する。このラインが、一貫生産の最重要工程で、重量物の輸送経路でもある。原料から製品までを一直線に流せば、輸送は単純・円滑化され、連絡や管理も容易になり、建設費や作業費が大幅に削減できる。

「高炉とコークス炉は、もう少し、北に寄せたほうがいいんじゃねえか？」

西山が視線を上げて訊き、浅輪らが図面を覗き込む。

「南のほうは、将来の拡張のために、なるべく広く残しておきたいんだが、どうや？」

　そのとき、事務所のドアが開いて、千葉製鉄所総務部長の「バッファロー」宮本伯夫が慌てた様子で入ってきた。

「社長、ちょっと急ぎでご報告したいことがございまして。……こんな記事が出ております」

　一枚の切抜きを差し出した。

　ある業界紙の記事で、それを読んだ西山の表情が曇った。

「『ぺんぺん草』？　……本当に一万田さんが、こんなことをいったのか？」

　白皙の顔に、驚きと戸惑いがくっきりと滲み出ていた。

　記事には、一万田尚登日銀総裁が、「川崎製鉄が千葉の建設を強行するなら、敷地にぺんぺん草が生えることになる」と毒づいたとあった。

「しかし、一万田さんは、以前会ったときには、むしろ計画に好意的だったんだぞ」

　記事は、青天の霹靂だった。

　東京支店長の大原をともなって挨拶かたがた説明に行ったときには、一万田から「計画は一度にやらず、万一途中で止《や》めるような事態になっても、各段階で投資を回収できるようにすること」、「計画については俺はもう分かったから、あとは理事や融資斡旋部の連中によく説明しておいてくれ」といわれた。

「ただ、他紙にも似たような記事が出ておりまして……」

宮本が、読売新聞の切抜きを差し出した。

記事は、関西の視察に行った一万田が汽車の中で記者団に対し、今後の金融政策においては、不要不急資金の抑制を一層強力に推し進めると話したと報じていた。その際、一万田は「特に鉄鋼については、現在行われている設備拡張（第一次合理化）の資金継続も打ち切るべきで、その結果、当該工場が工事半ばで雑草が生えるようになっても仕方がないと思う」と述べたという。

慌てた西山らが事実関係を調べると、原因は、戦前から昭和二十一年十二月まで川崎重工の社長を務めた鋳谷正輔のようだった。鋳谷は豪放磊落で、粗っぽいところがあり、昭和十年には、現場に相談しないで葺合工場の分工場を日本鋼管に譲渡すると決めたため、反発した小田切延壽取締役工場長が退社する騒動になった。

公職追放解除になった鋳谷は、最近、西山を激励するために千葉製鉄所を訪れた。敷地内を一通り見て歩いたあと「ところで西山君、拡張計画はどうなっているのかね？」と訊いて、当時、四面楚歌に近かった西山を魂消《たまげ》させ、相変わらずの豪傑ぶりを発揮した。

関西への帰途、鋳谷は東京に立ち寄って日銀を訪ね、総裁の一万田に「西山の計画を応援してやってくれ」と挨拶した。これに対して一万田が、以前、西山と大原にいったように、時勢はなかなかに難しく、計画は分割してやるのがよいと思うと述べたところ、気の短い鋳谷が、「こういう計画は一挙にやらなければ駄目なんだ。そんなことをいうなら、きみの世話になどならん！」と啖呵を切って席を立った。戦時中、軍需融資を受けていた鋳谷にとって、銀行家は大した存在ではなく、ましてや一万田尚登など日銀の京都支店長（昭和十二年〜十三年）をやっていた若造じゃないかと見下していた。これに対して「法王」と呼ばれるほど権勢をふるっていた一万田が腹を立て、川崎製鉄の融資については特別に面倒をみる必要はないと関係局長に指示したというのが、ことの真相のようだった。

十一月——

東京の街では、前年に発売されて大ヒットした美空ひばりの『東京キッド』や津村謙の『上海帰りのリル』などが蓄音機から流れていた。

西山弥太郎は、中央区佃にある鉄筋二階建ての石川島重工業（現ＩＨＩ）本社を訪れ、社長の土光敏夫と話していた。

「アンローダーの件では大変お世話になりまして、有難うございました」

背広姿の西山は、丁重に頭を下げた。

千葉製鉄所で船から鉄鉱石の積み下ろしに使うアンローダーは、戦前、石川島が山口県宇部市の企業に納め、爆撃で飴のように曲がったものを川崎製鉄がスクラップとして買い、動くように直してほしいと持ち込んだ。例によって西山の値引き要求は厳しく、担当役員の田口連三と一緒に交渉した土光が「石川島を潰さんで下さいよ」と注文をつける一幕もあった。

「ところで千葉の建設のほうはいかがですか？　『ぺんぺん草』発言で、世間が喧《かまびす》しいようですが」

西山より三歳年下で、休日返上の猛烈な働きぶりから「タービン」とあだ名される土光が訊いた。

「あれについては、第一銀行なんかのルートをつうじて日銀の一万田総裁の誤解を解くよう努力しております。いずれ何とかなりましょう」

内心の不安を押し隠していった。

西山らは第一銀行から一万田と親しい大橋薫を紹介してもらい、日銀全体に対する根回しを進めていた。大橋は、日銀のそばに常盤橋経済研究所を構え、各銀行の頭取クラスや大蔵省・日銀の局長以上に顔が利く金融界のフィクサー的人物である。また、広川弘禅（自由党総務会長）、星島二郎（自由党常任総務）といった政治家にも仲介の労をとってもらっている。さらに、千葉県選出の若手衆議院議員水田三喜男（のち大蔵大臣）が、老軀に鞭打って製鉄所建設のために奔走している前千葉県知事の川口為之助と一緒に一万田に面会し「ぺんぺん草とはどういうことですか」と抗議した。

「それにしても、今年は厳しい年ですなあ」

つるりとした禿頭で精力的な風貌の土光がいった。

朝鮮戦争の停戦交渉や日銀の金融引締め、九月以降の電力事情の悪化による減産などで景気が後退し、石川島重工業も川崎製鉄も資金繰りに苦労していた。特に川崎製鉄は、「ぺんぺん草」問題で、民間銀行からの融資も厳しくなり、担当専務の小田茂樹らは頭を悩ませている。

「ところで土光さん、うちは今度千葉でワイヤーロープをつくり始めたんですが、ひとつ買ってもらえませんか？」

「ほう、ワイヤーロープをねえ」

石川島はワイヤーロープの大口需要家で、現在は主に東京製綱の製品を使っている。

「川鉄さんのロープなら、品質もいいんでしょうねえ」

「もちろんですとも。これは元が砂鉄ですから、銅、ニッケル、クロームなどの不純物が少なくて、粘靭《ねんじん》性に富んでおります。千葉のワイヤーロープには、久慈工場のルッペ（粒鉄）を使っております」

西山は自信を込めていった。

「西山さん、我々はいつも西山さんの買付け方を見習えと社内でいってるんですよ」

土光が悪戯っぽい微笑を湛《たた》えていうと、西山はきょとんとした顔つきになった。

「おたくのロープが天下無敵によくて、天下無敵に安ければ、今すぐ買いますよ」

そういって土光はにやにや笑った。

「こいつはまいった！」

西山は苦笑して、自分の後頭部を叩く。

その日西山は、土光にワイヤーロープを売るのを諦めて早々に退散した。


同じ頃――

霞が関の通産省の鉄鋼局長室で、局議用の長テーブルを囲んだ六、七人の若手が、局長の葦沢大義《あしざわおおよし》に詰め寄っていた。

「……アメリカも日本を後押しするから、鉄鋼業を育成せよといっています。川鉄が世界最新鋭の技術で製鉄所をつくるなら、願ったり叶ったりじゃないですか」

額が広く眼鏡をかけた理知的な風貌の製鉄課長田畑新太郎が力説していた。

去る二月に官民合同の鉄鋼視察ミッションが米国のワシントンを訪れたとき、元米第八軍司令官で京都のＧＨＱにいたことがあるロバート・アイケルバーガー元中将は、田畑らに対して鉄鋼業を育成するよう強く勧めた。

「川鉄が千葉に立派な工場をつくれば、八幡や富士や日本鋼管も刺激を受けて、近代化・合理化に目覚めるはずです。日本の鉄鋼業で必ず技術革新が起きます。我々の真の狙いは、そこにあります」

童顔でオールバックの頭髪、リムの上部が黒縁の眼鏡をかけた鉄鋼局長葦沢大義は、無言で田畑の話を聞いていた。内心では若手の考えに賛同していたが、多数の通産省OBが役員や幹部になっている八幡製鉄や富士製鉄が反対しているため、積極的に川崎製鉄を後押しすることは躊躇《ためら》われた。

「わたしは鉄鋼視察ミッションでアメリカの設備を見てきましたが、日本はあらゆる面で遅れています。早く先進技術を取り入れないと、日本の鉄鋼業は国際的に太刀打ちできなくなってしまいます」

田畑は特に、ストリップミルとオア・ベッディング（鉱石の事前処理）に感銘を受け、「日本もああいう設備を早く導入しなければならない」と旅行中から漏らしていた。日本では八幡製鉄に小型のホット・ストリップミルが一台あるきりで、それすらも稼働していない。

「しかし田畑君、川鉄の千葉計画には、世論の反対が強いじゃないか。資本金五億円の会社が百六十三億円の投資をやるっていうのは、やはり無茶というもんじゃないのかね？」

「世論の反対が強いとおっしゃいますが、反対しているのは結局のところ既存の高炉メーカー三社です。既成勢力が反対するのは、倉敷レイヨンや日本瓦斯化学のケースでも同じです。そういった反対に屈して計画が潰されるのであれば、通産省の政策はないのと同じです」

倉敷レイヨン（現クラレ）と日本瓦斯化学工業（現三菱瓦斯化学）も社運を賭《と》した大設備投資に乗り出そうとしているが、同業者からは一様に「あんな馬鹿な計画はない」と批判されていた。

「川鉄が火付け役になって、造船や自動車用鋼板の品質改善が行われれば、これらの産業の輸出競争力も高まります」

三十二歳の赤澤璋一が畳みかけ、東京通産局金属課長橘恭一らがうなずく。

「しかし、きみぃ、川鉄は本当に大丈夫なのかね？　まだ資金計画も固まっていないんだろう？　この先、鉄鋼需要が冷え込んで、万歳（お手上げ）されたらどうする？」

「ですから、そうならないように、我々が資金面も含めて、計画全体を洗い直しているところです」

企業局企業第一課の小松勇五郎事務官が中心となって、川崎製鉄から計画内容の説明を受けているところである。

「うーん……」

葦沢は相変わらず浮かない表情。

「葦沢局長」

二人のやり取りを聞いていた山地八郎がいった。眉が黒々とした温厚そうな面立ちの東京通産局長である。川鉄千葉計画に当初から賛同し、陰に陽に力を貸していた。

「万一川鉄が溶鉱炉をつくってお手上げになったら、どこか別の会社が工場を引き受けると思いますよ。世界最新鋭の設備なんですから」

川崎製鉄はすでに千葉製鉄所の建設に三十億円を投じている。金が足りなくなって、給料の半月遅配が二度起きた。しかし、社員たちは怯むことなく、夜十二時まで働いている。

「最悪の場合、川鉄は潰れるかもしれません。しかし、最新鋭の設備は残ります。あれだけの設備が残るというのは、日本の利益にはなるはずです。……まあ、そうなれば、西山さんにとっては気の毒な話ですが」

山地は苦笑する。

「ですから、いっぺん計画を徹底的に洗ってみて、それで理に適っているなら、支援してやってもいいんじゃないでしょうか」

昭和二十七年——

景気回復の兆しが見え、四月にはサンフランシスコ講和条約の発効を控え、明るいムードの正月となった。政府の電源開発政策にともなう設備投資や輸出に引っ張られて、二月あたりから鋼材価格も持ち直しそうだった。

川崎製鉄では、すべてが千葉製鉄所建設を中心に回り始め、千葉の埋立地では薄板工場などの大きな骨格が姿を現していた。

社内紙である『川崎製鉄新聞』の年頭の挨拶で、西山は、新年の慶びと内外情勢、工業力増強と貿易による立国の必要性を強調し、千葉製鉄所の建設について、次のように述べた。

〈昨年二月以来皆さんと共に凡《あら》ゆる困難を克服しつつ一意専心之《これ》（千葉製鉄所）が建設に努力して参った次第であります。

既に同所においては、ワイヤーロープ工場、メタルラス工場も昨年完成し、薄板工場の建設も進み、又五百トン高炉一基、百トン平炉三基も明春には完成の予定であります。その他、西宮工場の帯鋼生産のストリップミルも昨年十一月稼働を始め、葺合工場の毎時二千立方米の酸素発生装置も昨年末に完成し、本春より本格的に酸素製鋼法を実施し、又兵庫、知多の各工場も概ね増設を完了しました。

今やこれら各工場の総合生産力を以って協力一致して千葉製鉄所の建設に当る予定で居ります。

高炉の建設、銑鉄の自給自足こそは川鉄自立、工業発展の為の方途であり、最新設備の設置こそは老朽陳腐化を以って知られる我が国鉄鋼業が国際市場に活き且つ伸びゆくための必至の施策であります。〉

西宮工場の分塊工場に並べてつくられた帯鋼《おびこう》（薄く長い板状の鋼板で、英語では「ストリップ」）を生産するストリップミルは、幅三〇〇ミリの帯鋼生産のためのもので、本社技術部長の宗田太郎が設計し、日立、石川島重工、新潟鉄工の三社に分割発注して製作した。年間生産能力は八万四〇〇〇トンで、千葉製鉄所で計画しているホット・ストリップミルの約七分の一である。人の背丈よりちょっと高い程度の小型和製ストリップミルだ。何事にも慎重を期す西山が「ストリップミルによる薄板の大量生産は、よほど慎重に取り掛からねばならぬ。不慣れなことであり、毎日大量に薄板をつくるので、もしそれが高くつけば会社はつぶれる。十分な訓練をしておかねば危険である」と考えてつくらせた。西宮工場では、昭和十年に東北大学工学部金属学科を卒業した三十九歳の機械課長吉田浩（のち副社長・千葉製鉄所長）が中心となって操業を開始した。

一月中旬——

世田谷の「松陰邸」の座敷で、通産省と川崎製鉄の会議が開かれていた。室内には火鉢が焚かれ、何人かがくゆらせるタバコの煙がうっすらと漂っていた。

宴会用の細長い座卓が口の字形に並べられ、通産省側からは、製鉄課の安原技官のほか、鉄鋼政策課の田中事務官、企業局企業第一課の小松事務官ら若手四人が出席。川崎製鉄側からは、大原取締役東京支店長、浅輪取締役千葉製鉄所工場長、宗田技術部長、高田宗一経理部長ら十八人が出席していた。

千葉製鉄所計画を徹底的に洗い直すための会議で、西山が出席した一月八日の松陰邸での第一回に始まり、場所を、東京支店や通産省企業局次長室などに変えながら、ほぼ連日開かれている。計画発表から一年二ヶ月が過ぎ、これ以上溶鉱炉などの本格着工を待てないところまで来ていた。政府が首を縦に振らないため、高炉用の耐火煉瓦の輸入許可も下りず、会社の資金繰りもますます逼迫していた。

建設予定費は、欧米視察の結果を踏まえ、より高度な技術を導入するため、当初の百六十三億円から二百四億九千九百万円に増額された。

「……お手元にある検討表のとおり、わたしどもとしては、やはりコールド・ストリップミルにつきましては、フォー・スタンド（四基連続）でいきたいという結論になりました」

背広姿であぐらをかいた植山義久がいった。

黒々とした頭髪で、青年の面影が残る顔に太い黒縁のロイド眼鏡をかけた取締役千葉製鉄所副工場長である。早稲田大学理工学部採鉱冶金科を卒業し、見習いとして川崎造船所葺合工場に入社し、最初は現場で職工たちと一緒に働いた叩き上げだ。年齢は五十一歳。

「やはりフォー・スタンドですか……」

背広姿の安原技官が、寒さでかじかむ手をこすり合わせながらつぶやく。

コールド・ストリップ（冷間圧延）は、製銑、製鋼、分塊、ホット・ストリップ（熱間圧延）と流れてきた製品の最終仕上げ工程である。品質、特に表面や形状について高い完成度が求められ、塵埃《じんあい》、錆などについて、細心の管理を要する。

通産省側は、薄板市場の見通しや設備投資負担の問題などから、スリー・スタンド（鋼板を延ばすロールが三基並んだ三基連続冷間圧延機）のほうがよいのではないかという意見だった。

「わたしどもの見通しでは、薄板の市況は来年以降かなり回復すると考えております。また、今後、極薄のティン・プレート（ブリキ）といったものの需要も伸びてくると思われます。そこでフォー・スタンドで最少の厚み〇・二三六ミリまで圧延し、将来必要に応じてファイブ・スタンドに改造できるよう、基礎やモーター・スピードを準備しておきたいと、このように考えておる次第です」

植山の言葉に、通産省の五人はうなずいたり、資料に鉛筆で書き込みをしたりする。

約十日前から続いている会議では、建設費の内訳、資金計画、生産・販売計画、分塊設備と平炉の据付費の妥当性、コークス比などの製造原価、コールド・ロールの単価、高炉作業費、コールド・ストリップミルの設備費用、荷揚げ設備能力、陸送と海送の諸問題、石灰工場の予算明細、リフト・トラックの予算といった千葉製鉄所の問題のほか、平炉の原料であるスクラップの需給、予想収支、資金繰り、貸借対照表、といった会社全体の問題も徹底的に検討されてきた。会議のたびに様々な資料の提出を求められるため、川崎製鉄側は東京支店に技術部門、経理部門、千葉製鉄所の社員など二十〜三十人が常時詰め、葺合本社から持ち込んだ黒電話機大のタイガー計算機のレバーをぐるぐる回しながら資料づくりをしていた。

東京日本橋室町三丁目の交差点そばに建つ「不動ビル」（旧不動貯金銀行日本橋支店）は、昭和六年に竣工した五階建てである。白タイルで外壁が仕上げられ、交差点の地形を反映させた屋上部分の縁どりが優美な曲線を描いている。

入居しているのは、昨年四月に復興金融金庫の債権債務を継承して八十人の職員で発足した日本開発銀行（資本金百億円）である。産業育成のための長期資金貸付を行う政府全額出資の金融機関で、電力、鉄鋼、石炭、海運の四業種を重点貸出し先とする。初代総裁には、富国生命や東急電鉄の社長を歴任した財界の実力者、小林中《あたる》が就任した。

一月下旬――

「不動ビル」三階の理事室で、中山素平《そへい》（のち興銀頭取）が仕事をしていた。四十五歳の中山は、日本興業銀行常務からの転出で、四人いる理事の中では上から二番目である。

ドアがノックされた。

「どうぞ」

中山は、デスクにすわったまま返事をした。

入ってきたのは、中山と同じ興銀出身で、審査部長を務めている竹俣高敏だった。年次は中山より三年下である。

「おお、どうなった？」

瘦身の中山がデスクから立ち上がる。

「数字が固まったようです」

竹俣が、書類を手にソファーにすわった。

「ふーん、二百七十二億七千五百万円になったか……」

ソファーに腰を下ろした中山は、興味深げに資料を目で追う。太い黒縁眼鏡をかけ、心もち鉤鼻で、髭剃り跡が青々とした独特の風貌である。

資料は、去る一月二十二日に、川崎製鉄が通産大臣に対して提出した千葉工場の最終建設計画書だった。三十ページほどの分量で、「序言」、「建設計画の概要」に始まり、「建設計画の構想」「主要設備」「工事工程」「建設費及び資金調達計画」、「生産計画」、「収支予想」などからなっていた。

十四回にわたる通産省と川崎製鉄の会議の結果、建設費用の総額は二百七十二億七千五百万円になった。工事は四期に分割され、第一期（高炉一基、平炉三基、分塊圧延機一基）は百十三億九千八百万円、第二期（高炉一基、平炉三基）は四十六億二千二百万円、第三期（ホット・ストリップミル一基）は七十二億八千八百万円、第四期（コールド・ストリップミル一基）は三十九億六千七百万円である。

資金調達の内訳は、自己資金百六十七億七千五百万円、増資三十億円、社債三十億円、借入金四十五億円である。すでに昨秋、資本金を五億円から十億円にする増資が行われた。

「これで採算性を弾いてみたんだな？」

中山が資料から視線を上げて訊いた。

「ええ。やっぱりいいですよ、この計画は。競争力があります」

日本開発銀行では、川崎製鉄から融資の申込みがあった当初は、二重投資論や大型投資によるインフレ助長懸念から断るつもりで審査を始めた。ところが調べてみると、既存の高炉三社より安く製品を生産できることが分かり、見方が変わった。同行の技術顧問である井村竹市（元日本製鉄技術部長）や吉川晴十（元海軍呉工廠技術部長）らも、すぐれた計画であると太鼓判をおした。

「あとは通産省と日銀次第か……」

借入金四十五億円のうち十九億円が第一期分で、開銀は十億円の融資を予定している。しかし、政府機関なので、政府の方針に反する融資はできない。

「通産は、たぶん支援の方向に傾いているんじゃないんですか。若手がずいぶん力を入れているようですし、高橋大臣は元々実業家で、この手の話には理解がありますから」

昨年七月に横尾龍に代わって通産大臣に就任した高橋龍太郎は愛媛県の出身で、京都大学卒業後、大阪麦酒（アサヒビールの前身）の醸造技術者になり、大日本麦酒（明治三十九年に大阪麦酒など大手ビールメーカー三社が合併して設立）の社長も務めた人物である。

「となると、一万田さんが最後の関門か……」

同じ頃——

日本開発銀行から西に二〇〇メートルほど離れた日本銀行本店総裁室の丸テーブルで、一万田尚登《いちまだひさと》総裁と、西山弥太郎、第一銀行頭取の酒井杏之助《きょうのすけ》が向き合っていた。

「……西山君、きみは『川鉄は今が大きくなるチャンスである。総裁のいうように順番を待っているわけにはいかない』という。なるほど、個々の企業の立場からすれば、それでいいかもしれない」

一万田はセルロイド眼鏡の強い視線を西山に注ぐ。

「だが、日銀総裁の立場としては、乏しい資金を日本全体にどのように効率よく配分していくかが問題なのだ。したがって、限られた資金量の中で優先順位をつけた場合、川鉄の計画は八幡や富士の下に来ざるを得ない。……まあ、『ぺんぺん草』なんていうのは新聞記者の創作で、僕にはそんな文学的素養はないがね」

骨ばった浅黒い顔に苦笑が浮かぶ。

「とにかく、どうしてもやりたいなら、日銀の金を頼りにせず、取引銀行が集めた金でやりなさい。それならば、僕は何もいわん。僕に頼むというのが筋違いで、国家的な見地から資金配分上当然反対する。オーケーすれば、みんなが僕のところに来るに決まっている」

そういって酒井のほうに顔を向けた。

「それで、第一銀行はどうされるんですか？」

一万田に問われ、西山・一万田と同じ明治二十六年生まれの酒井は、思いつめたような顔で口を開いた。

「すでに矢は弦を離れました。当行としては、川崎製鉄を見殺しにすることはできません。総力を挙げて支援します」

銀行家らしい上品な酒井の顔が緊張していた。川崎製鉄が倒れれば、第一銀行も屋台骨が揺らぐ。

酒井自身は、千葉の計画が本当にいいのかどうか確信はない。しかし、大蔵省出身で、日本製鉄の副社長も務めた原邦道（のち日本長期信用銀行初代頭取）の言葉で、腹を括った。原は「西山は今や鉄鋼業界の第一人者といわれている。その西山がいうのだから、やらせたらいい」と酒井を励ました。

「第一銀行は、融資をするということですね？」

一万田の問いに、酒井がうなずく。

「それならば責任をもっておやりなさい。……第一銀行から川鉄に人も出しますか？」

「はい」

酒井の返事に、西山の眉がぴくりと動いた。

千葉製鉄所建設にからんで、銀行から人を出すという話はこれが初めてだった。

一万田から、あえて反対はしないという意思表示を得たことは、西山にとって大きな前進だった。近々、日銀政策委員会に呼ばれる可能性があり、それを乗り切ることができれば、計画が承認される日も遠くない。

同じ頃、西山は、通産大臣の高橋龍太郎に計画を説明し、高橋から「あなたのいわれることはもっともだ。しかし、計画を一度に承認するわけにもいかぬ。この際、半分だけにしないか。半分やって様子を見て、あとの半分ということにしたい。それで辛抱してはどうか」といわれ、「結構でございます」と答えた。

千葉工場では、綜合事務所、鉄鋼工場、青写真室、三角屋根の長い工作工場八棟、倉庫十三棟などが完成し、空き地という空き地に建設資材が積み上げられ、トラックが走り回り、ブルドーザーが唸りを上げ、クレーンが鉄骨を吊り上げ、防波堤の工事も進み、敷地全体にエネルギーが満ち満ちていた。

二月一日——

かねてから通産省を通じてGHQに申請していた高炉用耐火煉瓦（三百五十万ドル）の輸入許可が下りた。これは通産省が千葉製鉄所の建設計画を認めたことを意味した。

二月十九日──

西山は、通産大臣高橋龍太郎から「懸案になっていた貴社の千葉製鉄所建設計画中、第一期工事分について正式に承認したい」との連絡を受けた。

同日、通産相は談話を発表した。

〈川鉄の高炉建設については、去る一月、計画案が提出され、事務当局で検討を重ねてきたが、十八日、ようやく結論に達した。わたしは熟慮した結果、本日、第一期工事は適当であるとの胆を決めた。計画案は合理化の面からいえば進歩的なものである。例えば、現在の原料を使用しても二割の節約ができることになっている。これはまことに結構なことだ。すでに会社側は三十億円に近い資金を投じており、これを見殺しにするのは適当でないと考え、援助することにしたが、資金の面は当局としては斡旋できないので、会社自体が金融機関と折衝して調達すべきである。しかし、日銀、開銀に対して当局から極力援助方を要請する。（中略）なお、第二期以降の建設計画については、今後会社側から相談を受ければ検討する。〉

三月四日──

午前十時から日銀で政策委員会が開かれた。

同委員会は、公定歩合の決定などを行う日銀の最高意思決定機関である。

この日、最初の議題は、川崎製鉄の千葉製鉄所計画についてだった。通産省から企業局長の石原武夫と中村辰五郎に代わって鉄鋼局長になった葦沢大義が招かれていた。

最初に、通産省の二人が意見を求められ、次のように答えた。

「通産省としては、日本の鋼材生産を年五〇〇万トンベースに持っていきたいと考えている。そのために、既存の高炉メーカー三社の合理化計画をまず実行することを考えている。しかし、鉄鋼原料のスクラップは枯渇の趨勢にあり、銑鉄の供給確保が第一と考える。したがって川鉄の計画を支持する」

これに対して、政策委員会議長の一万田が意見を述べた。

「川鉄の計画に対しては、各方面から反対が強い。国家的に必要であるなら、まず第一に業界の意見が一致すべきと思う。資金量にも限度があるので、三社の合理化計画と、ある程度調整も要する。以上の点が固まれば、金融の観点からのみで反対すべきことでもないだろう。計画は大部分が自己資金であるし、第一期工事の借入れと社債発行は三年間で二十八億円だから、やってやれないこともない」

異論を唱えたのは、政策委員の一人、宮島清次郎だった。

「わたしの意見は、総裁とやや異なる」

天井の高い政策委員会室に鋭い声が響いた。

宮島は明治十二年生まれの七十三歳。戦前、日清紡績、日清レイヨン、国策パルプの社長を歴任した実業家である。吉田茂首相とは東大法学部の同級生で、大蔵大臣就任を要請された。しかし辞退し、代わりに大蔵次官から衆議院議員に転じたばかりの池田勇人を呼んで人物鑑定し、推薦した。

「結論からいうと、日本の銑鋼一貫メーカーは、アメリカと競争できないと思う」

鼻の下にごま塩髭をたくわえた大柄な宮島は、縁なし眼鏡の目に厳しい光をたたえていった。

「したがって、これが立ち行くようにするには、二、三〇パーセントの鉄鋼輸入関税で保護しなくてはならない。しかし、これでは日本の機械工業等二次製品は、世界で競争できない。今は、アメリカに輸出余力がないからいいが、将来、余力が出てきたとき、仮に新工場で多少廉価なものができるとしても、到底太刀打ちできないと思う。戦前の日鉄は軍の保護でやっていたし、当時は輸入関税もあった。しかし、今は状況が違う」

この日、政策委員会は一時間以上にわたって議論したが結論が出ず、あらためて西山弥太郎と鉄鋼業界代表を呼んで、検討することになった。

翌日の『千葉新聞』は次のように報じた。

〈政策委では、△自己資金八十五億円の大部分をまかなう収益が今後も維持出来るかどうか疑問がある△鉄鋼需給状況からみて高炉の新設が許されるかどうかハッキリしない△設備資金は鉄鋼三社の合理化資金を優先すべきで、それをまかなったあと川鉄に二十八億円を供給することは今の金融情勢からみて困難と思われる、などの点から、極めて消極的な模様である。〉

三日後（三月七日金曜日）——

午前九時半頃、日本銀行本店南側にある車寄せに黒塗りのハイヤーが到着し、背広姿の西山弥太郎が降り立った。経理部長の高田宗一が一緒だった。

明治二十九年二月に竣工した日銀本店は、辰野金吾が設計したもので、一階は花崗岩、二階と三階は安山岩で外壁をおおった重厚なネオ・バロック様式である。上空から見ると緑青色の屋根が円の字になっている。

西山と高田は玄関には入らず、車寄せに沿って柱廊を右手に少し進み、左に折れて奥に通じる通路に入った。古色蒼然としたエレベーターがあり、それで二階に上がると、政策委員会庶務部がある。二人は、庶務部長の前川春雄（のち第二十四代総裁）

に案内され、政策委員会室に向かった。

二階東翼の南端にある政策委員会室は、総裁室と同様に天井が高く、十人ほどが着席できる大きな丸テーブルが置かれていた。三方に窓があり、東の窓からは三井本館、西の窓からは車寄せが見える。

間もなく、三鬼隆《みきたかし》八幡製鉄社長（鉄鋼連盟会長）とお付きが到着した。やがて政策委員たちも入って来た。一万田尚登（日銀総裁）、中山均（地方銀行代表・静岡銀行頭取）、岸喜二雄《きじお》（都市銀行代表・日本興業銀行前総裁）、宮島清次郎（産業界代表）、荷見安《はすみやすし》（農業金融代表・農林中央金庫元理事長）、三井武夫（大蔵省代表）、高坂正雄（経済安定本部代表）の七人である。

西山と三鬼は政策委員たちと一緒の丸テーブルにつき、お付きの二人は後方の椅子に控えた。

午前十時、議長の一万田が開会を告げ、会議が始まった。

最初に、三鬼が、川崎製鉄の千葉製鉄所計画について意見を求められた。

西山より一歳上の三鬼は、岩手県盛岡市の出身で、東京大学法学部を卒業している。日本製鉄では現場が長く、同社八幡製鉄所長を経て、昭和二十一年に同社社長、同二十五年に八幡製鉄社長になった。

「川崎製鉄の千葉製鉄所につきましては、政治的な問題にもなりつつあり、はなはだ微妙な状況ですが……」

下がり眉で黒縁のロイド眼鏡をかけ、小さな口元が品のよい印象を与える三鬼は、用意してきたメモを見ながら話し始めた。

隣りの西山は、落ち着いた表情で聞きながら、まな板の上の鯉の心境だった。政策委員会が、千葉製鉄所を認めるかどうかは、業界を代表する三鬼の意見次第といっても過言ではない。三鬼は、一万田と主要財界人の集まりである「時雨会」の幹事も務めており、一万田の信任は篤い。

以前、三鬼は西山に、「ストリップミルからやったらどうですか？　高炉をつくるとなると摩擦も多いし、ストリップミルで稼いでから高炉をつくったほうが無難でしょう」といった。しかし、西山は「それは安易です。ストリップミルを置くということは、当社にとって容易ならざる大事業です。もし銑鉄が不足したら動かなくなる。そんな危険なことはできません」と反論した。その後も、西山は三鬼を新橋の料亭「金田中」などに招いて説得した。信念を持って諄々と正論を説く西山に、三鬼は次第に納得していった。

三鬼は、鉄鋼連盟会長や日経連代表常任理事、日銀参与などの要職にあるが、派手にふるまうことはなく、相手の立場を慮《おもんぱか》るので敵がいない。日本製鉄が分離するときには「八幡製鉄は設備に優れているのだから、せめて人だけは優秀な人材を富士製鉄に送ろうではないか」と、有為の人材をより多く富士製鉄にふり向けた。

しかし、今日は、鉄鋼業界全体を代表している。どういう発言をするのか、西山には予想がつかない。

「同計画につきましては、純国策的見地からいえば、疑問であります。しかしながら……」

委員たちの視線がじっと注がれる中、三鬼は、六つの点について述べた。
①ここまで建設その他が進んだ以上、金融面から面倒を見てもらうほかない。
②大局的に考えれば、既存設備の近代化がまず第一で、新設は第二である。したがって、鉄鋼業合理化計画の昭和二十七年度分三百二十億円に川鉄千葉計画が割り込むのは困る。別枠で考えてもらいたい。
③設備の新設によってコストが下がるかどうかについては、銑鉄のコストは原料が九〇パーセントであり、残り一〇パーセントが多少安くなっても、全体の割合は大きくない。
④通産省は昭和二十八年度の高炉鉄供給を四八〇万トンと見積もっているが、自分は四五〇万トンくらいだと思っている。仮に、四八〇万トンが必要でも、川鉄千葉の分がなくてもやれると思う。

⑤しかし、スクラップ不足は将来の大勢であり、自分も日本の鉄鋼業は原則として銑鋼一貫でいくべきだと考える。その意味で、川崎製鉄の計画は結構である。
⑥二、三年先の需給状況によっては、川崎製鉄が苦しむ事態が起きるかもしれない。その際には、自分は鉄鋼業界全体の問題として解決に努めるつもりである。

「……そうなったときは、八幡製鉄としても、川崎製鉄を大いに援助していくつもりです。そのときになって、見捨てることはしません」

そういって三鬼は発言を締めくくった。

厳しい表現はいくつかあったが、川崎製鉄に好意的な発言だった。

三鬼に続いて西山が、千葉製鉄所の建設状況、経営計画、資金計画などについて一通り説明した。

宮島清次郎が口を開いた。

「西山さん、日本の鉄は品質が悪いと聞いていますが、どうなんですか？」

縁なし眼鏡の厳しい視線を西山に注ぐ。

「お言葉ではございますが、それは主に戦前の話かと存じます」

西山は穏やかにいった。

「戦前は、設備も古く、材料も悪うございました。ですから、その程度のものしかつくれませんでした。しかし、戦後は徐々によくなってきております。特に、わたしどもの千葉製鉄所は、原料、設備、機械など、すべて世界の一級品を使い、欧米に負けない製品をつくる予定でおります」

「しかし、さっき三鬼さんが、銑鉄のコストは原料が九〇パーセントといいましたよね？　ならば新たな設備をつくって、一〇パーセントのうちいくらか安くしても、欧米には太刀打ちできないんじゃないですか？」

「九〇パーセントというのは、あくまで銑鉄生産に関してのものです」

西山はにっこりと微笑む。

「銑鉄が製品になるまで、製鋼、鋳造、熱間圧延、冷間圧延、表面処理といった過程を経てまいります。弊社の千葉製鉄所は、それぞれの段階で世界最新の技術を取り入れ、コストを削減し、競争力のある製品をつくろうとするものです」

七人の政策委員がじっと西山に視線を注ぐ。

「製鉄業は運輸業であるともいわれます。一トンの銑鉄をつくるのに、溶鉱炉に投入される鉄鉱石、コークス、石灰石、マンガンだけで約二・七トンになります。また、鋼塊一トンをつくるために要する輸送量は、十四、五倍になります。したがいまして、原材料や製品の輸送問題は、コスト面の大きな要素でございます」

西山の声は甘やかで朴訥としており、聞く者を魅きつける。

「千葉製鉄所では、各設備を効率的に配置し、従来の立体移動を極力廃止し、水平直線式輸送方法を採り入れることで、輸送距離を他の製鉄所の四分の一から五分の一にしました」

政策委員たちが、ほう、という表情をする。

西山はさらに、製品一トン当たりの建設費は他の工場に比べて三割近く安く、鉱石の事前処理、溶鉱炉と平炉の効率改善、低いコークス比などによって、厚板であれば従来より二割五分も安くつくれる仕組みを分かりやすく説明した。

「資金調達についてはどうなんですか？」

宮島清次郎が、厳しい視線を西山に向ける。「そもそも資金の目処がきちんとつかないまま、こんなふうに、どんどん建設を進めるなどというのは博打と同じだ。経営者としてあるまじきことだ」

大きな声で叱りつけるようにいった。

七十三歳の宮島から見れば、五十八歳の西山は若造である。

「資金調達が甘いというお叱りではございますが、基礎となります販売計画につきましては、固めの見積もりをしております」

西山は穏やかに応じる。「販売価格は今年二月を基準にしており、決して高い価格で水増ししたわけではございません。資金の調達には十分な自信を持っております」

「しかし、将来の需給がどうなるかは、誰にも分からないじゃないですか。三鬼さんがおっしゃったように、二、三年後に川崎製鉄が苦境に陥る可能性だってあるわけでしょう？　たとえば、第一期工事の三年目をもう少し延ばすというようなことは考えないんですか？」

第一期工事は、第一溶鉱炉、平炉三基、分塊圧延機一基のほか、発電設備などをつくるもので、昭和二十六年にすでに始まり、来年（昭和二十八年）末に終わる予定である。

「確かに、計画実施を延ばせば、資金的余裕は生まれると思います。しかし一方で、スクラップは枯渇の趨勢にあります。焼け跡や東南アジアのスクラップは、もうあまり残っておりません。したがって、工事を遅らせると、原料の確保が不確実となり、経営に問題を生ずることになります」

総裁の一万田は、頬骨の上にかけたセルロイド眼鏡の視線で二人を見ながら、無言でやりとりを聞いている。

「将来の需給見通しも、販売見通しも、予測がつかない部分がある。ならば、金融に頼らず、自己資金でやるべきじゃないんですか？」

「不確実な部分があるのは事実でございます。しかしながら、そういった不確実な部分の影響を最小にするよう、金融に頼る部分をごく小さくしておるわけでございまして……」

次々と浴びせかけられる宮島の質問に対し、西山はあくまで穏やかに、正論で説明する。

やり取りを聞いている委員たちは、西山が確たる見通しや勝算の上に立って計画を推進していることが、徐々に分かってくる。

ほかの委員たちからも質問が出され、それらに西山が答えたあと、宮島が議論を切り上げるようにいった。

「西山さん、とにかくあなたはよく考えてやるべきだ。今儲かっているからといって、勢い込んでやると、壁にぶち当たりますよ」

「はい」

西山は素直な表情でうなずく。

「日銀として市中金融機関に協力を頼む場合でも、計画が甘くては責任が持てない。したがって、今一度、堅い算盤を弾いて、より確実な資金計画をつくってもらいたい。それを基礎に、借入金額や期間を再検討すべきである」

口調は厳しかったが、千葉製鉄所の建設にはもはや反対しないというニュアンスである。

それまで無言だった一万田が口を開いた。

「西山さん、大丈夫ですか？」

大きなフレームの眼鏡の奥から西山に視線を注ぐ。

「大丈夫です」

西山は白皙の顔をかすかに紅潮させ、きっぱりと答えた。

「そうですか」

一万田はうなずく。

「では、融資斡旋部に話しておきますから、今後は、そちらと話を詰めて下さい」

融資斡旋部は、大口の資金需要家に対して市中銀行の協調融資を斡旋する部署だ。

ここと話し合って、開銀や第一銀行からの融資の内容を決めろということだ。

次の議題が営業局長の市況報告に移り、三鬼と西山は退出した。


「本日は、有難うございました」

日銀正面玄関の車寄せで、三鬼との別れ際、西山は深々と頭を下げた。三鬼の意見によって、千葉製鉄所建設計画は最大の難関を突破した。

「わたしにしては、上出来だったでしょう？」

ロイド眼鏡の三鬼は晴れやかな表情でいった。

三鬼は、鉄鋼連盟会長として、いかにして高炉三社の立場を損ねず、日本の鉄鋼業界全体を見据え、かつ西山の信念と情熱に応えるかで苦慮した。

「御社の計画については、これだけ議論されても、世間も、業界でも、八幡の社内でも、賛否五分五分です。でもわたしは、賛否五分五分ならば、当然やらせるべきだと思った」

三鬼の目に温かい光が宿っていた。

「本当に有難うございました。このご恩は、生涯忘れません」

西山は、気をつけの姿勢で再び深々と頭を下げた。感謝で胸が一杯で、涙腺がゆるみそうだった。


四日後（三月十一日火曜日）――

前日、雪が降った千葉の埋立地は、陽光がさんさんと降り注ぐ雲一つない晴天で、地上では陽炎が燃えていた。

敷地西側の第一正面岸壁から二〇〇メートルほど内側に入った場所に、高炉の基礎である高さ三・五五メートル、外径一八メートルの鉄製の筒が据えられ、白木の表示と注連縄《しめなわ》が張り廻らされていた。そばに天幕が張られ、供え物を並べた神式の祭壇が設けられ、三百人ほどの人々が集まっていた。皆笑顔で、あちらこちらで明るい笑い声が湧き起こっていた。

第一溶鉱炉の定礎修祓式であった。

第一溶鉱炉は公称（日量出銑）能力六〇〇トン、内容積九〇七立方メートル。

基礎工事に先立つボーリングによる地質調査で、地下一四～一六メートルのところに強固な地盤があることが確認された。その結果、外径一八メートル、高さ一七メートルの鉄筋コンクリート製の井筒を地中深く埋め込んで基礎とした。

九〇メートル離れた場所に第二溶鉱炉が建設される予定で、高炉内の燃焼効率を高めるために熱風を送る熱風炉は全部で五基建設される。うち第一溶鉱炉用として着工されるのは三基である。

午前十時、白装束の神官たちによって修祓式が厳粛に始まった。背広姿の西山と、清水建設副社長の小笹徳蔵が進み出て、それぞれツルハシとシャベルで「えい、やっ」と満身の気合をこめて鍬入れを行った。それに続いて、西山、浅輪工場長、柴田千葉県知事、宮内千葉市長、山地東京通産局長、国会代表多田代議士、勝田県会議長らが玉串を奉奠した。

同時に、熱風炉と自家発電所の起工式も行われ、式のあと祝賀会へと移った。

この頃、免税措置の問題が浮上してきた。

昭和二十五年十一月に東京通産局で開かれた千葉県側と川崎製鉄の話し合いで、県と市は、地方税（固定資産税と付加価値税）の免除（工場・施設完成後五年間）に同意した。実際に免税措置を行うためには法文化する必要があり、それぞれの議会の委員会が、全国各地の企業誘致条例を調査して審議してきた。問題となったのは、免税開始の時期についての表現で、「全工場完成」とすると、どの設備までを指すのか曖昧になるため、「主たる工場完成」という表現にすることになった。

この点に関し、放言傾向がある工場長浅輪三郎が「主たる工場の完成とは高炉の完成である」といったため、千葉市長・宮内三朗は、「第一高炉が完成するのは来年（昭和二十八年）二月の予定だから、そこから五年間免除し、昭和三十三年度から税金がもらえる。また、順次出来上がる他の工場については、それぞれの完成後五年間免除すればよい『竹の子方式』である」と、県の企業誘致特別委員会などで説明した。

一方、西山や千葉製鉄所総務部長の宮本伯夫らは、コールド・ストリップミル（連続冷間圧延設備）が完成するのは昭和三十一年六月なので、そこから五年間免税され、昭和三十七年度から税金を払えばよいと考えていた。

四月九日――

西山弥太郎は、色白で血色のよい顔に、驚きの表情を浮かべた。

「えっ、『もく星』号に八幡の三鬼さんが乗っていた!?　……本当なのか!?」

「先ほど、先方の総務部と話したときに、間違いないといっていました。秘書の瀬口氏も一緒だそうです」

川崎製鉄の男性社員がいった。

「そんな馬鹿な……」

この日の朝七時四十二分に、乗員四人と乗客三十三人を乗せて羽田空港を飛び立った伊丹経由福岡行きの日本航空の旅客機「もく星」号が、離陸約三十分後に消息を絶った。航空庁、海上保安庁に米軍も協力し、静岡県の舞阪沖近辺などを中心に捜索活動が続けられていることが、ラジオや夕刊で報じられていた。

「三鬼さんとは一ヶ月前に、日銀の政策委員会に一緒に出たばかりだぞ」

西山の脳裏に、どこか茫洋とした中に温かみのある三鬼の笑顔が浮かぶ。

「しかも、まだ墜落したと決まったわけじゃないんだろう？」

「はい。今、捜索中ということです」

「それなら、どこかに不時着している可能性だってあるじゃないか」

「はい」

「そうだよ、そうに決まってる。どこかに不時着しているか、何かの間違いだ。あの三鬼さんが飛行機事故で亡くなったりするわけがない。そんな馬鹿な話があるわけがない」

西山は青ざめた顔で、自分にいい聞かせるようにいった。

翌日——

未明から捜索活動を行っていた日本航空の「てんおう星」号が、午前八時三十四分、伊豆・大島の三原山中腹標高約六一〇メートルの地点で飛行機の残骸らしきものを発見した。

その直後、米空軍第三救助中隊の捜索機から隊員二名がパラシュートで現場に降下。「もく星」号であるマーティン社（現ロッキード・マーティン社）の双発機であることを確認した。

「もく星」号は、原形をとどめないほどばらばらに損壊し、山の斜面に対して縦に、幅約一〇〇メートル、長さ約一キロメートルにわたって、残骸、遺体、乗客の持ち物などが散乱していた。状況から、山に衝突したことが分かった。

三鬼の遺体が発見されたとき、左手の腕時計は生き物のように動いていたという。

乗客・乗員三十七人全員が死亡し、日本の航空史上、最悪の惨事となった。飛行機は庶民にとって高嶺の花なので、乗客は社会的地位のある人たちばかりだった。三鬼と瀬口のほか、河野双二（三井合成監査役）、天利義昌（日立製作所取締役）、西崎鎮夫（石川島重工取締役）、森直次（元衆議院議員）らが犠牲になった。また、「勝手知ったる他人の家」、「胸に一物、手に荷物」といったセリフで人気を博した漫談家の大辻司郎も亡くなった。

朝日新聞の夕刊は一面のトップに、「遭難機・三原山で発見」、「全員の死亡を確認」という大きな見出しを掲げて事故の模様を報じ、毎日新聞は翌日の朝刊の一面に、死体や残骸が散乱する事故現場の大きな写真を掲載した。

西山弥太郎は、三鬼の訃報に接し、男泣きに泣いた。

五月三十一日——

西山弥太郎は、「バッファロー」宮本伯夫を伴って、千葉県知事の官舎に赴いた。免税問題に決着をつけるためであった。

二人は、懇談形式で開かれた県議会の企業誘致特別委員会に参考人として出席した。冒頭、西山は、千葉進出の経緯を一通り説明し、「工場完成とは、ストリップミルの完成です。富士製鉄のように銑鉄を売るのが目的の工場ならば『主たる工場』は高炉でしょう。しかし、わたしどもの千葉工場は薄板をつくって売るのが目的です」と述べた。

これに対し、特別委員会の委員長を務める松本清が口を開いた。「松本薬舗」(現マツモトキヨシ)を営む四十三歳の男である。

「我々は、高炉ができれば工場は完成という宮内市長の話を信じ、また『竹の子方式』であると理解してきたんですが」

広い額に下がり眉の松本がいった。

「高炉だけならわずかの土地ですみます。播磨でも徳山でもいい。千葉に来たのは、薄板が目的だからです。県側としても、高炉だけより、全工場が望ましいのではありませんか」

西山のかたわらで、宮本がせっせとメモをとる。

「そうすると、いつ完成するのでしょうか？」

「大変動がない限り、昭和三十一年六月末を予定しています。一、二年遅れることや、逆に早まる可能性もありますが」

「目標をはっきりしていただけないでしょうか」

副委員長の男がいった。

隣りで委員の一人が「宮内市長は独断であやふやだから、困るんだよねえ」とぼやく。

「西山社長、昭和三十一年六月でいいですか？」

松本が訊いた。

「結構です」

「免税という形式でいいんでしょうか？　奨励金とか施設供与でなくていいですか？」

「免税でお願いします」

西山は、この問題にケリをつけるように、きっぱりといった。


川崎製鉄は、資金調達について、日銀、第一銀行、開銀などと話を詰め、通産省の葦沢鉄鋼局長らも足繁く日銀にかよって応援した。

七月中旬には、米国から輸入する分塊圧延機など、十九件の輸入のためのＬＣ（信用状）開設の期限が迫ってきたため、西山らは、日銀などに方針決定を要請し、日銀政策委員会は本格的な検討を始めた。

七月下旬には、ＬＣ開設を第一、大和、東海、神戸、東京の五行が行うことが決まった。

八月八日、第一銀行が日銀当局に資料を提出し、具体的計数の折衝を開始。開銀は十二億円の融資（のちに十億円に修正）を決定し、米国国家生産局は、川崎製鉄に対する機械輸出を許可した。

八月十五日には、起債懇談会が川崎製鉄の本年度社債発行分のうち一億五千万円～二億円について決定。

この頃には、日銀当局も計画に対して好意的になり、承認はまず間違いない情勢になってきた。すでに川崎製鉄は、マレーシアから鉄鉱石を輸入する契約を結び、関東方面の営業を強化するための人事異動も発令した。

八月二十二日、日銀政策委員会は、第一期工事分（約百十四億円）の資金計画を了承し、社債発行と機械輸入に伴う外貨借入れを承認した。これにより、計画発表から一年九ヶ月近くを要した末に、千葉製鉄所建設計画は資金的な裏づけを獲得した。

（下巻に続く）

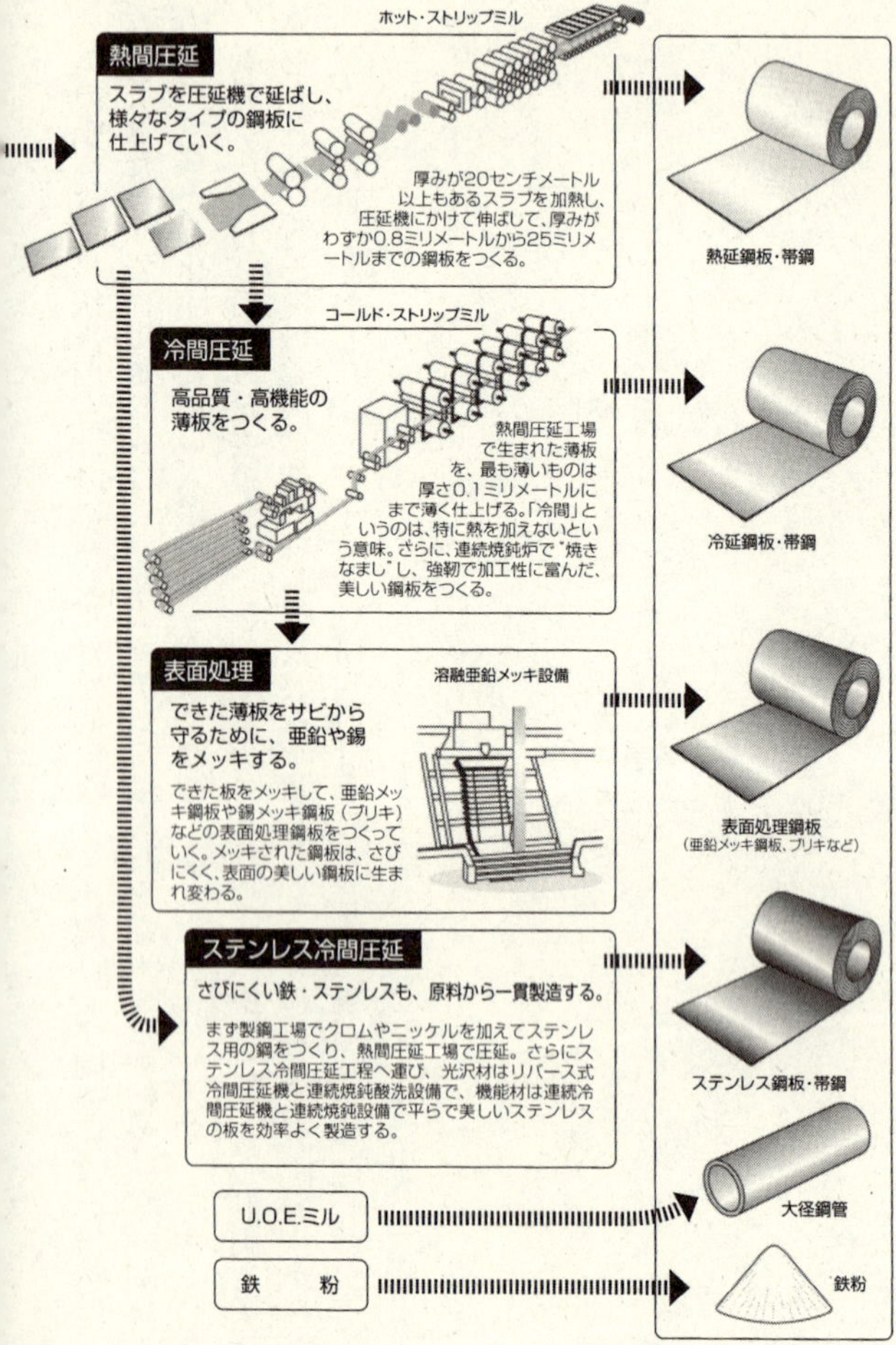

（出所）JFEスチール東日本製鉄所（千葉地区）パンフレットより作成。

現代の鉄の製造プロセス

原料処理

原料を焼結鉱とコークスに焼き上げる。

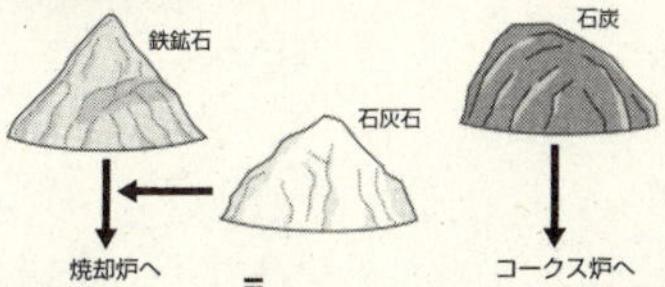

鉄は、鉄鉱石と石灰石と石炭からつくられる。ほとんどの鉄鉱石は、溶鉱炉に入れる前に、コークスや石灰石と混ぜ、焼き固めて焼結鉱にする。また還元材となるコークスは、石炭をコークス炉で蒸し焼きにしてつくる。

製　鉄

鉄鉱石に含まれている鉄分を、製鉄所のシンボル・溶鉱炉で取り出す。

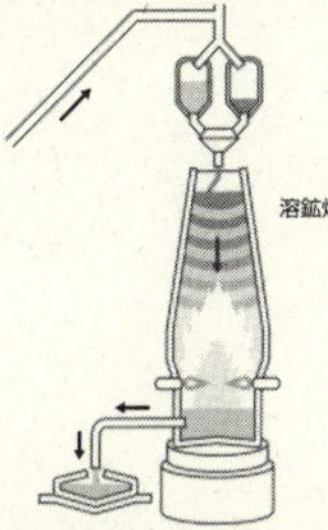

鉄鉱石や焼結鉱は、コークスといっしょに炉の上から入れる。炉の下からは、1200度の熱風を酸素といっしょに吹き込んで、鉄鉱石を湯のように溶かす。炉の中では鉄鉱石の不純物が上に浮かび、重い鉄分（銑鉄）は下にたまる。これを取り出して、次の製鋼工場へ送り出す。

製　鋼

固くてもろい「銑鉄」を、強くてしなやかな「鋼（はがね）」に変身させる。

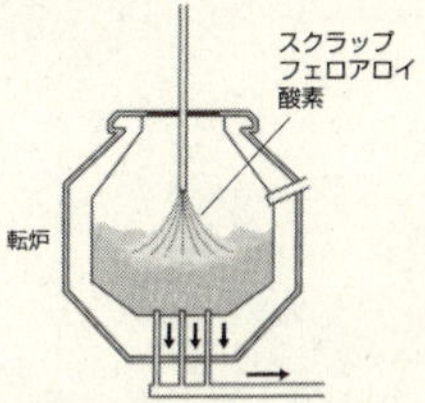

銑鉄は炭素分を3～5%も含んでいて、まだ固くてもろいものである。銑鉄をスクラップなどといっしょに転炉に入れ、酸素を吹き込んで炭素などの不純物を燃やすと、強い鋼が誕生する。

連続鋳造

転炉でつくられた溶けた状態の鋼を、冷やして厚い板状に固める。

鋼の“湯”を、連続的に鋳型に入れて冷やす。冷えて固まった鋼は、鋳型の底からゆっくり引き出されてきて、長い帯になる。それを切断すると、ヨウカンのような形の半製品「スラブ」（鋼片）になる。

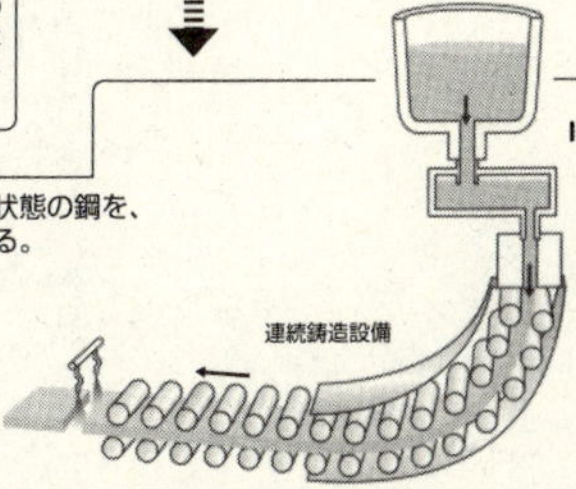

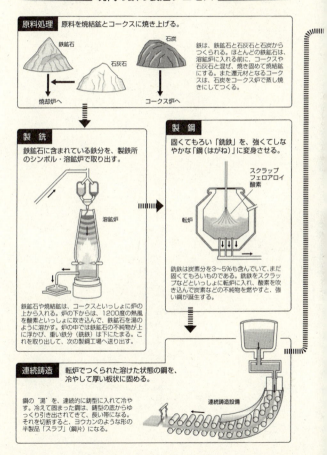

本書は二〇一二年六月に毎日新聞社より刊行され、二〇一四年八月に日経文芸文庫より再刊行された作品です。

鉄《てつ》のあけぼの 上

黒木《くろき》 亮《りよう》

平成30年 4月25日　初版発行

発行者●郡司 聡

発行●株式会社KADOKAWA
〒102-8177　東京都千代田区富士見2-13-3
電話　0570-002-301（ナビダイヤル）

角川文庫 20879

印刷所●旭印刷株式会社　製本所●株式会社ビルディング・ブックセンター

表紙画●和田三造

ISBN978-4-04-106426-9　C0193

角川文庫発刊に際して

角川源義

第二次世界大戦の敗北は、軍事力の敗北であった以上に、私たちの若い文化力の敗退であった。私たちの文化が戦争に対して如何に無力であり、単なるあだ花に過ぎなかったかを、私たちは身を以て体験し痛感した。西洋近代文化の摂取にとって、明治以後八十年の歳月は決して短かすぎたとは言えない。にもかかわらず、近代文化の伝統を確立し、自由な批判と柔軟な良識に富む文化層として自らを形成することに私たちは失敗して来た。そしてこれは、各層への文化の普及滲透を任務とする出版人の責任でもあった。

一九四五年以来、私たちは再び振出しに戻り、第一歩から踏み出すことを余儀なくされた。これは大きな不幸ではあるが、反面、これまでの混沌・未熟・歪曲の中にあった我が国の文化に秩序と確たる基礎を齎らすためには絶好の機会でもある。角川書店は、このような祖国の文化的危機にあたり、微力をも顧みず再建の礎石たるべき抱負と決意とをもって出発したが、ここに創立以来の念願を果すべく角川文庫を発刊する。これまで刊行されたあらゆる全集叢書文庫類の長所と短所とを検討し、古今東西の不朽の典籍を、良心的編集のもとに、廉価に、そして書架にふさわしい美本として、多くのひとびとに提供しようとする。しかし私たちは徒らに百科全書的な知識のジレッタントを作ることを目的とせず、あくまで祖国の文化に秩序と再建への道を示し、この文庫を角川書店の栄ある事業として、今後永久に継続発展せしめ、学芸と教養との殿堂として大成せんことを期したい。多くの読書子の愛情ある忠言と支持とによって、この希望と抱負とを完遂せしめられんことを願う。

一九四九年五月三日

角川文庫ベストセラー

巨大投資銀行《バルジブラケット》（上）（下）　黒木　亮

狂熱の八〇年代なかば、米国の投資銀行は金融技術を駆使し、莫大な利益を稼ぎ出していた。旧態依然とした邦銀を飛び出してウォール街の投資銀行に身を投じた桂木は、変化にとまどいながらも成長を重ねる。

シルクロードの滑走路　黒木　亮

東洋物産モスクワ駐在員・小川智は、キルギス共和国との航空機ファイナンス契約を試みるが、交渉は困難を極める。緊迫の国際ビジネスと、激動のユーラシアをたくましく生きる諸民族への共感を描く。

貸し込み（上）（下）　黒木　亮

バブル最盛期に行った脳梗塞患者への過剰融資で訴えられた大手都銀は、元行員の右近に全責任を負わせようとする。我が身に降りかかった嫌疑を晴らし、巨悪を告発するべく右近は、証言台に立つことを決意する。

排出権商人　黒木　亮

排出権市場開拓のため世界各地に飛んだ大手エンジニアリング会社の松川冴子。そこで彼女が見たものは……。環境保護の美名の下に繰り広げられる排出権ビジネスの実態を描いた傑作！

ザ・コストカッター　黒木　亮

名うてのコストカッター・蛭田が大手スポーツ用品メーカーの新社長に就任。やがて始まる非情のリストラに対抗したのはニューヨークのカラ売り屋だった。熾烈を極めた両者の闘いの行方は……!?

角川文庫ベストセラー

エネルギー（上）（下）　黒木　亮

サハリンの巨大ガス田開発、イランの「日の丸油田」、エネルギー・デリバティブで儲けようとする投資銀行。世界のエネルギー市場で男たちは何を見たのか。壮大な国際ビジネス小説。

新版 リスクは金なり　黒木　亮

駅伝に打ち込んだ大学時代、国際金融マンとして経験した異文化、人生の目標の見つけ方、世界の街と食……。海外生活30年の経済小説家がグローバルな視点で書いた充実のエッセイ集。書籍未発表作品を多数収録。

小説日本銀行　城山三郎

エリート集団、日本銀行の中でも出世コースを歩む秘書室の津上。保身と出世のことしか考えない日銀マンの虚々実々の中で、先輩の失脚を見ながら津上はあえて困難な道を選んだ。

価格破壊　城山三郎

戦中派の矢口は激しい生命の燃焼を求めてサラリーマンを廃業、安売りの薬局を始めた。メーカーは安売りをやめさせようと執拗に圧力を加えるが……大手スーパー創業者をモデルに話題を呼んだ傑作長編。

危険な椅子　城山三郎

化織会社社員乗村は、ようやく渉外課長の椅子をつかむ。仕事は外人バイヤーに女を抱かせ、闇ドルを扱うことだ。やがて彼は、外為法違反で逮捕される。ロッキード事件を彷彿させる話題作！

角川文庫ベストセラー

辛酸《しんさん》
田中正造と足尾鉱毒事件
城山三郎

足尾銅山の資本家の言うまま、渡良瀬川流域谷中村を鉱毒の遊水池にする国の計画が強行された！　日本最初の公害問題に激しく抵抗した田中正造の泥まみれの生きざまを描く。

百戦百勝
働き一両・考え五両
城山三郎

春山豆二は生まれついての利発さと大きな福耳から得た耳学問から徐々に財をなしてゆく。株世界に規則性を見出し、新情報を得て百戦百勝。〝相場の神様〟といわれた人物をモデルにした痛快小説。

大義の末
城山三郎

天皇と皇国日本に身をささげる「大義」こそ自分の生きる道と固く信じて死んでいった少年たちへの鎮魂歌。青年の挫折感、絶望感を描き、〝この作品を書くために作家を志した〟と著者自らが認める最重要作品。

仕事と人生
城山三郎

「仕事を追い、猟犬のように生き、いつかはくたびれた猟犬のように果てる。それが私の人生」。日々の思いをあるがままに綴った著者最晩年、珠玉のエッセイ集。

小説帝銀事件　新装版
松本清張

占領下の昭和23年1月26日、豊島区の帝国銀行で発生した毒殺強盗事件。捜査本部は旧軍関係者を疑うが、画家・平沢貞通に自白だけで死刑判決が下る。昭和史の闇に挑んだ清張史観の出発点となった記念碑的名作。

角川文庫ベストセラー

潜在光景　松本清張

20年ぶりに再会した泰子に溺れていく私は、その幼い息子に怯えていた。それは私の過去の記憶と関わりがあった。表題作の他、「八十通の遺書」「発作」「鉢植を買う女」「鬼畜」「雀一羽」の計6編を収録する。

男たちの晩節　松本清張

昭和30年代短編集①。ある日を境に男たちが引き起こす生々しい事件。「いきものの殼」「筆写」「遺墨」「延命の負債」「空白の意匠」「背広服の変死者」「駅路」の計7編。「背広服の変死者」は初文庫化。

三面記事の男と女　松本清張

昭和30年代短編集②。高度成長直前の時代の熱は、地道な庶民の気持ちをも変え、三面記事の紙面を賑わす事件を引き起こす。「たづたづし」「危険な斜面」「記念に」「不在宴会」「密宗律仙教」の計5編。

偏狂者の系譜　松本清張

昭和30年代短編集③。学問に打ち込み業績をあげながら、社会的評価を得られない研究者たちの情熱と怨念。「笛壺」「皿倉学説」「粗い網版」「陸行水行」の計4編。「粗い網版」は初文庫化。

神と野獣の日　松本清張

「重大事態発生」。官邸の総理大臣に、防衛省統幕議長がうわずった声で伝えた。Z国から東京に向かって誤射された核弾頭ミサイル5個。到着まで、あと43分！　SFに初めて挑戦した松本清張の異色長編。

角川文庫ベストセラー

新選組血風録　新装版　司馬遼太郎

勤王佐幕の血なまぐさい抗争に明け暮れる維新前夜の京洛に、その治安維持を任務として組織された新選組。騒乱の世を、それぞれの夢と野心を抱いて白刃とともに生きた男たちを鮮烈に描く。司馬文学の代表作。

北斗の人　新装版　司馬遼太郎

剣客にふさわしからぬ含羞と繊細さをもった少年は、北斗七星に誓いを立て、剣術を学ぶため江戸に出るが、なお独自の剣の道を究めるべく廻国修行に旅立つ。北辰一刀流を開いた千葉周作の青年期を爽やかに描く。

豊臣家の人々　新装版　司馬遼太郎

貧農の家に生まれ、関白にまで昇りつめた豊臣秀吉の奇蹟は、彼の縁者たちを異常な運命に巻き込んだ。平凡な彼らに与えられた非凡な栄達は、凋落の予兆となる悲劇をもたらす。豊臣衰亡を浮き彫りにする連作長編。

司馬遼太郎の日本史探訪　司馬遼太郎

歴史の転換期に直面して彼らは何を考えたのか。動乱の世の名将、維新の立役者、いち早く海を渡った人物など、源義経、織田信長ら時代を駆け抜けた男たちの夢と野心を、司馬遼太郎が解き明かす。

尻啖え孫市（上）（下）　新装版　司馬遼太郎

織田信長の岐阜城下にふらりと現れた男。真っ赤な袖無羽織に二尺の大鉄扇、日本一と書いた旗を従者に持たせたその男こそ紀州雑賀党の若き頭目、雑賀孫市。無類の女好きの彼が信長の妹を見初めて……痛快長編。